여성과 문학의 탄생

여성과 문학의 탄생

심진경 지음

자음과모음

서문

모든 자명한(혹은 자명해 보이는) 개념이 그러하듯이, 이 책에서 다루고 있는 '여성'과 '문학' 혹은 '여성과 문학' 같은 개념들 또한 겉보기만큼 결코 자명한 것이 아니다. 당연한 얘기지만 모든 개념은 역사적이다. 누가, 누구를, 어떻게, 왜 '여성'이라고 부르는지에 대한 통시적, 공시적 고찰을 통해서만 '여성'은 유동적으로 정의될 수 있다. '문학'도 마찬가지다. 근대문학 초창기에 문학은 신문기사와 거의 구별되지 않았으며, 소설과 시, 희곡, 에세이 등의 장르 구분조차 잘 이루어지지 않았다. 1925년 출간된 김명순의 『생명의 과실』이 '시집'으로 분류되지만 실제로 이 책에 시와 함께 소설과 감상문이 실렸다는 사실은 문학의 형성적 성격을 잘 드러내고 있다.

흥미로운 점은 이러한 문학이라는 개념의 형성 과정이 여성이라는 개념의 탄생 과정과 매우 밀접하게 관련된다는 사실이다. 여성은 창작자가 내적 풍경(내면)을 서사 전면에 내세울 수 있도록 정서적 감흥을 불러일으키는 대상이었고, 낭만적 사랑의 서사를 통해 일상적이고 가정 내적인 삶의 영역을 근대문학의 무대로 세우는 것을 가능하게 하는 거점이었다. 그런 점에서 근대문학의 형성이란 어떤 점에서는 여성의 사적인 가정생활과 비밀스러운 내면에 대한 탐색 과정과 맞물려 이루어진다고 할 수 있을 것이다.

예컨대 이광수의 『무정』이 분명 계몽적인 근대주체의 탄생에 관한 서사이면서도 그것이 "영채는 과연 처녀인가 아닌가"라는 이형식의 집요하고도 '찌질한' 질문, 달리 말하면 영채라는 여성의 정체성에 대한 탐구에 의해 뒷받침되고 있다는 점은 그와 관련하여 흥미로운 사실이다. 나아가 여성의 성과 육체의 비밀에 관한 다양한 소문이 이러한 서사적 탐구에서 비롯되었다는 것, 그리고 그러한 소문의 서사화야말로 한국 근대문학의 중요한 서사적 전략이었다는 것, 그 과정에서 '여성'은 생산되었다는 것. 이것이야말로 '여성'과 '문학'이 서로 뗄 수 없이 긴밀하게 연결될 수밖에 없는 이유이며 그리하여 '여성과 문학'이라는 독자적인 문학사적 토픽을 가능하게 만드는 근거다.

이 책은 그런 관점에서 '문학', '여성(성)', '소문', '여성문학'이라는 범주의 네트워크를 중심으로 한국문학의 젠더와 그 역사성을 탐구한다. 그 첫번째 작업은 바로 '여성문학이란 무엇인가'라는 질문을 던지는 일이다. 이를 위해 이 책에서는 소문의 주인공(예컨대 성적으로 타락한 이기적 속물이자 허영덩어리)으로 서사화된 제1세대 여성작가들의 여성문학이 그럼으로써 어떻게 문학 제도 바깥으로 밀려났으며, 이후 '여류문단'의 형성 과정 속에서 '여성성'과 '모성성'을 원리로 하는 여성문학이 어떻게 소설적 통치의 한 결과로서 형성되었는가를 역사적으로 추적한다. 그 과정에서 나의 관심은 '여성'과 '문학'이 결합하는 가운데 여성성과 모성성이 어떤 사회적, 심리적 맥락 속에서 구성되었는지를 살펴보는 것이었다.

특히 급격한 사회적 변동기에 다양한 방식으로 호명되면서 등장한 '여성'은 한편으로는 전위(前衛)이자 새로움의 대명사였지만 다른 한편으로는 당대 사회의 어둠이자 그늘이었다. 신여성이 모던걸로, 모던걸이 다시 '못된걸'로 변모하는 과정이라든가, 낡은 가치관과 새로운 가치관이 공존하면서 발생하는 다양한 모순과 문제를 '자유부인'에게 전가시키는 방식 등은 '여성'이 그리 간단치 않은 명명어라는 사실을 새삼 확인시켜준다. 최근 우리 사회의 다양한 '~녀'들을 통해 우리 사회의 모순과 그러한 모순의 봉합 과정을 알 수 있는 것처럼, '여성'의 정체성에 관한 질문이야말로 그러한 '여성'을 만들어낸 당대 사회의 의식적, 무의식적 욕망을 들여다볼 수 있게 한다.

이 책은 이러한 문제의식 속에서, 문학적 통치 장치로서 '소문-소설'의 형성과 여성문학의 기원을 계보학적으로 추적함과 동시에, 최정희-오정희-신경숙으로 이어지는 한국 여성문학 계보의 맨 앞자리에 놓이는 최정희 문학의 여성성, 그리고 전쟁, 친일, 통속, 소비 등과 접속하고 구성되는 다양한 여성성의 국면을 여러 층위와 각도에서 살피고 있다. 그와 함께 2000년대 이후 이전 시기와 다르게 전개되고 있는 '여성(과) 문학'의 양상들과 그 속에 내재한 한국문학의 젠더정치의 가능성에 대한 타진 또한 이 책의 관심사 중 하나다.

식민지시대부터 최근까지의 한국문학을 대상으로 다소 폭넓게, 그래서 어쩔 수 없이 느슨하게 이어지는 이 책의 논의들이 두루 흡족할 만한 성과를 거두었다고 보기는 어려울지도 모른다. 그러나 아쉬운 대로 이 책의 작업이 앞으로 내가 여성문학 연구자로서 나아가야 할 방향을 희미하나마 가늠할 수 있게 해주었다는 점에서 자그마한 위안을 얻고자 한다. 이 작은 위안이 이후에 더 큰 학문적 보람으로 돌아오기만을 바랄 뿐이다.

2015년 3월
심진경

차례

제2부

한다. 여성작가와 작품을 둘러싼 소문 또한 마찬가지다. 즉 '신'여성이라
로 무장한 여성작가의 스캔들화는 사실은 새롭고 낯선 가치와 관점을 둘
사회의 뜨거운 반응인 것이다. 그러나 여성의 성과 육체에 관한 스캔들
한국근대문학의 반응은 스캔들을 근대문학의 가부장제적 규율권력을
는 사회적 드라마로 변형시킴으로써 여성(작가)을 주변화하고 탈세
데 기여한다. 그리고 그에 불복종한 여성작가들에게 내려진 사회적
협은 그러한 격정적 드라마를 거치면서 자폭과 순응의 여성서사
기에 이르게 되는 것이다.
은 그렇게 자발적으로 자기 폭로의 가학적 희생양이 되기를 자
서만 비로소 만들어질 수 있었다. 그렇게 여성을 주변화하는
율권력을 내면화하면서 형성된 여성문학은 그 때문에 당연
할 수밖에 없다. 여성문학이 지배담론에 쉽게 동원되거나
대중문학과 쉽게 접속할 수 있는 이유도 이와 무관하지
나 바로 정확히 그와 같은 이유로 여성문학은 매번 '문
선에서 '문학' 그 자체를 심문하는 장이 되어왔다. 즉
성문학은 원하건 원치 않건 간에 사적인 것과 공적인
비문학, 주류와 비주류, 배제와 포섭 사이의 경계의 문
일으킨다. 그리고 그것은 결국 제도적이고 미학적인 차
문학이란 무엇인가'라는 질문을 유발한다. 그런 의미에서
은, 문학을 심문하는 문학이다.
란 작가의 경험에 기초를 둔 것이기 때문에 결국 모든 소
적으로나마 모델소설적인 면모를 가질 수밖에 없다는 것
상섭에게 소설이란 작가 자신의 체험이나 경험을 벗어나서
가 어렵다. 그래서 그는 자기 주변의, 혹은 신문지상에서 다
건이나 인물에 대한 경험이 부지불식간에 소설적 현실을 이루
재료가 된다고 본다. 결국 염상섭에게 모든 소설은 넓은 의미에서
이다. 물론 이때 중요한 것은 '모델' 그 자체라기보다는 '소설'일 것이
은 다시 말해서 모델로 대변되는 실제 사건이나 현실에서 출발하지만 그에
고 더 나아가 시대적 전형을 획득하는 데 도달한 소설을 의미한다.
초기 소설 중에는 실제인물과 사건을 모델로 한 소설은 물론, 특정 인물을 연상케 하
신문에 보도된 사건을 모티프로 한 소설, 혹은 누군가에게서 들은 얘기에서 암시를 얻어
등등, 소위 모델소설(좁은 의미에서건, 넓은 의미에서건)이라고 부를 법한 소설들을 많이
수 있다. 그중에서 특히 실제 인물을 연상케 하는 신여성을 주인공으로 한 소설들이 주목할 만한
」(1922)와 「해바라기」(1923), 그리고 『너희들은 무엇을 어덧느냐』(1924)가 그것이다. 그런데 이 중
상섭 자신이 모델소설로 인정한 것은 「해바라기」 한 편뿐으로, 이 소설은 잘 알려져 있다시피 나혜석과 김
결혼식과 신혼여행을 모델로 한 것이다. 반면 그는 김일엽과 최승구, 김명순 간의 삼각관계를 부분적으로 다
알려진 『너희들은 무엇을 어덧느냐』는 모델소설의 범주에 넣기를 꺼린다. 여성작가 김명순을 연상케 하는 「제야」
간에는 모델을 썼다고 이야기되었지만 실제로는 "'힌트'가 아니면 사상에서 나"온 것일 뿐, 엄밀한 의미에서(좁은
) 모델소설은 아니라고 그는 주장한다.
세간에서 염상섭의 이 말은 있는 그대로 받아들여지지 않았다. 특정인물을 연상케 하는 일련의 소설들은 작가의 의
무관하게 암묵적으로 모델소설로 명명되었다. 어떤 점에서 이들 소설은 모두 실제 인물이나 사건을 다루었거나 실존
연상케 한다는 점에서 좁은 의미의 모델소설이라고도 할 수 있기 때문이다. 특히 세간에 화제가 되었던 실제 여성인
결혼과 연애 등을 연상시킨다는 점에서 이들 소설을 여성모델소설이라고 부를 수도 있을 것이다. 염상섭의 소설에 대
저간의 통념은 이후의 연구에서도 반복되는데, 김윤식의 견해가 대표적이다.
다시 한 번 생각해보자. 염상섭이 스스로 저 소설들이 모델소설이 아니라고 주장했던 것은 단지 그 당시 모델소설이라

제 1 부

제1장

여성문학은 어떻게 만들어졌는가

한국 여성문학의 기원

여성문학에 대한 (불)가능한 정의

'여성문학이란 무엇인가?' 이 물음에 대한 해답은 일견 뻔한 것처럼 보인다. 그만큼 우리는 지금까지 '여성문학'이라는 개념을 자명한 것으로 받아들여왔다. 예컨대 여성문학에 대한 다음과 같은 정의가 그렇다. "여성문학은 여성에 의해 쓰이고 여성의 삶과 인식에 적확한 표현과 진단을 함으로써 바람직한 여성적인 삶을 향상시키는 데 기여할 수 있는 문학이어야 할 것이다."[1] 여성문학에 대한 이러한 정의는 여성문학을 마치 탈역사적이고 보편적인 개념인 것처럼 가정한다. 게다가 여기에는 또한 여성이라는 범주로 이해되는 어떤 기성의 정체성이 항상-이미 존재한다는 가정이 근저에 자리 잡고 있다. 그러나 이미 많은 포스트페미니즘의 논의가 지적하고 있는 것처럼, 주체로서의 여성이라는 것 자체는 더 이상 안정적이거나 지속적인 용어가 아니다. 따라

1 정영자, 「한국 현대 여성문학사의 흐름과 그 특성」, 『여성문학연구』 창간호, 1999, 38~39쪽.

서 버틀러가 주장하듯이 여성이라는 용어가 이미 공통된 정체성을 의미한다는 페미니즘 정치학의 가정은 그 자체가 문제에 부딪힐 수밖에 없다.

사실 지금까지 한국 여성문학은 여성을 주체로 재현하고 그러한 여성 주체를 매개로 하여 페미니즘 정치학의 어젠다(agenda)를 구성해왔다. 분명 이러한 여성문학의 정체성의 정치학은 억압적 여성 현실을 고발하거나 여성에게 고유한 경험을 발견함으로써 소외된 여성에게 일정한 권력을 분배하고 억압받아온 여성을 해방시키는 데 기여한 것이 사실이다. 그러나 그 과정에서 '여성'이라는 개념의 범주를 남성과의 대타적 관계 속에서 큰 고민 없이 끌어옴으로써 재현의 정치학으로서의 여성문학의 가능성을 제한해온 것 또한 마찬가지로 사실이다. 이리가레(Luce Irigaray)에 따르면 "표시하는 자와 표시당하는 자 모두 남성적인 의미화 양식 내에서 유지되"[2]기 때문에, 결국 여성이라는 이름은 단지 타자성의 양식을 과시하는 또 하나의 남성적인 성(性)에 불과하다. 그럼에도 불구하고 지금까지 한국의 여성문학에 대한 접근은 남성과 여성이라는 생물학적인 이분법적 틀 속에서만 여성이라는 개념을 설정하고 그로부터 예컨대 감수성, 수동성, 관계지향성, 내면성 등의 '여성적 특질들'로 요약되는 '여성성'이라는 미학적 개념을 도출해왔다. 그러나 여성문학에 대한 그러한 접근방법은 결과적으로는 여성문학을 여성들의, 여성들을 위한, 여성들에 의한 문학으로 게토화하게 되었다고 할 수 있을 것이다.

권력의 사법적 체계가 주체를 생산하고 결국에는 그 주체를 재현하

---

2 Judith Butler, *Gender Trouble*, Routledge: New York and London, 1999, p.18.

게 된다는 미셸 푸코의 지적, 그리고 남성과 여성이라는 용어의 사용법을 이해하기 위해서는 그것을 역사화하는 구체적인 노력을 이해하지 않으면 안 된다는 낸시 암스트롱의 주장 등을 두루 참고해볼 때, 결국 생물학적 여성을 여성문학의 주체로 재현하는 선택작용 또한 그 자체가 하나의 담론적 구성물이자 재현의 정치학의 결과라고 볼 수 있을 것이다. 그렇다면 지금 '여성문학이란 무엇인가'라는 질문에 직면한 우리에게 필요한 것은, 여성문학의 주체로 가정되어온 여성과 그러한 여성 주체의 생산물로서의 여성문학이 어떻게 역사적, 물질적으로 구성되었는가를 살펴보는 일일 것이다.

그렇게 볼 때 여성문학의 형성과정을 살펴보는 것은, 여성문학의 기원을 설정한 뒤 그것을 출발점으로 하여 여성문학이 연대기적으로 발전해온 과정을 탐구하는 방식과는 다를 수밖에 없다. '여성문학의 기원'이란 여성문학의 구체적이고 역사적인 전개에 앞서 선행하는 것이 아니다. 그것은 오히려 여성문학의 형성과 전개과정을 통해 만들어진 여성문학의 현재의 모습을 통해 거꾸로, 혹은 사후적으로 구성되는 것이라고 할 수 있다. 따라서 '여성문학의 기원'을 논할 때 우리는 여성문학이 그 자체로 자명하고 신성불가침한 단일한 개념이 아니라 일련의 제도적, 언어적 압력을 통해 구성된 역사적 결과물이라는 사실을 암묵적으로 상정해야 할 것이다. 이런 시각에서, '여성문학의 기원'이라는 말은 두 가지 가정을 전제한다. 하나는 여성문학의 성립이 근대문학의 성립과정과 모종의 연관관계를 가지고 있을 것이라는 가정이고, 다른 하나는 그렇다면 여성문학의 형성은 한국문학이 일련의 문학적 전범을 만들어가는 과정과 긴밀하게 관련될 것이라는 생각이다.

신수정은 오늘날 바람직한 '여성' 개념의 탄생 과정이 '노블' 개념의 성립 과정과 모종의 친연성을 갖는다는 전제하에 여성과 소설 장르의 출현 과정을 동시적으로 추적한 바 있다.[3] 이혜령 또한 우회적이기는 하지만 근대 남성작가의 자기 정체성 확인 및 현실 탐구가 '여성'을 선택적으로 배제하거나 연루시키는 방식을 통해 이루어졌음을 밝히고 있다.[4] 즉 한국 근대소설의 형성과 그 문학적 규범의 형성은 '여성성'의 문제와 뗄 수 없이 관련되어 있다. 다시 말해, 한국 근대소설의 내적·외적 규범 자체가 여성이라는 개념을 구축하는 과정에서 구성되고, 또 그것을 경유하여 만들어졌다고도 말할 수 있을 것이다. 그리고 여성문학의 탄생 또한 이러한 여성이라는 개념의 형성과정과 맥을 같이한다고 말할 수 있다. 그렇다면 다시, '여성문학이란 무엇인가'라는 질문에 답하기 위해서는, 먼저 그러한 사실들을 고려하면서 '여성'과 '여성문학'이 구성되는 역사적 과정과 맥락을 살펴보아야 할 것이다.

공적 소문, 사적 소설

전통적으로 창조력은 남성적 특성으로 간주되어왔다. 그 때문에 저자의 권위는 대개 부권적 위계질서를 중심으로 이미지화되었다. 따라서 "견고한 아버지 신을 유일한 창조자로 규정하는 가부장적 인과론과 그러한 인과론에 의존하는 문학적 창조에 대한 남성적 비유는 오랫동안 문학적 여성인 작가와 독자를 혼란"[5]스럽게 만들었다. 간혹 문학작품

3 신수정, 「한국 근대소설의 형성과 여성 재현 양상 연구」, 서울대학교 박사학위논문, 2003 참고.
4 이혜령, 『한국 근대소설과 섹슈얼리티의 서사학』, 소명출판, 2007 참고.

에서 재현되는 여성의 창조적 능력은 그래서 대개는 변덕스럽거나 기괴한 것으로 제시되었다. 혹은 의심받았다. 여성은 조작하거나 만들어낼 수 있는 능력이 없다는 남성작가들의 오랜 주장은 여성을 문학적 창조자가 아닌, 창조의 대상으로만 제한해왔다. 그 점에서는 한국문학의 경우도 예외가 아니다. 1917년에 「의심의 소녀」로 등단한 뒤 『창조』 동인으로도 활동한 바 있는 김명순의 시 「기도」에 대한 김기진의 해석과 1936년 『삼천리』에 실린 최정희의 수필 「애달픈 가을 화초」에 대한 김문집의 평가는 여성작가와 여성문학에 대한 그 당시의 판단기준을 잘 보여준다.

> 이것도 역시 그와 같은 소위 '분(粉)' 내음새가 나는 시의 일종이다. 누가 보든지 순실한 처녀, 혹은 여자가 정성껏 드리는 기도로는 보지 않을 것이다. (……) 연령에 비하여 말하면 어디로 보든지 17, 8 내지 20 전후의 여자가 아니라 30 내외의 중년의 여자라 하는 것이 가(可)하고 피부에 비하여 말하면 남자를 그다지 많이 알지 못하는 기름기 있고 윤택하고 보드랍고 폭신폭신한 피부라고 하느니보다도 오히려 육욕에 겉으론 윤택하지 못한, 지방질은 거의 다 말라 없어진 피폐하고 황량한 피부가 겨우 화장분의 마술에 가리워서 나머지 생명을 북돋워가는 그러한 피부라고 말하는 것이 적당할 듯하다. 거친 피부를 가리어주고 있는 한 겹의 얇은 분을 벗겨버리면 그 아래에는 주름살 진 열(熱) 없는 살가죽이 드러난다. 그와 마찬가지로 그의 시(詩)도 한 겹의 가냘픈 화장이

---

5 Sandra M. Gilbert and Susan Gubar, *The madwoman in the Attic*, Yale University Press: New Haven and London, 1979, p.2.

있다. 또한 그와 마찬가지로 그의 시에 볼만한 것이 있다면 그것은 이 화장한 피부와 같이 퇴폐의 미가 있는 까닭이겠고 황량의 미가 있는 까닭이겠다.[6]

이처럼 김명순의 시에 대한 김기진의 비판은 피폐하고 황량한 피부를 은폐하는 '화장기' 혹은 '분 냄새'를 향한다. 그런 반면, 최정희의 수필에 대한 김문집의 고평의 근거는 그 글이 ('화장'하지 않은) 있는 그대로의 자기를 드러내고 있다는 점에 있었다.

소녀문단에서 최근 나는 별외적(別外的)인 글 하나를 발견했다. 그는 소설도 시도 희곡도 아닌 불과 반 페이지의 수필이다. 『삼천리』 6월호에서 본 최정희의 글이다. 청춘을 작별하는 이내 얼굴을 응시하는 여인의 심경을 고백한 글이다. 이것만은 여류국제문단에서도 상당한 친구가 아니고는 못 쓸 글이다. (……) 남성작가는 감쪽같이 자기를 은폐하고도 걸작을 내놓을 두력(頭力)을 가졌지만, 그를 못 가진 여성작가에 있어서는 반대로 있는 대로의 자기를 표박(漂迫)할 때에 한해서 볼만한 글을 내놓는다는 불문율을 새로이 인식하였다.[7]

김명순의 시 「기도」와 최정희의 수필 「애달픈 가을 화초」에는 모두 거울을 들여다보는 여성화자가 등장한다. 이때 김명순의 시에서 거울을 들여다보는 행위는 자기 치장과 위장으로 해석되는 반면, 최정희의

---

6 김기진, 「김명순 씨에 대한 공개장」, 『신여성』, 1924. 11, 47쪽.
7 이하관, 「문학의 인상—조선문학현상론」, 『중앙』, 1936. 9, 146~147쪽. 여기서 이하관은 김문집의 다른 이름임.

수필에서 '거울에 비치는 얼굴'은 곱지 못한 자기 마음을 발견하는 계기로 받아들여진다. 당시 평론가들의 관점에서 여성의 거울은 그렇게 자기 은폐의 도구인 동시에 자기 폭로의 도구로 해석되고 있었다. 그런데 위에서도 보듯이 특히 '한 겹의 가냘픈 화장'으로 상징되는 김명순의 위장술에 대한 김기진의 평가는 지극히 냉정하다. 김명순의 화장술에 대한 비난은 곧 김명순의 작품에 대한 혹평으로 이어지고 있는데, 이 글에서 김기진은 이 모든 혹평의 근거를 김명순의 불행한 가정사에서 찾고 있다. 즉 그녀에게는 '더러운 피'가 흘러서 그것을 감추기 위해 그녀는 짙은 화장을 하고 또 그것이 작품에도 그대로 드러나고 있다는 것이다.

반면에 김문집은 남성작가와 같은 창조력을 갖추지 못한 여성작가는 자기 자신을 솔직하게 '표박'할 때라야 비로소 '볼만한 글'을 내놓을 수 있다고 말한다. 그리고 그에 따르면 그러한 자기 표박이 여성문학의 불문율이다. 이때 김문집이 극찬한 최정희의 글이 (그 장르적 특성상 자기를 있는 그대로 드러낼 수밖에 없는) 수필이라는 사실은 중요하다. 반면 김기진에 따르면 여성이 "감쪽같이 자기를 은폐하"는 것은, 창조적 능력이 아니라 "저급한 저향취미(低向趣味)와 흐리멍덩한 현실긍정의 욕정주의와 조선제(朝鮮製) 데카당스 취미"[8]에 지나지 않는다. 김명순과 최정희의 글에 대한 남성 평론가들의 이와 같은 해석과 평가에서도 단적으로 드러나듯이, 이처럼 식민지시대 근대문학의 형성기부터 여성작가와 여성문학은 화장하지 않은 '맨얼굴' 드러내기를 요구받아왔다.

---

8 김기진, 앞의 글, 48쪽.

그런데 여성작가를 향한 이러한 '맨얼굴 드러내기'에 대한 요구는 사실상 여성이라는 존재를 허구의 주재자(主宰者)가 결코 될 수 없는, 단지 고정된 허구적 대상물(혹은 드러나야 할 진리)쯤으로 보는 오랜 관습적 시각의 또 다른 표현이라고 할 수 있다. 창조력이 부재한 여성이 작가가 되기 위해서는 자신의 삶과 내면을 드러내야 한다는 그러한 비평적 요구는 결과적으로 여성문학을 사적인 것과 공적인 것, 사실과 허구, 은폐와 폭로가 뒤섞여 전개되는 가십과 유사한 것으로 만든다. 식민지시대 여성문학의 전개과정을 어떤 측면에서 '소문의 서사화' 과정이라고 볼 수 있는 것은 이 때문이다. 제1세대 여성작가인 김일엽, 김명순, 나혜석 등에 대한 논의가 주로 그들의 사생활에 관한 근거 없는(혹은 있는) 소문을 중심으로 전개되었다는 점, 그런 그들을 '작품 없는 벙어리 작가'로 명명했다는 사실은 흥미롭다. 여성작가들은 그와 같은 방식으로 소문의 생산과 유통의 메커니즘의 한가운데에 있었고, '여성작가'라는 타이틀도 그러한 소문의 생산과 유통에 의해 만들어진 것이었다.[9] 그래서 여성작가들은 작품을 쓰지 않아도, 그들의 사생활에 대해 떠도는 서사적 지식, 즉 소문만으로도 충분히 여성작가로 명명될 수 있었던 것이다.

그러나 사실 한국근대문학 초기 그러한 소문의 서사화 과정은 비단 여성작가들의 작품에만 한정되었던 것은 아니다. 김경수의 지적에 따르면 이는 한국근대문학 형성기의 일반적 특성이었다. 특히 아직 소설이라는 장르가 형성되지 않았던 시기에, 신문지상에 보도된 사건, 사

---

9 한국 근대문학에서 나타나는 소문과 소설의 근친관계 및 여성과의 관계에 대해서는 졸고, 「문학 속의 소문난 여자들」, 『여성, 문학을 가로지르다』, 문학과지성사, 2005 참조.

고, 스캔들 기사는 소설적 소재로 충분히 활용될 수 있었고 또 실제로도 그러했다. 더욱이 인물, 사건, 배경 등 소설의 기본요소를 모두 갖추고 있는 스캔들 기사는 그 자체만으로도 소설 장르와 친연성을 갖는 것이었다. 그런 점에서 한국근대문학은 소문 혹은 스캔들 기사를 자양분으로 형성되었다고 해도 과언이 아닐 것이다. 실제로 그 당시 신문과 잡지를 살펴보면, 기생과의 정사(情死) 사건이나 신여성과 지식인 청년의 연애사건 등을 폭로하는 스캔들 기사가 꽤 많았다는 것을 알 수 있다. 더불어 그러한 스캔들 기사의 내용과 형식은 그대로 소설 장르에서 차용되거나 실험되고 있었다. 예컨대 지식인 청년 영철과 기생 설화의 로맨스가 결국 설화의 자살 사건으로 끝나고 마는 나도향의 『환희』(1922)가 그렇다. 소설의 내용은 그 당시 사회를 떠들썩하게 했던 기생의 자살이나 정사 사건에 관한 신문보도 내용과 매우 흡사한데, 소설과 신문기사 간의 친연적 관계는 그것을 통해서도 짐작할 수 있는 바다.[10] 그리고 염상섭의 소설 『진주는 주었으나』(1926) 또한 그처럼 소문, 특히 섹스 스캔들이 그대로 소설의 내용으로 활용되었던 적절한 사례라고 할 수 있다.[11] 더 나아가 그러한 사례는 이후 1930년대 소설에서도

---

10 1920~1931년 10년간 『동아일보』의 기생 관련 사건 554건 중 57건이 기생의 자살과 정사 사건 기사로 전체의 10퍼센트가 넘는다고 한다. 이 중에서 가장 유명한 사건은 1923년 사회를 떠들썩하게 했던 지방 부호 장병천과 기생 강명화의 정사 사건이었다. 서지영, 「식민지 근대 유흥 풍속과 여성 섹슈얼리티 — 기생·카페 여급을 중심으로」, 『사회와 역사』 65집, 2004, 142~145쪽 참조.

11 김경수는 이에 대한 상세한 분석을 통해 남녀의 정사 사건이나 스캔들에 관한 신문기사가 그 당시 소설의 중요한 소재와 내용으로 활용되었음을 입증한다.(김경수, 「현대소설의 형성과 스캔들」, 『염상섭과 현대소설의 형성』, 일조각, 2008 참고) 이 글에서 김경수는 『진주는 주었으나』가 연재 중이던 1925년 9월 12일과 11월 15일자 『동아일보』 지면에서 소설의 핵심적인 사건으로 설정된 스캔들과 유사한 사건 보도를 찾아내고, 이에 관한 기사 내용이 어떻게 소설의 내용과 밀접한 관계를 갖고 있는지를 지적하고 있다. 그러면서 그는 신문기사의 소설적 활용이 궁극적으로는 작가가 "소설=현실의 기록"이라는 등식에서 멀리 있지 않음을 강조하기 위

찾아볼 수 있는데, 특히 현진건의 『적도』(1934)에서 스캔들 기사는 중심 사건을 요약하거나 그 사건의 의미를 사회적으로 재해석하는 등의 역할을 하면서 소설 속에 배치되고 있었다.

그런데 주목할 점은 근대문학 형성과정에서 발견되는 그러한 소문과 소설의 결합방식이 섹슈얼리티, 특히 여성의 섹슈얼리티와 육체를 비체화(卑體化)하는 과정을 거친 다음에야 비로소 그 효력을 발휘하는 경우가 많다는 것이다. 보통 공적인 영역의 구성은 남성적임에도 불구하고, 스캔들의 공적 특성은 대개는 여성적인 것으로 이루어진다. 그러나 이들 공적인 스캔들은 소설과 결합하면서 성(性)에 관한 은밀하고도 정교한 담론을 제공한 뒤 비밀스럽게 유포된다. 그 결과 스캔들의 주체로 사생활을 폭로당한 공적인 여성들은 말 그대로 '스캔들화(scandalize)' 됨으로써 사적으로 소비되는 스캔들의 대상이 되고 만다. 미셸 푸코가 지적하는 것처럼, 성(性)은 언어로 구조화된다. 그러나 '이야기될 수 없음'이라는 성의 특성상, 성은 침묵하면서 그 침묵으로 의미를 생산해낸다. 그리하여 이제 문제는 섹슈얼리티가 어떻게 스캔들화되었는지가 아니라, 스캔들이 어떻게 섹슈얼리티를 생산해내는 데 일조했는지, 나아가 이러한 일련의 과정이 역설적이게도 섹슈얼리티, 특히 여성의 섹슈얼리티를 어떻게 말할 수 없음의 대상으로 만들었는지가 된다.[12] 이

한 장치임을 지적한다. 물론 일차적으로는 소설에 신문기사가 활용되었던 것은 소설의 핍진성과 사건의 개연성을 높이기 위해서였다고 볼 수도 있다. 그러나 김경수 자신의 지적대로, 이러한 신문기사의 내용이 사실과는 무관하게 만들어질 수 있다는 점에서 소설의 리얼리즘적 성격을 강조하는 방식으로만 이 문제에 접근해서는 곤란하다. 오히려 소설과 신문기사의 이러한 친연성은 신문기사가 사실이 아닌, 소설과 같은 허구적 생산물일 수도 있음을 짐작케 하는 것이다.

12 William Cohen, *Sex Scandal: The Private Parts of Victorian Fiction*, Duke University Press, Durham and London, 1996, p.13 참조.

제 여성의 섹슈얼리티는 '공공연한' 비밀이 되고 만다.

식민지시대에 흔히 '모델소설'이라고 명명되었던 소설들은 공공연한 소문이 어떻게 낯선 감정과 은밀한 욕망이 펼쳐지는 '사적' 소설이 되었는가를 잘 보여준다. 모델소설은 가까이에서 문인으로 활동했던 여성작가들(나혜석, 김일엽, 김명순 등)에 관한 소문을 근거로 남성작가에 의해 창작된 일련의 소설들을 일컫는다. 이들 모델소설은 고백이라는 장치를 통해 실존하는 인물의 사생활을 '사실적'으로 폭로하지만, 이러한 과정을 통해 거꾸로 실제 스캔들의 주인공인 여성작가들을 허구화한다. 물론 이러한 허구화 과정을 통해 스캔들은 더욱 영향력 있고 상품성 있는 것으로 유통된다. 특히 제1기 여성작가들을 모델로 한 염상섭의 일련의 소설들(특히 『해바라기』, 『너희들은 무엇을 어덧느냐』)은 실존인물을 대상으로 하면서도 그들의 내면 풍경을 손에 잡힐 듯 생생하고 박진감 있게 그려낸다. 그럼으로써, 이들 실존했던 신여성들은 이제 '창작'의 대상이 된다. 염상섭이 이런 모델소설을 거치면서 비로소 작가 특유의 소설적 방법론이라 할 법한 '심리적 묘사'를 확립했다는 사실[13]은, 스캔들화된 여성이 어떻게 한국 근대소설의 확립과 정착을 위한 자양분으로 활용되었는가를 상징적으로 보여주는 한 사례가 될 것이다. 물론 그 과정에서 모델소설의 대상이 된 김명순, 김일엽, 나혜석의 문학은 여성에 대해 떠도는 풍문에 갇혀버린 채 증발해버리고 만다.

---

13 김윤식은 김동인의 '시점으로서의 인형조종술', 염상섭의 고백체, 염상섭의 심리적 묘사, 이 세 가지를 한국 근대소설사에서 내면심리를 지배하는 방법론적 승리로 보고 있는데, 특히 이 중 중심인물을 초점화자로 설정하여 인물의 내면을 들여다볼 수 있게 하는 염상섭의 심리적 묘사야말로 가장 발전된 방식이라고 본다. 김윤식, 『염상섭 연구』, 서울대출판부, 1987 참조.

문학적 통치 장치로서 소문-소설

스캔들 기사는 '스캔들'로 표출되고 가시화되는 성적 욕망들을 새롭게 분류하거나 언어적으로 재현하고자 하는 근대적 욕망의 표현이다. 물론 기본적으로 스캔들은 사실(fact)의 바깥에서 사생활에 관한 이야기를 뉴스로 만들어 이익을 챙기는 대중매체에 의존한다. 그러나 스캔들은 그 자체로 나름의 성격과 구조를 지닌 플롯화된 서사라는 점에서 단순히 흥미로운 실제 사건의 재현이라기보다는 소설과 마찬가지로 '언어에 의해 구성된 현실'이라고도 할 수 있다. 그런 점에서 스캔들-소문은 소설이 그러하듯 현실의 불완전한 사본(寫本)이 아니라 언어의 생성적 산물이다. 그래서 소설과 마찬가지로 소문 또한 현실을, 나아가 그 현실을 구성하는 이데올로기를 재각인하는 언어적 구성물이자 문화적 실천이라고 할 수 있는 것이다. 이는 다시 말해서 소문이 단지 구전되고 왜곡되는 정보의 총체가 아니라 그 자체로 사회적 효과와 영향력을 가질 수 있는 사회적 통치(social police)의 기제일 수도 있음을 암시한다.

앞에서 이야기한 것처럼, 여성작가는 스캔들화됨으로써 그 자체로 하나의 '문학작품' 혹은 '문학적 상황'이 된다. 그리하여 점차 소설 속 여성인물(특히 방종하고 무절제한 신여성)에 대한 비난은 실제 여성에 대한 비난으로 돌려지고 확장되는 사태가 재연된다. 그리고 그것은 근대문학 초기에 실제로 벌어졌던 상황이기도 하다. 여성작가와 그들을 모델로 한 소설 속 여성인물은 이제 거의 구분되지 않은 채, 허구와 사실의 경계에 모호하게 존재하게 된다. 그런 과정에서 여성은 더 이상 현실의 존재가 아니라 단지 문학작품 속 허구적인 인공물로서의 지위를 갖게 된다. 그런 점에서 여성은 점차 르포르타주에서 신화로 바뀌게 되었다[14]고 말할 수도 있을 것이다.

이렇게 여성은 소문화, 허구화, 서사화 과정을 거치면서 악마와 천사로 상징되는 전형으로 이분법적인 신화적 도상으로 재현된다. 거기에다가 특정 대상에 대한 잠재적 선입견과 뿌리 깊은 고정관념을 드러내는 데 효과적인 소문[15] 혹은 소설의 속성상, 스캔들화된 서사 혹은 서사화된 스캔들은 여성에 대한 고정관념 혹은 석화(石化)된 이미지가 집결하는 장이 된다. 그리하여 특히 여성 섹슈얼리티가 스캔들화된 서사는 여성에 관한 그 사회의 지배적이고 보수적인 가치를 반영하는 경우가 많다. 아니, 거꾸로 그러한 서사는 사회가 주장하는 보수적인 가치에 대한 근거를 제공해줄 수도 있다. 물론 이때 여성 섹슈얼리티를 통해 드러나는 지배적인 가치는 대개 가부장적인 가치다. 그 과정에서 소설은 여성을 둘러싸고 만들어지는 비밀과 거짓말을 관음증적으로 소비하는 동시에, 특정한 여성 이미지를 재현함으로써 여성에 대한 고정관념을 강화하는 역할을 한다. 앞서 다룬 제1기 여성작가들은 바로 소문의 서사화, 혹은 서사의 소문화 방식에 의해 대중에게 익히 알려진 신여성(성적, 도덕적으로 타락했을 뿐만 아니라 속물적이고 이기적인)

---

14 Angelique Richardson & Chris Willis ed., *The New Woman in Fiction and Fact: Fin-de-Siècle Feminisms*, Palgrave Macmillan, 2001, p.42.

15 소문은 인간이 자기 내부의 환경을 안정시키기 위해 갖게 되는 일종의 습득된 메커니즘이라고 할 수 있다. 그래서 소문의 발화자(이자 청취자)는 소문이 자신이 특정 대상에 대해 갖고 있는 인상과 일치하면 그것을 고려할 만한 것으로 받아들이는 반면, 자신이 갖고 있던 인상과 모순적인 경우에는 우연적인 사건으로 치부함으로써 심리적으로 안정을 추구하려는 경향을 드러낸다. 그러나 이러한 안정에 대한 지향성은 결국 나와는 다른 생각과 가치관을 갖는 존재를 억압하고 심지어는 배제하는 결과를 낳기도 한다. 소문의 이러한 특성은 한국근대문학의 형성기에 소문이 어떻게 여성에 관한 클리셰와 고정관념을 만드는 데 일조했는가를 짐작할 수 있게 한다. 소문의 습득된 메커니즘에 관한 좀 더 자세한 논의는 미하엘 셸레, 김수은 옮김, 『소문, 나를 파괴하는 정체불명의 괴물』(열대림, 2007)을 참조할 것.

의 이미지를 덮어쓰게 된다. 그 과정에서 여성작가의 작품이 문학이라는 제도 바깥으로 밀려난 것은 어쩌면 너무나 당연한 일이었는지도 모른다.

그렇다면 제2기 여성작가들의 작품은 과연 이러한 소문의 서사화 방식에서 자유로웠을까? 분명한 것은 1930년대 여성작가들이 전(前) 세대 선배 여성작가들의 '영향에 대한 불안'에서 자유롭지 못했으며 따라서 선배 여성작가들과의 거리 두기를 통해 자신들의 문학적 정체성을 확보하고자 했다는 사실이다. "과거의 조선에는 완성된 여류작가가 없음에 따라 문단에서 우리들의 문학을 작성하지 못하였던 것은 사실이었다. 다만 단명(短命)의 무수한 잡지가 나옴에 따라서 '저널리스트'가 만들어준 소위 여류 평가와 작가들이 대두할 뿐이었다."[16]는 최정희의 지적은 이러한 사정을 방증한다. 다소 가혹하다 싶을 정도로 선배 여성작가들을 부정하는 최정희의 태도는 1920년대 김명순, 김일엽 등을 중심으로 집중적으로 이루어진 사생활 폭로가 1930년대까지도 계속되고 있었을 뿐만 아니라 그것이 서사화 과정을 거치면서 더욱 흥미로운 이야깃거리로 전락하는 상황을 지켜보았기 때문일 수도 있다. 실제로 김명순과 김일엽, 송계월 등의 작가들이 실종되거나 죽은 뒤에도, 그들의 삶은 일정한 서사적 형식을 부여받으면서 끊임없이 이야기되고 다종다기한 방식으로 재구성되고 있었다.[17] 이들 여성작가들을 둘

---

16 최정희, 「1933년도 여류문단총평」, 『신가정』, 1933. 12, 45쪽.

17 김일엽에 관한 가십성 기사로는 「김일엽 여사의 동냥승」(『삼천리』, 1935. 1), 「법당에서 참선으로 청춘을 잊는 김일엽 여사(가인 독수공방기)」(『삼천리』, 1935. 8)가 있는데, 대개는 김일엽이 입산수도를 결심하기까지의 저간의 사정을 소개하고 있다. 김명순에 관한 가십성 기사는 이보다 더 지속적으로 자주 만들어졌다. 창작활동을 그만둔 뒤 영화배우로 카페 여급으로 전전하다가 새로운 출발을 다짐하고 동경으로 유학 간 뒤에도 김명순의 삶은 박복한 미인의 슬픈 이야기로 각색되어 서사화된다. 이에 대해서는 「세 번 실연한 유전의 여류시인 김명순」

러싼 소문의 유통과 그 서사화가 식민지시대 후반까지 끊이지 않고 현재진행형으로 일어나고 있었던 상황을 짐작해볼 때, 그런 방식으로 지속적으로 스캔들의 소재로 동원되고 서사화되고 있었던 선배 여성작가들의 정황은 후배 여성작가들에게는 그 자체로 공포였을 것으로 짐작된다.

따라서 제2기 여성작가들의 입장에서는 이전의 여성작가들과 다른 입지와 경향을 확보해야 할 필요성은 더욱 긴박한 숙제로 다가왔을 것이다. 그것은 여성작가의 생존이 걸린 급박한 문제였던 것이다. 그 결과 1930년대 프로문학적 경향을 띠던 여성작가(강경애, 박화성, 송계월)의 작품들이 카프의 해산으로 문단에 안착하지 못하고 사라진 뒤, 최정희를 포함하여 모윤숙, 노천명, 이선희, 장덕조 등이 문단의 전면에 등장하던 1930년대 중반 무렵부터 여성문학은 새로운 국면을 맞이하게 된다. 그리고 그것은 임순득이 지적한 것처럼 여성적, 가정적, 모성적, 정신적 토픽에의 집중으로 나타난다.[18] '여성성'이라는 자질로 포괄할 수 있는 이러한 제2기 여성문학의 특성은, 한편으로는 "이쁘고 싸근싸근하며 고요하고 깨끗한 모든 여성적의 좋은 점을 소설에서 좀 더 잘 표현하고 보다 옳게 탐구해나가는 것"[19]에 대한 남성비평가들의 요

(『삼천리』, 1935. 9)과 홍순옥의 「여류문인의 연애비화」(『조선문단』, 1935. 4)에서 구체적으로 살펴볼 수 있다. 거기에다가 잡지 『개벽』의 기자이자 「가두연락의 첫날」로 알려진 송계월은 1933년에 요절한 뒤에도 그녀를 둘러싼 소문('처녀가 애를 뱄다')에 관한 이야기가 잡지를 통해 공적으로 유통되기도 한다. 즉 그때까지는 다소 모호했던 송계월에 관한 소문은 1935년 3월 『삼천리』에 실린 홍의동자의 「미인박명애사—조서한 문단의 명화 송계월 양」이라는 기사에서 좀 더 구체적이고 사실적으로 서술된다. 그리고 이러한 글의 내용은 이후 유진오의 소설 『수난의 기록』(1939)에서 반복됨으로써 여성작가의 삶은 다시 한 번 더 허구화되고 있다.

18 임순득, 「불효기에 처한 조선여성작가론」, 『여성』, 1940. 9, 참조.

19 안회남, 「소설가 박화성론」, 『여성』, 1938. 2, 31쪽.

구에 부응한 것이다. 그리고 다른 한편으로, 그것은 소문의 희생양으로 문단 밖으로 퇴출되었던 전 세대 여성작가들을 반면교사로 보아오면서 얻은 교훈을 내면화한 결과라고도 볼 수 있다.

아무튼 이들은 그렇게 가정적이고 모성적인 성격을 자기 정체성의 내용으로 받아들임으로써 합법적으로 '여류문단'이라는 타이틀을 얻게 된다. 따라서 1930년대 후반 이들의 여성작가로서의 자기 정체성은 남성 중심적인 사회와 문단이 요구하는 가치체계를 내면화함으로써 형성된 것이라고 볼 수 있다. 그렇게 본다면, 이 시기 여성작가들의 작품에서 드러나는 여성성의 원리란 어떤 측면에서는 가부장제적 사회현실 속에서 작가가 문학적으로 생존하기 위해 어쩔 수 없이 전략적으로 채택한 창작원리라고도 할 수 있을 것이다.[20]

그리고 이때부터 한국문단은 '여성성'을 여성문학을 평가하는 비평적 용어로 할당하기 시작한다. 이 시기 여성작가의 대표주자로서 '여성성의 작가'로 호명되는 최정희의 문학적 변모와 그 성격을 살펴보는 것이 한층 중요해지는 것은 이런 맥락에서다. 크게 보면 그것은 결국 한국 여성문학의 한 원형에 대한 탐구이자 결코 단순하지만은 않은 '여성성'에 대한 해명의 한 방법이 될 수 있기 때문이다.[21] 이런 문학사적 맥락을 고려할 때, 제1세대 여성작가들의 서사화된 스캔들 혹은 스캔들화된 서사는 단지 근대문학의 형성과정에서 소설적 소재와 소설적 형식의 확립이라는 문제와 관련되는 것만은 아니다. 그것은 오히려 소설

---

20 박정애, 「최정희 소설에 나타난 여성적 글쓰기의 특성 연구」, 서울대 석사학위논문, 1998, 3쪽 참조.

21 최정희 소설의 여성성에 대한 좀 더 구체적인 논의로는 이 책의 제1부 2장 '여성작가로 산다는 것 — 최정희 문학의 여성성'을 참조할 것.

에 (여성성의 원리를 가부장제적 질서와 이데올로기 속에 분배하고 배치하는) 일종의 문화적 통치 장치를 장착하는 문제와도 밀접하게 관련되는 것이라고 할 수 있다. 여성문학의 '여성성' 문제가 단순히 여성작가의 창작원리나 여성문학의 성격을 규정하는 어떤 특질의 차원에서 해명될 수 없는 것은 이 때문이다. 즉 '여성성'은 한 집단의 권력을 고양시키는 사회적 드라마로서의 스캔들이 어떻게 다른 한 성(性)의 권력을 박탈하고 통치함으로써 생산되고 유통되는가 하는 문제와 연관되는, 문학적 통치의 하나의 결과로서 만들어지는 것이라고 할 수 있다.

그와 함께 여기에서 지적되어야 하는 또 다른 문제는, 전 세대 여성작가들과의 거리 두기를 통해 자신들의 문학적 정체성을 확보하고자 했던 제2세대 여성작가들의 '여성적인' 문학적 성향이라는 것도 실상은 어떤 측면에서 전 세대 여성작가들과 마찬가지로 '소문의 서사화'로부터 자유롭지 않다는 사실이다. 물론 이때 문제의 초점이 되는 것은 그녀들의 사생활이 아니라 글쓰기 그 자체이긴 하지만 말이다. 앞서 최정희의 수필에 대한 김문집의 평가에서도 볼 수 있었듯이, 그것은 창조력이 부족한(부족하다고 평가되는) 여성작가들에게 남성비평가가 요구하는 것이기도 하다. 그간 체험적 에피소드나 솔직한 심정 고백이 주가 되는 수필 장르가 여성적인 장르로 젠더화되어온 것 또한 이런 맥락에서 이해할 수 있다. 실제로 당시 제2세대 여성작가들은 잡지사 등이 주최한 '여성작가 좌담회'를 통해 자신들의 연애와 결혼, 가정생활 등과 관련된 사담을 나누는 경우가 많았는데, 이러한 좌담회를 통해 여성작가들은 자신의 사적인 생활을 공공연하게 노출했다. 그 결과 가정을 중심으로 벌어지는 소소한 사건들과 자전적인 색채가 농후한 이야기가 주가 되는 이들의 문학작품 또한 허구라기보다는 사실에 가까운 자전적인 것으로 이해되기도 했다. 나아가 이들의 소설이 갖는 그러한 자전적 경향은 여성문학의 미학적 성과로까지 해석되기도 했다. 이후 1990년대 여성문학을 설명할 때 자주 거론되었던 '자전적 글쓰기', '고백의 서사', '자기 발견의 서사'와 같은 미학적, 양식적 개념들의 한국적 기원은 바로 거기에 있다. 1990년대 여성문학의 캐치프레이즈였던 저 개념들은 어떤 측면에서 여성들의 글쓰기를 사생활과 결부시켜 스캔들화하고 그것을 여성작가 고유의 것으로 할당했던 식민지시대의 오랜 문학적 통치의 연장선상에 있는 것이라고 할 수 있다.

문학을 심문하는 '여성문학'

이렇듯 '여성문학'은 소문의 서사화 전략을 통해 만들어졌다. 그것이 '전략'인 이유는, 제2세대 여성작가들이 그들의 문학적 정체성을 인정받기 위해 맨얼굴 드러내기 혹은 자기 사생활의 서사화라는 남성 중심적이고 가부장제적인 요구를 자발적으로 내면화했기 때문이다. 그것은 자신들의 작품을 문학으로 인정받기 위한 네거티브한 전략이었다. 그러나 설령 여성작가들이 자발적으로 그러한 '표박'의 요구를 승인했다고 하더라도, 그러한 승인 자체가 가부장제적 규율담론의 산물인 한에서, 여성문학은 결국 남성 중심적인 문학적 규율권력에 의해 타율적으로 '만들어지는' 것이기도 하다. 그 과정에서 '여성' 또한 그러한 규율담론에 적합한 이름으로 재단장된다. 아무튼 이런 과정을 거쳐, 여성문학은 '문학적 전통'의 영역 안으로 들어가게 된다. 다시 말해, 그렇게 여성문학은 제도적 합법성을 획득하게 된다. 그러나 사회적·문학적 규율

담론에 순응하고 그를 내면화함으로써 만들어진 여성문학이란 그 자체가 결국은 폐쇄적이고 보수적인 장(場)을 형성할 수밖에 없다.

이러한 여성문학의 보수화 경향을 잘 보여주는 사례를 우리는 제1세대 영미 여성문학 연구자인 일레인 쇼월터(Elaine Showalter)에게서도 찾을 수 있다. 1977년에 출판한 『그들만의 문학(A Literature of their own)』의 개정판을 1999년에 내면서 쇼월터는 새 책에 서문을 붙인다.[22] 그 서문에서 쇼월터는 이제 여성문학이 문학적 주류 안에서 여성의 사회문화적 경험을 드러내는 이미지, 메타포, 주제, 플롯을 통해 종속과 저항의 단계를 거쳐 자율성의 단계로 나아가게 되었다고 주장한다. 그러면서 그녀는 선배연구자인 자신을 향한 후학들의 비판을 거론하며 그것을 다시 비판하고 있다. 가령 후배 여성비평가인 앤 아디스(Ann Ardis)는 "여성비평가는 비정전적(非正典的) 이론에 근거해 모든 형태의 문학적 위계질서를 가부장제적인 것으로 거부해야 한다."고 하면서 쇼월터를 중심으로 한 현재의 위계화된 여성문학/비평을 가부장제적인 것으로 비판한다. 이에 대해 쇼월터는 자기 세대 페미니스트들이 모든 문학적 위계질서에서 완전히 벗어나지는 못했지만 그럼에도 불구하고 주류 문학 장(場)에 진입함으로써 이전보다 더 위계질서에 저항할 수 있는 토대를 구축했다고 반박한다. 서구의 신구 페미니스트 비평가 간의 이런 논쟁에서도 짐작할 수 있듯이, 분명 오늘날 페미니스트 문학은 더 이상 하위문화 장르가 아니며 여성문학을 문학적으로 정전화(正典化)하려는 노력을 통해 주류 문학담론 내에서 일정한 세력을 형성하게 되

---

22 Elaine Showalter, *A Literature of their own*, Princeton University Press: New Jersey, 1999, 서문 참조.

었다. 하지만 그것은 여성문학이 결과적으로 지배적인 남성문화 전통에 침윤되는 대가를 치르고 얻은 것이었다. 이러한 쇼월터의 자기변명이 그녀를 비판하는 사람들의 주장대로 결국 '보수적 문학사(Whig literary history)'에 대한 옹호로 이어질 수밖에 없는 것은 그 때문이다.

물론 서구 여성문학의 현재를 보여주는 이러한 쇼월터의 사례가 그대로 우리 상황에 적용되기는 어려울 것이다. 그러나 분명한 것은 한국 근대문학의 역사에서도 역시 마찬가지로 여성문학이 형성되고 본격적으로 세력화되는 과정이 곧 여성문학이 주류 문학의 가부장제 논리에 적응하고 그것을 내면화하는 과정과 일치한다는 사실이다. 최정희를 비롯한 제2세대 여성작가들이 문단 내에서 일정한 역할과 지분을 할당받게 된 것은 그런 과정을 거치면서 가능해진 것이었다. 그리고 여성문학은 그때서야 비로소 '문학적' 평가의 대상이 될 수 있었던 것이다.

이때 여성문학의 문학적 가치를 형성하고 결정하는 가장 중요한 가부장제적 이데올로기 장치는 모성 신화와 모성성 담론이다. 특히 최정희는 카프 해산 이후에 쓴 일련의 단편소설, 특히 「정적기(靜寂記)」(1938)와 「지맥」(1939), 「인맥」(1940), 「천맥」(1941)으로 이어지는 '삼맥(三脈) 연작'에서 여성의 욕망과 모성이 충돌하면서 만들어내는 심리적 풍경을 내면 독백의 서술을 통해 잘 보여준다. 물론 이러저러한 갈등 끝에 결국 최정희의 여성인물이 선택하는 것은 '지상의 궤도'로서의 모성의 길이다. 그런데 흥미로운 점은 최정희의 소설에서 이러한 모성적 태도가 결과적으로는 부인 있는 남자와 스캔들을 일으킨 '부정녀(不淨女)'에 대한 사회적 비난에서 벗어날 수 있게 해주는 근거가 되고 있다는 사실이다. 즉 부정을 저지른 여자는 결국 모성의 길로 회귀하고 '부정녀'의 일탈적 심리는 그렇게 모성의 신화와 결합하면서 관습적으로 이해 가능한 것이 된다.

나아가 이러한 모성성의 원리는 이후에도 지속적으로 여성문학에 영향력을 행사하면서 여성문학의 미학적 전통으로 자리 잡게 된다. 그리하여 최정희, 오정희, 신경숙의 소설 등으로 이어지는 여성문학에서 강조되는(혹은 그렇게 해석되는) 모성성의 가치는 여성문학의 문학적 전통을 확립하고 여성문학사의 중요한 줄기를 만드는 데 일조한다. 물론 이렇게 형성된 여성문학의 전통은 한국근대문학의 장 속에서 여성문학을 하나의 주도적인 흐름으로 세력화했고, 여성문학 정전(正典)의 구축도 그런 과정에서 가능해진 것이었다.

그러나 우리는 이 시점에서 여성문학의 전통을 구축하기까지의 신산했던 여정을 돌이켜봐야 한다. 처음에 스캔들의 여주인공이 되어 끊임없이 공공연한 비난과 폄하의 대상이 되면서 제거되었던 여성은 자기를 향했던 바로 그 '소문'의 방법론을 거꾸로 자기 자신의 문학적 전략으로 채택함으로써 비로소 제한적이나마 문학적 창조의 주체가 될 수 있었다. 본래 소문이란 서로 다른 가치판단과 관점의 쟁투가 벌어지는 장이며, 그 안에서 모순적인 생각들이 복합적으로 상호작용하면서 소문의 대상에 대한 일정한 관념(이미지)이 형성된다. 그런데 이러한 쟁투는 대개 낯익은 것과 낯선 것, 혹은 전통적인 것과 새로운 것 사이의 갈등과 충돌의 양상을 띤다. 그렇기 때문에 소문의 대상을 둘러싸고 벌어지는 가치관과 관점의 충돌은 그 자체로 당대의 사회가 당면한 갈등과 문제를 반영한다. 여성작가와 작품을 둘러싼 소문 또한 마찬가지다. 즉 '신'여성이라는 타이틀로 무장한 여성작가의 스캔들화는 사실은 새롭고 낯선 가치와 관점을 둘러싼 당대 사회의 뜨거운 반응인 것이다. 그러나 여성의 성과 육체에 관한 스캔들을 둘러싼 한국근대문학의 반웅은 스캔들을 근대문학의 가부장제적 규율권력을 고양시키는 사회적 드라마로 변형시킴으로써 여성(작가)을 주변화하고 탈세력화하는 데 기여한다. 그리고 그에 불복종한 여성작가들에게 내려진 사회적 경고와 위협은 그러한 격정적 드라마를 거치면서 자폭과 순응의 여성서사를 생산하기에 이르게 되는 것이다.

여성문학은 그렇게 자발적으로 자기 폭로의 가학적 희생양이 되기를 자처함으로써만 비로소 만들어질 수 있었다. 그렇게 여성을 주변화하는 남성적 규율권력을 내면화하면서 형성된 여성문학은 그 때문에 당연히 불안정할 수밖에 없다. 여성문학이 지배담론에 쉽게 동원되거나 상업적인 대중문학과 쉽게 접속할 수 있는 이유도 이와 무관하지 않다. 그러나 바로 정확히 그와 같은 이유로 여성문학은 매번 '문학'의 최전선에서 '문학' 그 자체를 심문하는 장이 되어왔다. 즉 여성과 여성문학은 원하건 원치 않건 간에 사적인 것과 공적인 것, 문학과 비문학, 주류와 비주류, 배제와 포섭 사이의 경계의 문제를 불러일으킨다. 그리고 그것은 결국 제도적이고 미학적인 차원에서 '문학이란 무엇인가'라는 질문을 유발한다. 그런 의미에서 여성문학은, 문학을 심문하는 문학이다.

제2장

여성작가로 산다는 것

최정희 문학을 통해 본 '여성'의 연기(演技)와 구성

최정희 문학의 젠더

최정희(1906~1990)는 "여류다운 체취를 지닌 작가"[1], "여성의식의 순수 결정체"[2], "완벽한 여류의 전통"[3] 등과 같은 구절에서 짐작할 수 있는 것처럼 '여류다움'의 대명사로 알려져왔다. 특히 최정희는 남성적인 작가로 평가받았던 박화성[4]과 끊임없이 비교·대조되면서 그와는 정반대되는 여성적인 작가로 한국문학사에서 독특한 위치를 차지해왔다. 특히 1938년부터 1941년 사이에 발표된 일명 '맥 삼부작'(「지맥」, 「인맥」, 「천맥」)은 최정희 문학을 '여류다운 체취에 감싸인 신비로운 여성성의 산물'로 규정하는 데 결정적인 역할을 해왔다.

그러나 잘 알려져 있는 것처럼 최정희는 데뷔작 「정당한 스파이」

---

1 김윤식, 「인형의식의 파멸—여성과 문학」, 『한국문학사논고』, 법문사, 1973, 246쪽.
2 이재선, 『한국현대소설사』, 홍성사, 1979, 441쪽.
3 조병무, 『탑돌이』, 범우소설문고15, 범우출판사, 1982, 11쪽.
4 박화성의 작품을 '남성적인 것'으로 평가한 대표적인 논의에는 안회남, 「소설가 박화성론」(『여성』, 1938. 2)과 김문집, 「여류작가의 성적 귀환론」(『비평문학』, 청색지사, 1938)이 있다.

(『삼천리』, 1931. 10)를 비롯한 몇몇 프로문학적 경향의 작품을 발표하고 송계월과 '여류문예가 그룹 문제'로 논쟁[5]하던 1930년대 중반까지는, 오히려 "여성성 소실 혹은 여성성 기피"[6]의 작가로 알려진 박화성과 마찬가지로 남성성의 작가로 명명되었던 적도 있었다. 예를 들면 다음의 평가가 대표적이다.

> 씨의 글을 대할 적마다 나의 머리에는 그 글의 필자가 항상 여성이 아니고 남성으로서 떠올라왔다. (……) 나는 이것은 씨의 글의 한 병환이 아닌가 하고 걱정한다.[7]

이런 우려는 당시 최정희 문학에 대한 일반적인 평가였다. 즉 '여류답다'는 서술어는 '맥 삼부작'을 발표하던 당시에 형성되어,[8] 해방 이후부터 지금까지 이어진 것이지, 처음부터 최정희 문학을 평가하는 용어는 아니었던 것이다.

최정희 문학에 대한 이런 상반된 평가는 최근까지 계속되고 있다.

---

5 여성문예가 그룹 결성을 둘러싼 최정희와 송계월의 논쟁은 계급문학 내에서 여성과 계급의 우선순위를 둘러싼 논쟁이었다. 특히 그룹 결정을 제안하는 최정희의 논의에 대해 송계월은 "금일의 역사적 현실성과 관련하여 생각할 때에 진정한 진보적 의의를 가지는 것은 남성 대 여성의 성적 관계에 있는 것이 아니고 부르주아계급 대 프롤레타리아계급이라는 계급적 관계에 있"(39쪽)다고 주장하면서 최정희의 주장을 "반동적 행동의 한 형태"라고 일축한다. 이 논쟁에 대해서는 최정희, 「선언」(『동광』, 1932. 1); 송계월, 「여인문예가 크룹 문제 — 최정희군의 「선언」과 관련하야」(『신여성』, 1932. 2)를 참조할 것.

6 김문집, 앞의 글, 359쪽.

7 양주동·김기림, 「'여류문인' 편감촌평」, 『신가정』, 1934. 2.

8 최정희의 '맥 삼부작'에 대한 당대 평가가 어떠했는지는 1940년 1월 잡지 『문장』에 실린 좌담회에서 제출된 이원조의 다음과 같은 발언으로도 능히 짐작할 수 있다. "여류가 반성할 점은 확실히 있습니다. 제 말을 끌어내어 죄송하나 제가 「지맥」을 좋다는 것은 「지맥」처럼 현실 속에 몸을 던져라, 완롱물을 만들지 말아라, 하는 데 있습니다. 여류는 문학에 좀 더 강한 정열을 가져야겠습니다."

신동욱, 서정자, 김경원 등의 논의는 「정당한 스파이」에서 시작된 최정희의 문학적 이력에 주목하면서 이런 초기작(혹은 습작기)의 문학적 경향이 최정희 문학을 해석하는 데 중요한 토대가 될 수 있다고 본다. 이는 해방 직후에 출간된 『풍류 잡히는 마을』(1949, 아문각)에서 보이는 '신경향파적' 현실비판이 「흉가」 이전에 쓰인 프로문학적 소설과 관련될 뿐만 아니라 초기작에서 형성된 이러한 "사회의식은 줄곧 그의 문학에 기저를 이루며 있었다."[9]는 주장과도 관련된다. 그 결과 이들 논의에서 '맥 삼부작'은 "시대상황에 대응하는 작품으로 이해하기 어려"[10]운 예외적이고 돌출적인 것으로 범주화되고 결국 "'여류답다'는 최정희 문학에 대한 기존의 고정적 관점에서 탈피해야 한다"[11]는 주장에까지 이른다. 이들 주장은 최정희 문학 전반을 다룸으로써 그동안 잘 알려지지 않았던 최정희 문학의 전모를 살피려 했다는 점에서는 물론 의미가 있다. 그러나 이 논의들은 '맥 삼부작' 및 그와 비슷한 경향의 작품들을 예외적인 것으로 괄호 치면서 다루지 않거나 전체 논지 속에서 '사회의식이 내면화된 형태' 정도로 모호하게 처리함으로써 실상 최정희 문학의 전모를 다룬다는 최초의 의도와는 멀어지는 결과를 낳는다.

다른 한편에는 '맥 삼부작'을 중심으로 최정희 소설의 '여류다움'을 밝히는 데 주력하는 논의들이 있다. 가령 이호숙과 박정애는 최정희 문학에 등장하는 여성성의 원리를 가부장제적 사회현실 속에서 작가가 문학적으로 생존하기 위한 전략으로 채택한 창작원리[12]이자 여성 주체

---

9 서정자, 「최정희 소설 연구 I ― 습작기 작품과 「흉가」를 중심으로」, 『원우론총』 4집, 1986, 71쪽.
10 신동욱, 「최정희의 작품에 나타난 여성과 인간의식」, 『청파문학』 13호, 1980, 149쪽.
11 김경원, 「최정희 ― 역사적 격랑 속에서 여성의 좌표 찾기」, 『역사비평』, 1996년 봄호, 274쪽.
12 박정애, 「최정희 소설에 나타난 여성적 글쓰기의 특성 연구」, 서울대 석사학위논문, 1998, 3쪽.

내면에 숨겨진 일탈적인 남성 욕망을 은폐하기 위한 일종의 '외유내강의 지략적 글쓰기'[13]로 평가한다. 최정희의 '여류다움'을 여성주의적 관점에서 옹호하는 이러한 주장은 일단 최정희 문학에 대한 꼼꼼한 독해를 통해 여성성의 문제를 좀 더 구체적으로 살펴보고 있다는 점에서는 수긍할 만하다. 그러나 이들 논의는 '맥 삼부작'을 중심으로만 이루어져 있어 최정희 문학의 변모양상과 그러한 변화의 내적·외적 계기들을 밝히는 데까지는 나아가지 못하고 있을 뿐만 아니라, 여성성을 이미 여성작가에게 고유한 실체로 전제하고 있어 결과적으로 여성성에 대한 다각적 접근을 어렵게 하고 있다.[14]

최정희 문학에 대한 이러한 상반된 평가는 그동안 '여류다움'의 원천으로 알려진 최정희 문학이 그렇게 단선적으로 해석될 수 있는 것은 아니라는 사실을 보여준다. 따라서 최정희처럼 '남성적/여성적'이라는 극단적으로 대립되는 평가를 모두 받았던 여성작가에게 붙여졌던 '여류다움'이라는 '레테르'를 제대로 이해하기 위해서는 '여류다움' 혹은 '여성성'의 실체를 파악하기보다 우선 그러한 개념이 어떤 경로를 거쳐서 최정희 문학을 수식하는 표현으로 자리 잡았는가를 살펴보는 것이 필요하다. 그런 다음에라야 비로소 최정희 문학의 '여류다움'이 어떻게 만들어지고 소통되었는가가 파악될 수 있을 것이다.

---

13 이호숙, 「결백한 도전과 수용: 최정희론」, 『페미니즘과 소설비평』, 한길사, 1995, 340~346쪽.

14 이호숙의 글은 "30년대 최정희 소설의 여성성은 현실 속에서 억압되어 있는 남성성의 소산이라는 결론"을 제시함으로써 최정희 소설을 여성성이나 남성성으로만 단일하게 규정하는 기존 논의를 일정 부분 넘어선다는 점에서 의미가 있다. 그러나 이러한 주장을 뒷받침하기 위해 저자는 「봉황녀」를 집중적으로 분석하는데, 이 작품은 저자의 주장과는 달리 1950년에 발표된 소설이기 때문에 다음과 같은 주장은 설득력을 잃는다. "「봉황녀」는 1941년 작품으로 30년대 여타 소설들보다 발표 시기는 다소 늦지만 최정희 소설의 원형적 형태를 보여준다는 점에서 주목된다."(위의 글, 327쪽)

특히 "해방 전 여류문단의 현역으론 최정희 씨 한 사람뿐이었다."[15] 라는 김동리의 지적처럼, 최정희는 근대 여성문학 형성기에 중추적 역할을 담당했던 작가다. 그런 측면에서 최정희 문학의 여성성 문제는 그 자체로 한국문학에서 통용되는 '여성성'이라는 개념의 성격과 의미를 추론해볼 수 있는 준거점 역할을 할 수 있을 것으로 기대된다. 이를 위해 우선 1930년대부터 최정희를 비롯한 제2기 여성작가들에게 요구되었던 문학적 자질이 무엇이었으며 그러한 남성작가들의 요구가 여성작가, 특히 최정희에게 어떻게 굴절되면서 수용되었는가를 먼저 살펴보는 데서 출발한다.

'여류작가'의 조건

1931년에 발표된 최정희의 데뷔작 「정당한 스파이」는 주인공 '나'가 조직 활동을 하던 중에 스파이로 오해받았던 사건을 통해 자신의 별명이 '정당한 스파이'가 된 사연을 소개하는 짧은 소설이다. 소설은 그 당시 떠돌던 여자 스파이에 관한 소문에서 힌트를 얻어, 여자 스파이에서 연상되는 교활함과 아찔한 매력을 모방함으로써 주인공 '나'가 어떻게 거꾸로 "정당하고 강한 여성"[16]이 되는가를 아이로니컬하게 보여주고 있다. 이 소설에 실린 『삼천리』의 같은 호에 최정희는 「처음 엿줍는 인사」라는 글에서 "부인란의 표방은 봉건적 끄나플에 얽매여서 탈

15 김동리, 「여성작가의 회고와 전망」, 『문화』, 1947, 47쪽.
16 최정희, 「정당한 스파이」, 『삼천리』, 1931. 10, 118쪽.

출하지 못하는 구여성에게 해방을 격려시키고 더욱이 계급분화가 급격하는 이때에 약하였다는 우리들 여성들도 계급적 이데올로기를 가리고 전선에서 고생하며 싸워가는 동무들을 위하야 미약한 힘이라도 조력해야 할 것이 아닙니까?"[17]라는 주장을 펼친다. 이 두 편의 글을 통해 최정희는 처음부터 자신의 이념적 색채를 분명히 했을 뿐만 아니라, 1934년 여성작가로는 유일하게 '신건설사' 사건으로 수감될 때까지 이러한 자신의 문학적 노선을 지속해나갔다. 이러한 최정희 문학의 경향성은 그 당시 발표한 소설[18]은 물론 평론[19]에서도 확인할 수 있다.

초기 최정희의 이러한 문학적 활동은 남성평론가에 의해 폄하되었는데, 그런 부정적 평가는 나중에 이 작품들을 부정하는 최정희 자신의 진술[20]에 의해 다시 한 번 강화된다. 그러나 처음에 최정희가 박화성, 송계월, 강경애 등과 함께 활동하던 시기 이들의 프로문학적 경향의 소

---

17 최정희, 「처음 엿줍는 인사」, 『삼천리』, 1931. 10, 131쪽.

18 카프 제2차 검거사건으로 체포되기 이전에 발표된 이 시기 소설을 발표 순서대로 정리하면 다음과 같다. 「정당한 스파이」(『삼천리』, 1931. 10); 「니나의 세 토막 기록」(『신여성』, 1931. 12); 「명일의 시대」(『시대공론』, 1932. 1), 「룸펜의 신경선」(『영화시대』, 1932. 3); 「푸른 지평선의 쌍곡선」(『삼천리』, 1932. 5); 「비정도시」(『만국부인』, 1932. 10); 「남포동」(『문학타임스』, 1933. 2), 「젊은 어머니」(『신가정』, 1933. 3); 「토마토 철학」(『동아일보』, 1933. 7. 23); 「다잡보」(『매일신보』, 1933. 10. 10~11. 23), 「질투」(『신여성』, 1934. 1); 「가버린 미래」(『중앙』, 1934. 2); 「성좌」(『형상』, 1934. 2). 이 중에서 「젊은 어머니」는 박화성, 백신애, 최정희, 김자혜가 릴레이로 이어 쓴 연작소설이다. 이들 소설은 대개 경향적 색채가 강하게 드러나고 있거나 그렇지 않으면 주로 여성의 생활고를 다루고 있다. 거의 에피소드 소개 수준의 짧은 소설들이라서 문학적 성과를 논하기는 어렵다.

19 그 당시 최정희의 계급적 인식을 살펴볼 수 있는 글에는 근우회 활동까지 이어지는 여성운동의 변천사를 사회주의적 관점에서 기술한 「조선여성운동의 발전과정」(『삼천리』, 1931. 11)과 과거 여류문단의 한계와 새로운 여류문단의 가능성을 살펴보고 있는 「1933년도 여류문단총평」(『신가정』, 1934. 12)이 있다.

20 최정희는 초기 동반자 경향으로 분류된 작품들을 스스로 찾아다니면서 없앨 정도로 자신의 초기작에 대해 강하게 부정하면서 「흉가」를 자신의 처녀작으로 표명하게 된다. 최정희, 「나의 문학생활자서」, 『백민』, 1948. 3, 47쪽.

설들은 "작품 없는 벙어리 작가"[21]로 평가받던 제1기 여성작가들과는 달리 처음으로 작품 자체만으로 논의되기 시작한다.[22] 이때 이들 작품을 옹호하기 위해 동원된 서술어는 바로 '남성답다'는 것이었다. 예컨대 강경애와 박화성의 작품에 대해 "그 침착하고 대담한 리얼리즘과 호흡의 큰 것과 수법의 비범함에 있어서 남성작가를 단연 능가하는 기맥이 확실하다고 본다."[23]와 같은 평이 있었음을 보건대, 처음에는 남성성이 이들 여성작가의 작품을 지지하는 비평적 용어였음을 짐작할 수 있다.

그러나 이후 카프의 해산으로 문단 상황이 변화하면서 이들 여성작가들의 경향적 색채는 '여류답지 못하다'는 비난의 근거로 뒤바뀐다. 그리고 이러한 비판은 최정희의 「정당한 스파이」와 송계월의 「가두연락의 첫날」에 대한 표절 시비로까지 이어졌다.[24] 김문집의 비아냥에 가까운 다음과 같은 악평은 최정희의 초기 소설에 대한 당시 문단의 반응을 단적으로 보여준다.

---

21 홍구, 「1933년의 여류작가의 군상」, 『삼천리』, 1933. 2.

22 최정희를 동반자적 작가군에 포함시켜 다룬 글에는 유수춘, 「조선현대문예사조론」(『조선일보』, 1933. 1. 3~5)과 김팔봉의 「조선문학의 현재와 수준」(『신동아』, 1934. 1)이 있다. 김팔봉은 박화성과 최정희를, 유수춘은 최정희와 송계월을 각각 동반자 문학의 대표자로 꼽고 있다. 물론 이들의 작품 수준이 기대 이하라는 말을 덧붙이는 것도 잊지 않았다. 아무튼 이 둘이 최정희를 동반자 작가군에 공통적으로 포함시키는 것에서도 알 수 있듯이, 최정희의 경향적 색채는 매우 뚜렷했던 것 같다.

23 이청, 「여류작품총관」, 『신여성』, 1935. 12.

24 이무영의 다음과 같은 진술은 최정희와 송계월의 작품에 대한 평가가 어떠했는가를 짐작하게 한다. "너무 흔한(그렇기에 다른 데에 있는 작품과 혼동된다) 너무 독창성이 없는 스토리를 택하지 말았으면 한다. 이 점은 최정희 씨의 「정당한 스파이」나 송계월의 「가두연락의 첫날」도 우연히 다른 사람의 작품에서 그와 같은 스토리가 발굴되어 일부에서는 오해까지 받은 일이 있다." 이무영, 「여류작가개평」, 『신가정』, 1934. 2.

만약 그의 문학적 수업의 환경이 좋았고 사이비의 펜키적 프로문학이 그때의 문단을 황칠하지 않았더라면 정희는 공부만 했으면 그만한 재간으로써 충분 오늘날 우리 문단에 값싸지 않은 많은 작품을 남긴 작가가 되었을 것이다. (……) 이 「정당한 스파이」 외에 나는 아직 정희의 소설을 읽지 못했지마는 바른 말이지 이건 도무지 여학생의 작문이 되다만 '대물(代物)'이었다. (……) 와일드! 이 평범한 말은 그러나 동양에는 없는 서양말이요 없으면서도 이 말 와일드를 몸소 미득하는 자질에 있어서는 서쪽 사람들보다 우리네 동쪽 사람들이 더 많이 가진 것이 사실이며 동양사람 가운데서도 정희 같은 영양부족의 반쪽님이 가장 안타깝게 환상하고 있을 인간음률이 아닐까 하오. 어떠하오?[25]

처음에 김문집은 최정희의 「정당한 스파이」를 여학생의 작문만도 못하다고 조롱하다가 나중에는 급기야 최정희 소설의 문체를 "시골 교회의 전도부인의 말투"이자 "영양부족의 반쪽님"이나 구사할 법한 촌스럽고 거친 것으로 폄하하기에 이른다. 이러한 혹평은 "작가생활 10년에 최정희 하면 곧 연상될 수 있는 하나의 조그만 대표작도 가지지 못한다면 그의 작가적 역량이란 우리가 경솔히 단정한다 하여도 틀림이 없을까 한다."[26]와 같은 촌평에서도 그대로 반복된다.

이러한 비난의 화살은 다른 동반자적 여성작가들은 물론 그 당시 '여류작가' 일반에게도 마찬가지로 돌려지면서 여류문단 전체에 대한 반성을 촉구하는 논의로 이어졌다. 그 과정에서 특히 '남성적'이라는

25 김문집, 「규수사인론」, 앞의 책, 104~106쪽.
26 김문집, 「화제여성월평」, 『여성』, 1935. 9, 82쪽.

평가를 받았던 1930년대 초반 박화성, 강경애, 최정희, 송계월 중심의 '프로문학적' 경향은 카프 해산의 직접적인 영향과 "여성다운 작가가 나오도록 되었으면"[27] 하는 남성 평론가의 주문에 반응하기 시작하면서, '여류문단'의 지배적 성격으로 자리 잡지 못한 채 점점 옅어지게 된다.[28] 그런 과정을 거쳐, 이제 남성성이 아닌 여성성이 여성작가의 작품을 평가하는 긍정적 수식어로 자리 잡게 된다. 그리고 이후에 형성된 여류문단이 '여류답다'는 서술어가 낯설지 않은 모윤숙, 노천명, 이선희, 장덕조, 그리고 최정희를 중심으로 되었다는 사실은 남성평론가가 여성작가들에게 요구한 '여성성'이 어느 정도 여성작가들에게 받아들여졌음을 시사한다.

그렇다면 남성작가들이 여성작가들의 문학에 요구한 여성성의 내용은 무엇이었는가? "규수로서의 특권"[29]이 다름 아닌 "남성으로선 취급하지 못할 면을 남성으로선 향유치 못한 '센스'로서 표현한 여성적 작품!"[30]이라는 지적과 "이쁘고 싸근싸근하며 고요하고 깨끗한 모든 여성적의 좋은 점을 소설에서 좀 더 잘 표현하고 보다 옳게 탐구해 나"[31]갈 것에 대한 충고, 아니면 "문학을 어떻게 하면 좀 더 가정에 널

---

27 이무영, 앞의 글.

28 '여류문단'의 형성과정과 성격에 관해서는 졸고, 「문단의 '여류'와 '여류문단'」, 『한국문학과 섹슈얼리티』, 소명출판, 2006 참고.

29 김문집, 「여류작가의 성적 귀환론—화성의 작품을 논평하며」, 『신가정』, 1936. 9, 356쪽. 특히 이 글에서 여성성에 대한 김문집의 요구는 다음 진술에서도 드러나는 것처럼 다분히 여성작가들에 대한 지도비평의 태도를 견지하고 있다. "당신을 논평하는 글에 있어서 '여류작가의 성적 귀환론'이란 제목을 내건 이유와 의도가 이로써 추측될 것입니다마는 실례인지는 모르나 사실인즉 나는 당신을 '텍스트'로 삼아 조선의 다른 여러 여류작가와 문학을 지원하는 일본 여성들에게 참고가 되면 하는 것이 이 글을 시작하는 데 중요한 동기를 지은 것이랍니다." (같은 쪽)

30 김문집, 위의 글, 361쪽.

31 안회남, 「소설가 박화성론」, 『여성』, 1938. 2, 31쪽.

수 있을까? 이것은 남성작가보다도 여성작가가 더 생각하여야 할 문제이고 또 생각할 필요가 있는 문제이다."[32]와 같은 구절을 보자. 아니면 수필가 장영숙의 글에 대해 "이렇게 탐미적인 호흡을 쎈쓰한 그대는 역시 꿈꾸는 소녀라 발작적으로 오빠를 부르짖는 그 목소리 귀여웠었다."[33]와 같이 말하는 방식은 어떤가. 여성작가의 여성성을 강조하는 이러한 글들은 여성작가들이 요구받았던 여성성의 내용이 무엇인가를 짐작할 수 있게 한다. 그것은 바로 주관적 감상('센치멘탈리즘'), 센스, 처녀성, 그리고 가정성 등이었다.[34]

여성을 주관적, 사적, 가정적인 영역으로 몰아넣는 이러한 성별 분리적 방식은 이후 한국문학에서 여성작가의 작품을 평가하는 성별화된 기준으로 자리 잡게 되었을 뿐만 아니라, '여성성'을 여성작가에게 부착된 본질적인 비평 어휘로 할당하게 하였다. 나아가 이러한 방식은 지금까지도 유효한 것으로 작동되고 있다. 여성성에 대한 요구는 이처럼 여류문단이 성립되던 초창기부터 끈질기게 여성작가의 성적 정체성을 규정하고 여성문학의 성격을 제한하는 역할을 해왔다. 그런 상황에서 박화성과 함께 '규수로서의 특권'을 강요받던 최정희 또한 이러한 문단 내적 요구를 완전히 무시할 수는 없었을 것이다. 게다가 함께 활동하던 송계월의 요절, 박화성의 절필, 강경애의 부재는 암암리에 최정희에게 어떤 변화를 시도해야 한다는 압박으로 작용했을 것으로 본다. 그리고 그 변화의 시도가 1934년 투옥과 출옥을 기점으로 이루어졌을

32 최재서, 「여성, 문학, 가정」, 『여성』, 1938. 2, 27쪽.
33 김문집, 「규수문학론」, 『여성』, 1938. 2, 97쪽.
34 이는 장덕조, 이선희, 최정희, 모윤숙의 작품이 지나치게 여성적, 가정적, 모성적, 정신적 토픽에만 치우쳐 있다는 임순득의 비판과 관련되는 것이기도 하다. 임순득, 「불효기에 처한 조선 여성작가론」, 『여성』, 1940. 9 참고.

것이라는 점은 충분히 짐작할 수 있다.

'또 한 겹의 탈' 쓰기

1931년 10월에 데뷔해서 1934년 투옥되기 전까지 소설 10여 편, 수필 14편, 평론 2편 등 활발하게 작품 활동을 하던 최정희는 출옥한 직후에 「여인」(『중앙』, 1934. 12)[35]이라는 제목의 소설을 발표하면서 다시 작품 활동을 시작하지만, 1937년 4월에 「흉가」를 발표할 때까지 약 2년 동안 3편의 수필[36]만 발표한 채 침묵한다. 그런데 주목할 점은 출옥 직후 발표한 소설 「여인」이 '맥 삼부작'과 마찬가지로 '제2부인'에 관한 이야기라는 사실이다. 주인공 '보하'는 '로서아'의 '까니-아그' 농촌에서 태어나 그곳에서 자랐지만 늘 고국의 '화려함'과 '아름다움'을 동경하다가 우연한 기회에 고국에 가서 만난 동수와 사랑에 빠져 본처가 있는 동수와의 동거를 시작한다. 그러나 처음에 "도덕도, 인습도, 비난도, 다— 무섭지 않"[37]았던 보하는 남편 '동수'가 괴로운 현실을 견디지 못해 알코올중독자가 되어 자신을 때리는 "잔인한 남편"에서 점차 운신조차 불가능한 "천치"가 되는 과정을 지켜보다가 결국 딸 '숙히'와의 현실적인 생활문제를 해결하기 위해 남편의 스승인 '리태성'에게 몸을 의

---

35 이 소설이 쓰인 시기만 보면 분명 수감 직후인 것 같지만 정확히 언제 출옥했는지가 분명하지 않기 때문에 단정할 수는 없다. 다만 이 소설 직전에 발표한 「성좌」(『형상』, 1934. 2) 사이에 한 10개월 정도 공백이 있다는 점에서 이 「여인」이 출옥 직후에 쓴 작품이라고 추측할 수 있다.

36 이 세 편의 수필은 「현실에 가까운 것을」(『예술』, 1935. 1), 「신여성의 애정과 정조관」(『삼천리』, 1935. 3), 「애달픈 가을 화초」(『삼천리』, 1936. 6) 등이다. 그리고 나서 최정희는 소설 「흉가」(『조광』, 1937. 4)를 발표한다.

37 최정희, 「여인」, 『중앙』, 1934. 12, 31쪽.

탁하게 된다. 이상의 대략적인 줄거리에서도 알 수 있는 것처럼, 「여인」은 '맥 삼부작'과 같이 사회적·도덕적 인습을 벗어난 여인의 사랑을 다루지만 그 내용은 사뭇 다르다. 특히 남편 동수의 비참한 전락 과정을 냉정하게 묘사하는 부분이나 리태성의 이중적이고 탐욕적인 모습을 알면서도 생활을 위해 어쩔 수 없이 몸을 의탁하는 부분에서는 냉혹한 현실을 객관적으로 바라보는 작가의 시선이 잘 드러난다. 이러한 현실비판적 시각은 여전히 소설에 남아 있는 프로문학적 경향[38]과 무관하지 않다는 점에서, 「여인」을 초기 경향적 작품의 연장선상에 있는 것으로도 볼 수 있다. 그러나 이 작품은 이전과는 달리 정조와 생활난 사이에서 갈등하는 여주인공의 심리가 좀 더 구체적으로 묘사되고 있다는 점에서 이전의 동반자적 경향의 소설들과 변별된다고 할 수 있다.

이처럼 「여인」에서부터 최정희는 여성의 현실뿐만이 아니라 그러한 현실에 의해 만들어진 여성의 내면 그 자체에도 주목하기 시작하는데, 이러한 변화가 좀 더 분명하게 드러난 작품은 바로 수필 「애달픈 가을화초」(『삼천리』, 1936. 6)이다. 이 수필은 나중에 『현대여류조선문학선집』(1938)에 「자화상」이라는 제목으로 재수록된다.[39]

나는 종종 곱지 못한 내 마음을 꾸미고자 무척 노력을 들입니다. 하지

---

38 소설의 결말 부분은 이 작품의 프로문학적 경향을 잘 보여준다. "이러는 사이에 보하는 칠 년간이나 불우한 생활에서 얻지 못했던 완전한 의식을 얻게 되었으니 그것은 순전히 리태성이로 인해 얻은 산물이었다. 그래서 보하는 숙히 한 사람을 위하여 살겠다는 그릇된 생각을 청산하고 사회를 위하고 전 인류의 행복을 위하는 것이 숙히의 행복을 위하는 것이라는 굳은 신조를 가지게 되었고 따라서 리태성이 한 사람을 복수하려던 좁고 평범한 생각도 버리고 리태성이와 같은 인간을 명사니 교육자니 하고 떠들추어주는 사회와 XX려고 결심하였다."(최정희, 「여인」, 『중앙』, 1934. 12, 34쪽)

39 이 선집에 실린 최정희의 글에는 소설 「흉가」와 수필 「봄, 우울」, 그리고 수필 「자화상」이 있다.

만 영리한 세상 사람들은 내 얼굴에서 내 마음을 잘 찾아냅니다. 해서 때때로 나는 거울에 비치는 내 얼굴—그중에서도 내 감정을 가장 잘 드러내놓는 눈을 한참씩 눈 흘기는 일이 있습니다. 하나 피곤해진 동공이 되려 나를 붙잡고 무엇을 이야기하려는 까닭에 나는 당황히 거울을 던지고 말아버립니다. 나는 그래도 나보다 착한 이들의 '본'을 뜨려는 마음을 곱지 못한 내 마음을 꾸미려는 노력보다 적게 가집니다. 그 도수가 심한 정도에 이르면, '누가 착한 사람이냐'고 호령을 치고 싶습니다. 나는 다시는 쇠잔해진 내 눈을 나무람 하는 짓을 하지 않겠습니다.[40]

최정희는 이 글에서 어린 시절에는 사람들에게 귀여움과 사랑을 받던 자신이 미움을 받는 이유를 "곱고 아름다운 마음을 잃은 까닭"[41]이라고 지적하면서, '곱지 못한 마음을 꾸미고자' 노력하지만 그러한 가장과 꾸밈은 "영리한 세상 사람들"에게 곧 발각되기 때문에 차라리 곱지 못한 내 마음과 얼굴을 그냥 있는 그대로 보여주겠다고 다짐한다. 이 「애달픈 가을 화초」는 "소설도 시도 희곡도 아닌 불과 반 페이지의 수필"에 불과하지만, 최정희의 이전 작품과는 달리 "여류국제문단에서도 상당한 친구가 아니고는 못 쓸 글"[42]로 호평을 받는다. 그런데 그 호평의 내용은 바로 작가 자신을 솔직하게 "漂迫(표박)"[43]했다는 것, 다

---

40 최정희, 「자화상」, 조선일보사출판부 편집, 『현대조선여류문학선집』, 조선일보사출판부, 1938, 329~330쪽.

41 최정희, 위의 글, 329쪽.

42 이하관, 「문학의 인상—조선문학현상론」, 『중앙』, 1936. 9, 146~147쪽. 이하관은 김문집의 필명이다. 이는 김문집이 「성적 귀환론」에서 박화성에게 조선의 여류문단에 대해 자기 글을 참고해보라고 충고하는 다음 구절에서 확인할 수 있다. "잡지 『중앙』 9월호에 이하관이란 이름으로 발표된 글의 소녀문단을 특히 참고로 보아주시오."(김문집, 「성적 귀환론」, 앞의 책, 362쪽)

43 이하관, 위의 글, 147쪽.

시 말해서 자신의 '곱지 못한 마음'을 고운 것처럼 꾸미는 대신 곱지 않은 모습 그대로를 드러내고 있다는 것이었다. 그러나 과연 이러한 '자기 표박'을 통해 드러나는 모습을 작가 자신의 맨얼굴이라고 할 수 있을까? 위의 글에 따르면, 최정희가 자기 가장과 꾸밈을 포기한 것은 그것이 남들에게 쉽게 들킬 수 있는 뻔한 위장술이기 때문이다. 그렇다면 꾸밈없는 자신을 드러내겠다는 언명은 정직의 표방이라기보다 좀 더 교묘한 가장의 제스처로 해석될 수 있다. 즉 최정희는 표면적으로 꾸밈과 가장을 철회함으로써 '맨얼굴'이라는 또 다른 '꾸밈'의 형식을 만들어낸 것이다.

이 글에서 주목할 만한 또 다른 점은 '착한 사람의 본'을 받지 않겠다는 작가의 주장이다. 자신의 본래 모습은 착하지 않기 때문에 원래 자기 모습을 표박하기 위해서는 당연히 착한 사람의 본을 받지 말아야 한다는 것이다. 그 과정에서 '본'(본보기)으로 상징되는 세상의 규범과 질서는 은연중 부정된다. 그러나 그러한 부정의식 속에서 엿볼 수 있는 것은 자신이 억압받고 있다는 사실에 대한 어쩔 수 없는 승인이다. 다시 말해, '본'에 대한 부정의식은 '본'으로 상징되는 세상의 규범(곱고 아름답고 착한 것)에 대한 거부인 동시에, 그러한 규범의 억압된 형식이라고 할 수 있다. 이 수필에서 발견되는 두 가지 징후, 즉 맨얼굴의 가면화(假面化)와 '본'에 대한 부정과 승인의 이중의식은 이후 전개되는 최정희 문학에서 중요한 동력으로 작용하게 된다.

우선 가면에 대한 자의식은 최정희 문학의 제2기, 즉 여성성의 시기 전반을 아우르는 토대를 이룬다. 그것은 이 시기를 시작하고 마감하는 때에 쓰인 두 편의 소설, 즉 「흉가」(1937년 4월)와 「백야기(白夜記)」(1941년 7월)[44]에 공통적으로 등장하는 소재인 '탈'에서도 확인할 수 있다. 「흉가」는 가족 부양의 의무를 진 지식인 여성의 삶에 대한 공포와 고통을 "여성 특유의 섬세한 감정과 심리"[45]로 그려낸 수작이다. 소설은 겉보기와는 다른 삶의 진실에 초점을 맞추고 있다. 시세보다 싼값에 이사 간 아름다운 집이 사실은 전 주인 내외의 비극(비명횡사와 광기)을 품고 있는 '흉가'라는 사실은 '나'의 폐병 발병과 겹쳐지면서 돌연 '나'를 불안에 빠뜨린다. 이 순간 모든 낯익은 것은 낯선 것이 되어 '나'의 지각과 인식을 교란한다. 그 결과 모든 사물과 현상은 '나'에게 두려움을 불러일으키는데, 소설에서 '탈바가지'는 그런 낯익은 두려움(the uncanny)을 불러일으키는 대표적인 사물로 제시된다.

> 이런 생각을 하고 있는데 맞은편 벽의 탈바가지가 눈을 부릅뜨고 입을 씰룩거리며 가까워져왔다. 마치 움직이는 물체와도 같이……. "저게 또 웬일일까?" 나는 눈을 똑바로 뜨고 그 탈바가지를 바라보았다. 하나 보면 볼수록 더 무서운 표정을 짓는 데는 어쩌는 수가 없어서 나는 벌떡 일어나 그것을 떼어 테이블 밑에 집어넣고 그러고도 무서워서 내 방에 못 있고 안방으로 건너갔다. 집을 들던 날 내 방을 정하고 테이블과 의자와 책을 정돈한 후 벽에 걸어놓고 좋아하던 일을 생각하면서 나는 안방 아랫목에 가서 누웠다.[46]

---

44 이 시기에 발표된 작품을 순서대로 정리하면 다음과 같다. 「흉가」, 『조광』(1937. 4); 「정적기」, 『삼천리문학』(1938. 1); 「산제」, 『동아일보』(1938. 4. 8~15); 「길」, 『동아일보』(1938. 5. 24); 「곡상」, 『조선일보』(1938. 7. 8~22); 「지맥」, 『문장』(1939. 9); 「초상」, 『문장』(1939. 10); 「인맥」, 『문장』(1940. 4); 「적야」, 『문장』(1940. 9); 「천맥」, 『삼천리』(1941. 4); 「백야기」, 『춘추』(1941. 7). 이 중 「산제」는 6회 연재라는 예고와는 달리, 실제로는 1회만 연재된 채 중단된다. 그리고 「길」은 소설이라기보다는 '初夏콩트'라는 부제처럼 소설이라기보다는 '콩트'에 가까운 작품으로, 폐병으로 오랫동안 누워 있는 소녀의 상념을 스케치한 것이다.

45 김윤식, 앞의 글, 246쪽.

생활의 무게와 압박에서 비롯된 공포는 '탈바가지'에 대한 공포로 전이되고 급기야 '나'는 그런 '탈바가지'를 "테이블 밑에 집어넣"는다. 기존 논의에서 이 '탈바가지'는 "주인공의 세계와 융합하지 못하는 어떤 사상"[47] 혹은 사회주의라는 "이념의 후광"으로, 그리고 '탈바가지 내리기'는 "열정과 낭만적 동경에 들떠 집을 나갔던 처자가 감옥을 거쳐 집에 돌아와서는 자신의 가면을 내리고 내면을 발견하는 것"[48]으로 해석된다. 즉 이러한 '탈바가지 내리기'를 통해 지식인 여성의 '맨얼굴 드러내기'가 가능해졌다는 것이다. 그리고 이러한 '맨얼굴 드러내기'는 "여성의 심리 내지는 운명을 다루는 것과 대등한 것"[49]으로 해석된다. 그러나 '탈바가지'에 대한 두려움이 기실 '탈바가지' 그 자체가 아니라 생활에 대한 두려움에서 비롯된 것이라는 사실을 떠올려본다면, '탈바가지'를 벽에서 내려서 테이블 속에 숨긴다고 해서 그러한 두려움이 해소되지는 않을 것이다. 오히려 '탈바가지'를 감추는 행위는 궁핍한 생활에서 비롯된 공포와 두려움을 일시적으로 해소해보려는 제스처라고 할 수 있다. 따라서 이 소설의 전체 맥락에서 볼 때 '탈바가지 내리기'는 오히려 공포로 일그러진 맨얼굴의 가면화 혹은 가면의 내면화로 해석할 수 있을 것이다. 이러한 해석의 타당성을 뒷받침하기 위해서는 본격적인 친일소설이 창작되기 직전에 발표한 「백야기」로 넘어갈 필요가 있다.

「백야기」는 '白夜', 즉 "달빛이 하늘과 유리창과 세상 전체를 새하얗

---

46 최정희, 「흉가」, 『조광』, 1937. 4, 443쪽.

47 서정자, 앞의 글, 79쪽.

48 김동식, 「여성과 모성을 넘어서」, 『수라도/흉가 외』, 한국소설문학대계 31, 동아출판사, 1995, 603쪽.

49 김동식, 위의 글, 603~604쪽.

게 만든" 어느 날 밤 주인공이 지금까지의 삶을 회고하는 내용의 소설이다. 그런데 소설에서 회고 내용의 대부분은 정숙한 여성임에도 불구하고 두 번 결혼할 수밖에 없었던 어머니의 기구한 운명에 관한 것이고, 나머지는 그러한 어머니의 운명에 저항하다가 급기야 유랑극단의 배우가 되어 "성이 제가끔인 아버지도 어머니도 모르는 아이"를 낳으면서 살게 된 자신의 "남다른" 삶의 이력을 덧붙이는 식으로 채워져 있다. 언뜻 신여성 때문에 시집에서 쫓겨난 구여성의 수난담으로 읽히는 이 소설에서 흥미로운 점은, 십 년 동안 자신을 찾아 헤매던 어머니와 만났으면서도 어머니를 모른 척할 수밖에 없는 자신의 현실을 한탄하는 다음 대목이다.

> 덤벼들어 함부로 몸싸움을 하며 통곡하고 싶었다. 마는 그렇게 못한 것은 연극을 하기 위해서 쓰고 앉은, 탈 속에는 세상이란 넓은 무대에 서기 위해서 쓰고 앉은 또 한 겹의 탈이 있었기 때문이다. 나는 그때 그것을 벗어 놓을 수가 도저히 없는 것이다. 죽는 일보다, 더 무서운 일이기 때문에.[50]

여기에는 두 개의 탈이 등장한다. '나'가 연극배우라는 직업상 써야 하는 '탈'이 그 하나라면, 세상이라는 무대에서 살아가기 위해서 써야 하는 '또 한 겹의 탈'이 다른 하나다. '나'는 그 탈을 벗는 것을 "죽는 일보다, 더 무서운 일"이라고 고백하는데, 바로 그 탈 때문에 오랫동안 딸을 찾아다니던 어머니는 '나'를 찾지 못한다. 소설에서 '또 한 겹의 탈'

---

50 최정희, 「백야기」, 『춘추』, 1941. 7, 43쪽.

이 남다른 삶 그 자체인지, 아니면 그런 '남다른' 삶을 숨기기 위한 장치인지는 분명하지 않다. 그러나 중요한 것은 이 소설이 탈 속에 또 다른 탈이 존재한다는 것을 보여주고 있다는 점, 그리고 연극무대와는 다른 차원에서 세상이라는 허구적 무대를 가정하고 있다는 점이다. 이에 따르면 허구와 은폐 뒤에는 맨얼굴의 진실이 있는 것이 아니라 또 다른 허구와 은폐가 도사리고 있다. 최정희의 이러한 전언은 최정희 소설의 여성성을 여성적 본질로서 맨얼굴 드러내기로 보는 해석에 의문을 제기한다. 거기에다가 최정희가 연기에 대한 관심 때문에 1930년 일본으로 건너가 유치원 보모 노릇을 하면서 유치진, 김동원 등이 주도한 '학생극예술좌'에 참여했을 뿐만 아니라 전시에 세 번이나 연극에 출연했다는 경력[51]이 보태진다면, 최정희 소설에 나타나는 '탈' 혹은 가면에 대한 자의식이 그렇게 단순하거나 일회적이지 않다는 것을 알 수 있다.

이런 맥락에서 본다면, 본격적으로 '모성'의 문제를 다룸으로써 '여류다운 여류'라는 평가를 확고하게 해준 이후 소설들의 '여성성' 또한 그렇게 단순하게 해석될 문제는 아닐 것이다. 그것은 일단 이들 소설에서 전경화되는 고통의 문제를 통해서 확인할 수 있다.

고통을 연기(演技)하는 '슬픈 곡예사'

「흉가」 이후의 최정희 소설은 많은 경우 여성의 고통을 세밀하게 그려내고 있는 것으로 평가받는다. "최정희의 작가적 출발은 「흉가」나 「정

---

51 김경원, 「최정희 — 역사와 격랑 속에서 여성의 좌표 찾기」, 『역사비평』, 1996년 봄호, 254쪽.

적기」에서 볼 수 있는 것과 같은 여성의 불행한 운명에 대한 영탄으로부터 시작되었다."[52], "씨의 작품의 주인공은 모두가 여성이요 여성 가운데도 모두가 불행한 여성들이다."[53], 혹은 "여자의 슬픔, 여자의 고뇌, 여자이기 때문에 겪지 않을 수 없는 불행, 이런 문제들은 최 씨가 놓치지 않고 예각화시켜온 것들"[54] 등과 같은 기존의 평가는 최정희 소설에서 여성적 고통이 얼마나 두드러진 문제인가를 잘 보여준다. 나아가 그러한 고통의 문제는 '여인의 불행한 운명'으로 규정되기에 이른다. 그리하여 고통은 "'여자라는 존재', '여자라는 것', 말로써나 행동으로는 알 수 없던 저 깊은 의식 속의 여자를 어느 정도 이해시켜주"[55]기 위해 필수불가결한 어떤 것으로, 혹은 "여성적인 세계의 본질영역과 깊이 밀착되어 있"[56]는 것으로 해석되기에 이른다. 그것을 어떻게 받아들이든 간에, 적어도 최정희 소설에서 고통스러운 여성의 모습이 '여성다움' 그 자체이거나 적어도 '여성다움'에 이르기 위해 거쳐야 하는 단계로 나타나고 있다는 것은 틀림없다. 따라서 고통이 최정희 소설의 주인공들에게 거부되기보다는 기꺼이 받아들여지는 것은 당연하다.

「흉가」 직후에 발표된 「정적기(靜寂記)」는 일기라는 자기고백적 형식을 통해 아이를 떠나보낸 '나'의 불안하고 절망적인 심리를 진술하게 그려낸 자전소설이다.[57] 그런데 이러한 '나'의 고통스러운 마음은

---

52 조연현, 「최정희」, 『한국현대작가연구』, 새문사, 1981, 185쪽.
53 김동리, 「여류작가의 회고와 전망」, 『문화』, 1947. 7, 47쪽.
54 홍기삼, 「최정희와 그 문학」, 『최정희 선집』, 신한국문학전집 12, 어문각, 1972, 520쪽.
55 홍기삼, 위의 글, 같은 곳.
56 이재선, 『한국현대소설사』, 홍성사, 1979, 441쪽.
57 이 소설의 자서전적 성격은 소설의 다음 구절에서도 확인할 수 있다. "「흉가」 쓴 것이 잘못이라고 집주인이 와서 떠나라고 쫓았다. 한 사람이 아니고 주인양주와 일꾼까지 와서 욱박지르고 야단법석이었다. 악의 없이 한 일이 남에게 해를 끼친 것이 심히 미안하다고 말했으나 들

다분히 자학적이고 작위적인 것으로 그려지고 있다. 사실 '나'는 아이를 보내지 않아도 되는 상황임에도 불구하고 남편에 대한 반동적 심리 때문에 아이를 보내고, 다시 아이를 찾아올 수 있음에도 불구하고 아이를 찾아오려는 노력을 하는 대신 자발적으로 고통에 빠진다. 아이 부재의 상황을 의도적으로 설정함으로써 굳이 겪지 않아도 될 괴로움을 겪고 있는 것처럼 보이는 이러한 기이한 심리상태는 다음 대목에서 잘 나타난다.

> 무서운 아픔을 당해보자는 잔인한 마음이 나를 점점 더 움직였던 까닭이다. 아이를 보내고 마음이 장작불에 타는 듯한 괴로움을 모르는 바가 아니었으나 아이를 안 보내고 미직지근한 모드락불에 타는 괴로움을 맛보기보다 나을 것 같은 마음에서였다.[58]

원래는 아이를 데려가지 말아달라고 애원하려고 했으나 '아이 할머니'가 "여자란 남편을 위하고 자식을 기르는 것이 평생의 낙이거든 남편의 잘못이 있다고 해서 그럴 법이 없이 전대로 잘 지내라는" 말에 '나'는 "아이를 안 보내려고 준비해놓았던 말과는 아주 딴말을", 즉 "아이를 데려가라고 소리를 팩" 지르게 된다. 그러고 나서 차라리 "무서운 아픔을 당해보자는 잔인한 마음"을 갖게 된다. 불행과 고통의 극단에 자기를 빠뜨려보겠다는 이 자기 파괴적 심리는 소설에서 일종의 병리적인 증상으로 나타난다. '나'는 신문사를 그만둔 뒤 몸져눕고 술주정

어주지 않었다." 최정희, 「정적기」, 『삼천리문학』, 1938. 1, 64쪽.

58 최정희, 「정적기」, 55쪽.

을 하면서 아이를 보낸 슬픔과 고통을 자학적으로 표출함으로써 스스로를 망가뜨린다.

그러한 자기학대의 심리는 자신을 '부정녀(不淨女)'로 만드는 소문에 대한 역설적 태도와도 관련된다. '나'는 "부정녀는 귀한 보물처럼 아끼는 영원한 비밀을 간직"하겠다는 선언을 통해 자발적으로 '부정녀'가 되기로 하는 것이다. 그리하여 '부정녀의 비밀'에 대한 의식은 전도된다. 즉 여기서 '나'는 부정녀가 정숙녀로 둔갑하는 것이 아니라 거꾸로 정숙녀가 부정녀로 잘못 알려지는 '오인'의 상황을 '부정녀의 비밀'이라고 명명한다. 그럼으로써 '나'는 스스로를 부정녀 아닌 부정녀로 만드는 것이다.

이 '부정녀의 비밀'에서 우리는 두 가지 상반된 심리를 유추해볼 수 있다. 그 하나가 '그래, 나 부정녀다, 어쩔래!' 하는 자기학대와 체념의 심리라면, 다른 하나는 스스로를 부정녀가 아니라고 부인하는 좀 더 내밀한 자기 긍정의 심리다. 이는 '아이 할머니'에게 아이를 보내면서 스스로를 "못된 여자"로 명명하는 심리와도 관련된다. 즉 스스로를 "옛날의 얌전한 며느리, 착실한 아내, 선량한 어머니가 아니"라고 부정하는 동시에 아이를 보낸 뒤에 심리적이고 경제적인 파탄에 이를 정도로 자기를 학대하면서 고통스러워하는 것을 보여줌으로써 '나'는 '못된 여자'가 아니라는 사실을 은연중에 말하고 있는 것이다. 이렇게 '나'는 어머니로서의 고통을 무대화하고 스스로 그 고통을 연기함으로써 자신에게 덧씌워진 '부정녀'와 '못된 여자'라는 오명(汚名)을 오명(誤名)으로 만들어버린다. 이 소설이 자전소설인 것은 그런 점에서 의미심장하다.

이러한 자학적 심리는 "죽음이 나를 찾아드는 날까지 이 수난을 받으리라 마음먹었다. 그것이 내 할 일인 것 같기도 했다."(「정적기」, 65쪽)

라고 다짐하는 소설의 결말에 이르러서는 일종의 수난에 대한 열망으로까지 확대되고, 그로써 '수난받는 일'은 여성적 숙명으로 규정된다. 다음 대목은 그렇게 고통이 여성의 운명으로 젠더화되는 방식을 잘 보여주고 있다.

> 나와 어머니의 운명은 누가 이렇게 만들어 놓았는지 몰라. 여자의 운명이란 태초부터 이렇게 고달프기만 했을까.—아니 이 뒤로 몇십만 년을 두고도 여자는 늘 이렇게 슬프기만 할 건가. 그렇다면 그것은 여자에게 자궁이란 달갑지 않은 주머니가 한 개가 더 달린 까닭이 아닐까. 수없이 많은 여자의 비극이 자궁으로 해서 생기는 것이라면 그놈의 것을 도려내는 것도 좋으련만. 그렇지만, 자궁 없는 여자는 더 불행할 것도 같다. '어머니'는 불행하면서도 그 불행한 중에서 선을 알고 진리를 깨달을 수 있으니까, 되려 행복할지 모른다.[59]

'나'의 운명을 어머니의 운명과 같은 것으로 겹쳐놓고 그것을 여성 일반의 운명으로 확대함으로써 이제 고통은 여성적 자질로, 나아가 그러한 고통스러운 여성적 삶은 '자궁의 슬픔'으로 규정된다. 게다가 자궁의 슬픔과 불행을 통해서만 여성은 오히려 행복할 수 있다는 역설은 더 확고하게 자궁의 고통을 여성의 운명으로 할당한다. 그리고 바로 이러한 고통스러운 자기학대의 방법을 통해서 비로소 최정희의 소설이 '여류다운' 것으로 범주화될 수 있는 근거가 된다.

그렇게 볼 때, 최정희 문학에서 '여성성'은 여성에게 자연스럽게 부

---

59 최정희, 위의 글, 56~57쪽.

착되어 있는 본질적인 어떤 것이라기보다는, 자기를 고통스러운 존재로 표박하고 자신의 무기력함, 수동성, 나약성을 강조함으로써만 겨우 성립될 수 있는 자기위장의 산물에 불과한 것이 된다. 이때 여성성이 항상-이미 존재하는 여성적 본질이 아니라 일종의 수행적 연기(演技)의 결과물로서의 의미를 갖게 되는 것은 당연하다. 소설 속에서 자기 어머니를 "슬픈 곡예사"로 명명하는 방식은 작가에게 저 고통스러운 자기 표박이 맨얼굴의 위장일 수 있음을 암시한다. 이러한 위장의 방법론은 이 시기를 대표하는 최정희의 세 작품, 「지맥」, 「인맥」, 「천맥」에서 더욱 교묘한 방식으로 작동된다.

'여성'의 길과 '모성'의 길

지금까지 「지맥」, 「인맥」, 「천맥」으로 이어지는 이 '맥 삼부작'은 "여성과 모성이라는 두 개의 정묘한 생리감각"[60] 사이의 갈등과 대결 가운데 "애정의 윤리를 모색해나간"[61] 최정희 문학의 대표작으로 평가되었다. 이러한 '여성/모성'이라는 대립항은 '상처의 원인/치유의 힘'[62], '현실/이상'[63] 등으로 변주되면서 '맥 삼부작'을 분석하는 기본 틀의 역할을 해왔다. 그런데 '맥 삼부작'에서 공통적으로 나타나는 갈등의 모성적 해결은 대개 자기 수양과 자기 정화의 윤리적 태도로 긍정적으로 평

60 이재선, 앞의 책, 442쪽.
61 김우종, 『한국현대소설사』, 성문각, 1982, 272쪽.
62 김동식, 앞의 글, 605쪽.
63 박정애, 앞의 글, 15쪽.

가되기도 하지만[64], 반면에 "'결핍된 가부장에의 욕망'을 표현하는 다른 양상에 불과하"[65]다는 식의 부정적 판단의 근거가 되기도 한다. 그런데 이들 논의는 '맥 삼부작'의 모성적 귀결을 긍정하건 부정하건 간에, 여성과 모성을 대립하는 항목으로 설정하고 있다는 점에서는 공통적이다.

그러나 실제로 이 세 작품에서 여성과 모성은 대립하지 않을 뿐만 아니라, 오히려 양립해야만 공존할 수 있는 것으로 제시된다. 「인맥」의 다음 구절은 이러한 여성과 모성의 양립 가능성을 보여준다.

> 정숙치 못한 여자라고 꾸짖어도 좋습니다. 윤리와 도덕에 벗어난 일인 줄 나 자신이 더 잘 알면서도 기인 세월을 한 사람의 정숙한 여성이 되고자, 그이의 영원한 여성이 되고자 갈등과 모순 속에서 자신을 학대하며 슬프게 사노라고 더욱더 정숙치 못했습니다. 앞으로도 — 오오래 오오래 묘지에 가는 날까지 그럴 것 같은 예감에 몸을 떨고 있습니다.
>
> 이 죄과의 대가를 무엇으로 받아야 할지 모르겠습니다. 오직 한 가지 위안이라면, 내가 그이를 생각하기 때문에 그이를 모르던 때보다 온갖 좋지 못한 내 마음, 그리고 내가 지녔던 덜 좋은 풍속과 버릇을 모조리 버리려고 애를 쓰고, 사람에게나 신에게나 순수하고 진실할 수 있고, 또 그러므로 해서 내 마음이 신에게까지 미치게 될 수 있다는 신념을 가지

---

64 이재선, 김우종, 김동식의 논의는 이러한 평가의 예가 된다. 그런데 최정희 소설을 여성주의적 시각에서 보고 있는 이호숙 또한 이러한 모성적 귀결을 긍정적으로 평가한다. "모성이란 인간의 본연성을 뛰어넘는 보다 높은 차원에 존재해야 할 덕목임을 작가는 우회적으로 지적한다."(이호숙, 앞의 글, 339쪽.)

65 서영인, 「순응적 여성성과 국가주의」, 『현대소설연구』 25호, 2005, 221쪽.

게 된 그것입니다.[66]

친구의 남편을 사랑하는 탈규범적 욕망을 지속시키는 것이야말로 '정숙한 여성'이 될 수 있는 지름길이며 '그이'를 사랑함으로써만 세상의 규범과 질서에 더 잘 순응할 수 있다는 것이다. 이러한 역설은 일차적으로 '부정녀'를 자처함으로써 '정숙녀'에 이르는 방식으로 "정숙의 의미를 교묘하게 왜곡"[67]하는 효과를 갖는다. 물론 이 소설 「인맥」의 결론 또한 「지맥」이나 「천맥」과 마찬가지로 모성의 윤리를 획득하는 것으로 귀결된다는 점에서는 '제도'를 넘어서는 것은 아니다. 그러나 소설이 도달한, '제도 너머에는 아무것도 없다'는 인식은 일방적인 제도의 승인과는 다르다. 제도를 승인해야만 욕망을 지속할 수 있다는 말은 제도를 승인하면서 동시에 거부하는 것이기 때문이다. 즉 제도의 인정은 그 제도의 요구와 상반되는 자기 욕망을 인정하는 조건 아래에서 이루어지고 있기 때문이다. 그리고 그 역도 사실이다.

그런데 「인맥」에서 이러한 역설이 가장 합리적으로 유지될 수 있는 것은 그 소설에서는 '나'의 욕망과 남자의 욕망이 일치하는 것으로 나타나고 있기 때문이다. 「인맥」의 남자 허윤상의 다음과 같은 고백을 들어보자.

> 제가 선영 씰 생각하기 때문에 혜봉일 더 생각하는 거나 마찬가지로 선영 씨두 그렇게 해주길 바랐던 겁니다. (……) 다시 말하면 선영 씨가

---

66 최정희, 「인맥」, 『문장』 1940. 4, 293쪽.
67 박정애, 앞의 글, 17쪽.

제 마음에 영원히 새겨질 여성이 되길 바랐던 겁니다. 아름답다는 건 오오래 지키는 데 있다구 저는 봐요.(「인맥」, 314쪽)

허윤상의 이러한 고백을 듣는 순간 '나'는 "둘이는 완전히 한 몸이 된 듯"(「인맥」, 314쪽)한 경험을 한다. 즉 '나'의 사랑이 허윤상에게 인정되는 순간에야 비로소 '나'는 결혼이라는 제도와 모성의 윤리를 승인할 수 있게 되는 것이다. 소설에서 이러한 역설의 성립은 '나'가 허윤상의 욕망을 욕망함으로써 가능해진다. "완전한 여성, 참된 사람"(「인맥」, 318쪽)이 되라는 허윤상의 요구는 '나'에게 '극기와 성실과 인내'의 삶을 가능하게 하며, 급기야 허윤상에 대한 완벽한 애정을 통해서 '나'는 "충실한 아내에서 참된 어머니 즉 완전한 여성에게로 이르게"(「인맥」, 319쪽) 된다. 그리하여 「인맥」에서 정숙한 여성의 길과 애욕의 길은 다르지 않은 것이 된다. 그런 점에서 「인맥」에서 사랑하지 않는 김동호와의 일시적 애정행각이나 「천맥」에서 아이 때문에 어쩔 수 없이 시작한 허진영과의 결혼생활은 모성의 길은 물론 애욕의 길과도 배치되기 때문에 불행한 선택이었던 것이다.

이를 「천맥」을 통해 좀 더 구체적으로 살펴보자. 「천맥」의 여주인공 연이가 허진영과 헤어진 원인은 흔히 짐작하는 것처럼 모성에 대한 의무 때문이 아니다. 진짜 이유는 허진영에게 연이는 진정한 욕망의 대상이 될 수 없기 때문이다. "꿈은 잃었어도 욕망을 가진 얼굴은 자기에게 소름이 끼치도록 하지 않"는다는 구절에서도 알 수 있는 것처럼, 연이에게 가장 중요한 것은 자신의 욕망이며, 그것에 충실한 삶이다. 그래서 허진영의 집을 나와 '옥수동 보육원'에 가서 예전에 자신이 흠모하던 '성우 선생'을 다시 만났을 때 연이는 "황홀에 가까운 환희"를 느끼고 그런 다음에야 보육원 아이들의 진정한 어머니가 되기 위해 전심전력을 다할 수 있게 된다. 그러나 연이의 이러한 노력은 곧 한계에 부딪히고 심지어 그녀는 "눈물 없는 세상이 진호와 아이들의 좋아지는 데서만 있을 수 없는 것"[68]이라는 사실을 깨닫게 된다. 성우 선생에 대한 애정이 보답 받지 못한 상태에서는 아이들의 좋은 어머니 또한 될 수 없는 것이다. 자신의 고통을 견디다 못한 연이는 성우 선생에게 간접적인 애정 고백을 하지만 성우 선생은 연이의 슬픔의 원인을 깨닫지 못한 채(혹은 모르는 척하면서) 다만 연이에게 더 큰 모성을 요구할 뿐이다. 성우 선생에게 거절당한 뒤 보이는 연이의 다음과 같은 이상 반응에서 알 수 있는 것은 성우 선생이 요구하는 '아이들의 어머니 되기'만으로는 연이의 '공허와 적막'이 결코 없어지지 않을 것이라는 사실이다.

> 연이는 자세를 조금도 못 변한 채 있었다. 입은 약간 벌리고 눈은 멍하니 다리와 팔은 도무지 제자리에 들어맞지 않게 벌리고, 곁에서 보는 사람이 있다면 꼭 얼이 빠졌다고 할 것이리라. 포플라 나무 잎사귀가 와스스 떨어져 머리와 어깨를 스치고 내려졌다. 그래서 연이는 자기가 아무 분간도 없이 혼자 서 있는 것을 알았다. 그는 머리를 마구 좌우로 흔들며 중얼거렸다. 성우 선생은 내 말을 못 알아들었다.(「천맥」, 368쪽)

자신의 욕망이 결코 추구될 수 없을 것이라는 사실을 확인하는 순간, 연이는 정신적 파탄을 맞이하게 된다. "입은 약간 벌리고 눈은 멍

---

68 최정희, 「천맥」, 359쪽.

하니", "머리를 마구 좌우로 흔들며 중얼거"리는 연이의 모습은 욕망의 불가능성이 결국 연이를 파멸에 이르게 할 것임을 암시한다. 여기에 분명하게 드러나는 것은 '눈물 없는 세상'은 결코 모성의 윤리만으로는 불가능한 것이라는 인식이다. 그렇게 욕망의 길이 차단되는 순간 모성의 길은 자학적인 고통을 통해서만 간신히 유지되는 허약한 것이 된다. 「천맥」에서 "연이가 무릎을 꿇고 머리를 숙이고 한참씩 앉아 그녀의 신이 무엇인지도 모르면서 비는 버릇"(「천맥」, 369쪽)이 연극적으로 느껴지는 이유 또한 이와 무관하지 않다. 따라서 자신의 욕망을 부인하거나 거부당함으로써 '어쩔 수 없이' 모성의 윤리를 따르는 「천맥」과 「지맥」의 결말은, 결코 욕망을 포기하지 않음으로써 '자발적으로' 모성으로 견인되는 「인맥」의 결론보다 더욱 비극적일 수밖에 없다.

물론 모성과 애욕의 길이 행복하게 만나는 「인맥」의 결론이 「천맥」이나 「지맥」과 비교해볼 때 현실성이 떨어지는 것은 사실이다. 그러나 이 대목에서 우리가 추론할 수 있는 사실은, 최정희 소설에서 모성성이 행복하게 실현되기 위해서는 자기 욕망의 유지와 지속을 필요로 한다는 것이다. 최정희 소설에서 '모성의 길'과 '여성의 길'은 그렇게 먼 거리에 있지 않은 것이다. 오히려 모성은 여성 욕망의 알리바이가 된다. 최정희 소설에서 모성을 여성적 욕망을 감추는 가면으로 볼 수 있는 것은 이 때문이다.

자학적 변신술, 혹은 여성성

그렇다고 해서, 모성이라는 가면 뒤에 감춰진 여성의 욕망을 여성성의 원초적 모습이라고 단정할 수는 없다. 오히려 최정희에게 가면은 맨얼굴을 감추는 과잉된 자의식이 아니라, 맨얼굴을 드러내기 위한 이중의 자기부정이다. 이는 '또 한 겹의 탈'에 대한 자의식이나 고통을 연기하는 모습에서도 드러난다. 최정희의 소설에서, 그녀는 그렇게 은밀하고 사적인 자아를 과감하게 '표박'함으로써 역설적이게도 원래의 자아는 은폐된다. 그런데 주목할 점은 이러한 고통스러운 자기 폭로가 사회적, 관습적 규율을 어긴 여주인공에게 일종의 면죄부 역할을 할 뿐만 아니라, 그 과정에서 그러한 여주인공의 내적 번민과 갈등이 여성에게 본질적이고 내재적인 속성으로 재구성된다는 것이다. 그 결과 최정희 소설에서 가면과 맨얼굴의 구별은 불가능한 것이 되는데, 이 맨얼굴이라는 '가장(假裝)'이야말로 최정희 소설의 '여성성'이라고 할 수 있다. 그리고 이런 여성성이야말로 식민지 시대 여성작가들의 자기 생존의 한 방식으로 사회적으로 구성된 것이다.

이때 구성되는 여성성이 여성에게 본질적이고 내재적인 속성이 아닌 것은 분명하다. 오히려 그것은 '애욕'이라는 이름으로 지탄받는 여성적 욕망을 은폐하기 위한 일종의 고안품이자, 사회·역사적 구성물이라고 할 수 있다. 그렇기 때문에 여성성을 여성적 본질 내지는 불변하는 고정적 특성으로 보는 방식은 여성성의 구성적이고 수행적인 측면을 간과하는 것이다. 특히 남성성의 작가에서 여성성의 작가로 급격한 문학적 변신을 한 최정희에게 여성성이란 자신의 '부적절한' 욕망을 관습적으로 이해 가능한 것으로 대체하는 과정에서 만들어진 것이라고 추정해볼 수 있다. 즉 여성성이란 남성 중심적인 가부장제 사회에서 욕망의 우회 내지는 은폐를 통해서만 만들어지는 것이다. 그러나 그 과정에서 반드시 요구되는 것은 여성의 고통이다. 최정희 소설의 여성인물들은 그렇게 스스로를 가학적 희생양이 되게 함으로써만 비로소 사회적 비난으로부터 벗어날 수 있었는데, 그때 여성성은 일종의 자기변명 내지는 자기방어의 한 형식이 된다. 그들은 그렇게 스스로를 희생양으로 삼음으로써만 간신히 살아남을 수 있는 허약한 존재들이었던 것이다.

제3장

여성과 전쟁

총동원체제하의 여성담론에 나타난 여성의 재현과 구성

잡지 『여성』과 총동원체제하의 여성

『여성』은 월간지로서 조선일보사에서 1936년 4월 1일에 창간되어 1940년 12월에 통권 57호를 끝으로 폐간된 잡지다. 『여성』은 『신가정』과 함께 해방 전 여성지의 쌍벽을 이룬 잡지였으며, 해방 전 여성지로는 최장수 잡지였다. 편집 겸 발행인은 방응모였고, 편집진에는 윤석중, 노천명 등이 참여하고 있었다. 워낙 파격적인 원고료 대우로 인해 당시 문단의 쟁쟁한 문사는 모두 집필에 참여하였다. 대표적인 인물로는 이광수, 이효석, 김기림, 김남천, 이희승 등이 있었다. 특히 윤석중, 노천명 등과 같은 작가가 편집에 참여했기 때문에 다른 종합여성지에 비해 상대적으로 문학작품이 많이 실렸다.[1]

조금씩 바뀌기는 했지만, 창간호부터 『여성』의 내용은 대체로 다음

---

1 이소연, 「일제강점기 여성잡지 연구—1920~30년대를 중심으로」, 『이화사학연구』 29집, 2002, 224쪽 참조.

의 항목을 중심으로 구성된다. 우선 '명사방문기'는 명사들의 가정을 방문하여 그들의 가정생활을 소개하는 코너인데, 그것이 주로 모범적인 결혼생활의 사례로 제시된다. '가정관리'는 육아, 양재, 요리와 같이 여성이 가정 내에서 어머니와 주부로서 해야 할 역할을 다루고 있다. '미용'은 화장법을 다루는데, 이 난의 내용은 '화장문답', '메이크업 시크리트' 등으로 제목을 바꿔가면서 창간호부터 지속적으로 다루어진다. '성'은 임신, 피임, 정조, 호르몬 등과 관련된 문제를 다룬다. '취미'란은 음악감상법, 영화감상법을 소개하거나 새로운 레크리에이션과 계절별로 적합한 스포츠를 제안하기도 한다. '문학'란에서는 시, 소설, 수필은 물론 외국작가와 작품을 간략하게 소개하기도 했다.

그런데 특기할 만한 점은 일반 여성의 기구한 삶이나 역사나 전설 속에서 전해 내려오는 여성의 삶을 '실화'라는 큰 제목으로 꾸준히 게재했다는 사실이다. 그런데 그 내용을 살펴보면 대개 그릇된 연애로 인생을 망친 여학생에 관한 과장된 이야기이거나 현모양처에 관한 소개 글인 경우가 많다. '강연'은 주로 남성평론가가 여성이 갖춰야 할 미덕에 관해 소개하는 형식으로 되어 있다. 그런데 이 난은 1930년대 후반부터는 '전시경제'라는 타이틀하에 여성이 어떻게 하면 가정경제를 살릴 수 있는가에 대해 설명하는 내용으로 바뀐다. '보도'는 1938년 지나사변 이후에 본격적으로 잡지의 지면을 차지하는데, 이 난에서는 전쟁 현황을 보고하거나 강령을 발표하고 국책을 선전한다. 그리고 당시 여성들의 일상을 다소 상투적인 방식으로 소개하는 '일기와 편지'란도 있다. 그리고 '광고'가 있다. 창간 초기에는 대하자궁병이나 신경쇠약, 정력증진, 폐병, 중풍, 고혈압 등의 질병을 치료하는 약품에 관한 것이거나 『현대조선여류문학선집』과 같은 책 광고가 대부분이었다. 그러나 나중에는 점점 여성미용 관련 광고가 더 많아진다. 이는 총력전체제가 여성의 일상적 욕망과 완전히 대치되는 것은 아니었음을 짐작하게 한다.

잡지 『여성』에 대한 기존의 논의는 의외로 많지 않다. 1920~1930년대 여성잡지를 개괄적으로 소개하는 논문에서 부분적으로 다뤄지고 있기는 하지만, 대개는 잡지에 나타난 여성의식이라는 문제에만 초점을 맞춰서 아주 간략하게 언급하고 지나가는 경우가 대부분이다. 잡지 『여성』에 대한 본격적인 논의로는 김양선의 「식민주의 담론과 여성 주체의 구성」이 있다. 이 글은 1930년대에 발간된 『여성』지에 초점을 맞춰서 1930년대를 규정짓는 여성담론과 그러한 담론에 의해 구성된 여성 주체의 성격을 규명하고 있다. 특히 저자는 여성을 호명하는 담론을 '남성/지식인의 호명'과 '제국주의 담론의 호명'으로 나눈 뒤, 각 담론에 의해 구성되는 여성 정체성의 내용을 밝히고 있다. 이 연구는 『여성』에 대한 본격적이고 구체적인 논의라는 점에서 주목할 만하며, 식민지시대 여성의 정체성이 전통적인 가부장제와 총력전체제하의 파시즘 논리에 의해 구성될 수 있는 가변적인 것이라는 사실을 암시하고 있다는 점에서도 그러하다. 그럼에도 불구하고 이 글에서 저자는 그러한 가변성에 주목하기보다는 오히려 '여성'을 지식인과 제국으로 상징되는 남성 담론에 의해 수동적으로 구성되는 균질한 대상으로 설정함으로써 특히 전시라는 위기 상황에서 여성을 부르는 서로 이질적이면서 상호 모순되는 이름들의 충돌과 습합의 미묘한 지점들을 간과하고 있다.

또한 이 글을 주도하는 "전장은 남성, 총후는 여성의 영역"[2]이라는

2 김양선, 「식민주의 담론과 여성 주체의 구성 — 『여성』지를 중심으로」, 한국여성문학학회, 『여성문학연구』 3호, 2000, 274쪽.

젠더 분리적 시각은 총동원체제하에서 만들어진 여성동원의 담론을 명확하게 이해한 것으로 보기 어렵다. 특히 문제가 되는 것은 남성과 여성을 '전선'과 '후방'으로 나누는 전략을 "집 안/집 밖, 사적/공적 영역으로 나뉜 성별 역할 분업을 국가 차원으로까지 확대한 것"[3]으로 보는 방식이다. 이는 그 자체가 여성과 남성을 엄격하게 분리하는 이분법적 젠더 시각에 기초한 것이다. 이러한 시각의 문제는 총동원체제가 여성을 국민으로 호명하는 과정에서 어떻게 내적 모순과 분열에 봉착하게 되었는가를 잘 설명해주지 못한다는 점에 있다. 담론은 균일할 수 없다. 특히 여성에 관한 담론이 그러하다. 남성과 여성이라는 젠더 분리적 시각에 지나치게 의존하게 되면 여성 담론이 갖는 그러한 비균질성과 탈경계성이라는 특성을 간과할 수 있다. 따라서 중요한 것은 남성 담론의 주도성에 의해 수동적으로 구성되는 여성이라는 도식을 벗어나 전시체제와 여성이 결합해서 만들어내는 다양한 담론의 지도를 구체적으로 보여주는 것이다.

종합여성지로 출발한 『여성』은 창간호부터 여성의 연애, 결혼, 출산, 육아 등은 물론 화장법, 조리법, 옷 짓는 법에 이르기까지 다양한 여성적 일상을 소개함으로써 한편으로 여성독자의 소비 욕구를 자극하면서도 다른 한편으로 전시체제하에서는 그러한 욕망을 억압해야 한다는 선전구호가 동시에 내세워졌던 잡지였다. 따라서 『여성』 안에는 두 가지 상호 모순되는 지향이 충돌하면서 공존하고 있었다고 할 수 있다. 특히 1938년 중일전쟁 이후부터 이러한 두 가지 서로 다른 욕망과 이데올로기의 경합은 매우 두드러지는데, 이에 더하여 『여성』은 전

---

3 김양선, 위의 글, 276쪽.

통적 부덕을 갖춘 구여성의 이미지와 사회적·경제적 활동에 전력하는 신여성의 이미지를 나란히 배치하고 있다. 그 과정에서 여성은 어머니, 아내, 전사, 노동자, 그리고 소비자 등의 이질적인 정체성이 조합된, 익숙하면서도 낯선 존재로 구성된다.

전시라는 위기상황은 지금까지 고수해온 기존의 가치관과 새롭게 요구되는 가치관이 충돌하면서 낯선 기대와 전망을 생산해낸다. 그러한 상황에서 여성은 서로 모순되는 여러 이미지들이 경합하고 중첩되고 조정되는 어떤 '공백의 장'으로 기능하는데, 특히 『여성』처럼 서로 다른 성격의 글들이 잡다하게 나열되는 종합지에서 이러한 '공백'으로서의 여성의 정체성은 더 잘 드러날 수 있다고 본다. 이와 같은 맥락에서 또한 『여성』은 여성의 일상 속에 개입된 전시 담론을 통해 과도기에 여성이 어떻게 구성되고 해체되고 재구성되는가를 살펴보기에 적합한 매체이기도 하다. 여기에서는 이러한 『여성』의 성격에 초점을 맞춰 총동원체제의 담론을 통해 구성된 '여성'의 허구성과 모순을 밝혀본다.

자본주의적 욕망과 파시즘의 논리 사이에서

앞에서 지적한 것처럼 『여성』은 창간호부터 여성의 외모 가꾸기, 여가 활동, 집 안 꾸미기, 요리 등의 내용을 통해 어느 정도 중산층 이상의 생활이 가능한 여성독자를 겨냥해왔다. 즉 중산층 여성의 일상생활을 꾸미고 가꾸는 데 유용한 생활교양에 중점을 둔 것이다. 실제로 『여성』에는 농촌여성의 일상생활에 대한 내용은 거의 나타나지 않는다. 물론 창간호부터 연재된 〈13도 여성순례〉에서 지방에 거주하는 여성의 일상을 다루고 있기는 하지만 그 내용이 매우 개략적이고 각 지역의 특산물이나 특이한 생활방식을 소개하는 정도에 그치고 있기 때문에 구체적인 농촌여성의 일상을 다룬다고 보기 어렵다. 그리고 『여성』에서 유일한 농촌 관련 기사인 임정식의 「시국과 농촌부인」(1940년 4월) 또한 기아에 주리고 있는 조선 농민들의 "생활정도를 높이기 위해" 총독부에서 "조선농지령"과 "소작료통제령"을 시행한다는 사실을 선전하고, 그러기 위해서 "시국에 처한 농촌부인의 임무"를 확실히 인식해야 함을 강권하는 글로, 농촌여성의 일상과는 무관한 내용이다. 그런 점들을 고려하더라도 『여성』은 확실히 중산층 여성을 대상으로 하는 여성잡지라고 할 수 있다.

예컨대 '전기다리미를 경제적으로 쓰는 법'(1936년 12월), '크림의 종류와 쓰는 법'(1937년 5월호)과 같은 기사는 전기다리미를 살 수 있는 여유가 되거나 '무지방성 크림, 지방성 크림, 중성 크림, 물 크림, 클린싱 크림'의 종류를 나누어서 쓸 수 있는 소비 능력을 갖춘 여성을 대상으로 한다. 『여성』의 중산층 여성 지향성은 '아지노모도'라는 조미료 광고의 문구에서 좀 더 분명하게 드러난다. "규범 있는 집 부인들은 반드시 아지노모도를 먼저 준비한다. 이상하게도 아지노모도가 있는 집은 평화스럽고 사람마다 건강하다."(1937년 5월호)와 같은 광고 문구에서, '규범 있는 집 부인들'이 결코 생활이 곤궁한 여성이 아닌 것은 분명하다. 또한 『여성』에서 빈번하게 다뤄지는 각 달의 화장법 소개 코너와 수영, 스키, 테니스 등과 같은 레포츠 소개 코너는 이 잡지가 대상으로 삼은 독자층이 누군가를 확실하게 보여준다. 이처럼 『여성』은 창간 초기부터 모범적인 아내와 어머니상을 제시하면서도 여성의 관심과 호기심을 자극할 만한 새로운 라이프스타일(화장, 레크리에이션, 인테리어, 요리 등)의 소개를 통해 자연스럽게 신상품 구매능력이 있는 여성을 독자로 확보할 수 있게 된다.

그러나 1930년대 후반부터 전시상태를 대비하여 '국민정신총동원 운동'이 실시된 이후 "사람도 물건도 돈도 부족한 상태에서 전쟁에 임하여 승리하기"[4] 위한 압박이 심해지면서 『여성』 또한 잡지의 구성과 내용을 서서히 바꾸기 시작한다. 그리하여 1938년부터 『여성』은 전쟁 현황 보고, 강령 발표, 국책 선전과 같은 '보도'성 글들을 본격적으로 다루기 시작하는데, 맨 처음 전쟁을 여성의 일상 속으로 끌어오기 위해 선택한 논리는 바로 근검절약 정신의 강조였다. 1938년 신년호에 실린 이건혁의 「가정시사독본—장기전과 가정경제」는 국민정신총동원령 이후 여성담론의 변화를 구체적으로 보여주는 첫번째 글이다. '조선일보사 경제부장'인 이건혁은 이 글을 필두로 이후 『여성』에서 전쟁과 관련된 다양한 보도문은 물론 일본의 정책(증세 정책이나 사치품 금지령과 같은)을 선전하고 전시체제하에서 여성의 역할과 임무를 계몽하는 종류의 글들을 쓰기 시작한다. 이 글에서 이건혁은 1937년 7월부터 시작된 중일전쟁 이후 전시체제로 서서히 바뀌는 과정을 '시사적으로' 보여준 뒤 여성이 이러한 변화에 어떻게 대처해야 하는가를 구체적으로 제시하고 있다.

> 값 많은 양복은 찢어지면 꿰매어 입고 무명 같은 것도 오래 될 수 있는 대로 새로 장만하지 말라고 합니다. 지금까지 말씀한 것은 우리가 사는 데 가장 중요한 쌀과 옷감에 대해서 대강 말한 것이지만 우리 가정

4 최유리, 『일제 말기 식민지 지배정책연구』, 국학자료원, 1997, 86쪽.

생활에 영향되는 것은 이 두 가지뿐이 아니라 모든 것에 상관이 됩니다. (……) 이 위에 말씀한 것을 통틀어 한 말로 하면 전시체제라는 것인데 이 전시체제는 비록 이번 전쟁이 의외로 얼른 끝이 난다 하더라도 즉시로 없어지고 평상시같이 되는 것이 아니요 계속될 것을 알아두어야 합니다.[5)]

이 글에서 필자는 전시체제하에서 여성이 해야 할 구체적인 활동으로 물자절약을 강조하는데, 이는 전쟁이 끝난 뒤에도 지속해야 할 미덕이라고 주장한다. 그에 따르면 이제 평시도 전시의 논리 아래 놓이게 되는 것이다. 그런 점에서 글의 제목인 '가정시사독본(家庭時事讀本)'은 시사적(示唆的)이다. 그것은 우선 가정의 소소한 일상적 사건조차 사회정치적 사건, 즉 시사(時事)가 된다는 의미인 동시에, 『여성』이 그러한 전쟁의 논리를 가르쳐주고 일깨워주는 길잡이, 즉 독본(讀本)이 되겠다는 의미이기도 하다. 그러나 1938년도까지 전쟁 관련 논설과 기사는 그렇게 많지 않았다.[6)] 그러다가 전쟁 담론은 1939년부터 본격적으로 잡지의 중심 테마로 자리잡는다. 주목할 점은 그러한 전쟁 관련 논설과 기사가 대부분 가정 내에서의 근검절약과 물자절약을 강조하는 내용이라는 것이다. 1939년 신년호에 연두사로 실린 「장기전과 부인의 임무」에서 '절약'과 '저축'은 총후부인(銃後婦人)의 중요한 역할의 하나로 강조되고 있다.

---

5 이건혁, 「가정시사독본 — 장기전과 가정경제」, 『여성』, 1938년 창간호, 97쪽.

6 참고로 1938년도 『여성』에 실린 전쟁 관련 기사의 제목을 살펴보면 다음과 같다. 이숙종, 「부인과 의상 — 스테이플 파이버란 무엇인가」(1938. 3); A기자, 「면직대용품 — 스테이플 파이버란 무엇인가」(1938. 5); 이건혁, 「전시하의 가정경제」(1938. 8); 이건혁, 「경제통제와 생활대책」(1938. 10).

> 이런 점에서 새해를 당하여 우리 부인의 임무는 매우 크다. 일반가정에 있어 물자를 절약하고 무용한 물품을 구매치 말고 근검저축하며 일방으로 공채를 사서 조금이라도 국가경제에 공헌하는 것은 총후부인의 당연한 임무요 또는 그렇게 하지 않으면 아니 될 것이다. 부인 된 이는 전지에서 총을 들고 활약하는 병사와 함께 물자애호와 저축실행에 최선을 다하여야 할 것이다.(『여성』, 1939년 1월, 12쪽)

이 글에서 강조하는 '근검저축'과 '물자애호', '저축실행' 등의 표어는 이후 『여성』을 주도하는 전쟁담론의 주요 내용으로 빈번하게 등장한다. 흔히 일본의 여성정책이 반영된 일제 말 여성담론을 '군국의 어머니' 담론과 '근검절약'의 담론을 꼽는데[7], 여성 교양 종합지를 표방하는 『여성』에서 주로 강조되는 것은 물자절약을 통한 후방 지원이었음을 알 수 있다. 물론 「나치스의 산아정책—히틀러는 어떻게 산아장려를 하나」(1939년 9월), 「이세국민의 전시교육」(방영숙, 1940년 1월)과 같은 글에서 황국신민의 육성을 위한 여성의 노력을 강조하고 있기는 하지만, 『여성』에서 이러한 군국의 어머니 담론은 그다지 눈에 띄지는 않는다. 대신 「장기전과 생활합리화」(1940년 1월 특집), 「한끼에 십전으로 되는 반찬」(같은 호), 「전시하의 생활과 절주」(1940년 4월), 「전시와 생활개선의 급무」(1940년 6월), 「전시하의 가정과 식량의 해결방법」(1940년 8월), 「전시국민과 사치」, 「사치와 취미를 말하는 좌담회」, 김광섭의 「여성과 사치」(1940년 9월) 등의 글들이 보여주는 것처럼 사치와 소비를 억제하고 근검과 절약을 강조하는 내용이 주를 이룬다. 이러한 자료에

---

7 이선옥, 「평등에 대한 유혹」, 『실천문학』, 2002년 가을호, 259쪽 참고.

근거해볼 때, 『여성』은 총후부인의 역할 중 군국의 어머니의 역할보다는 알뜰한 주부의 역할을 더 강조했다는 점을 확인할 수 있다. 그렇다면 『여성』은 왜 총후부인의 임무를 주부의 역할에 중점을 두어 다루었는가.

그 이유는 우선 『여성』의 폐간일자를 통해서 알 수 있다. 『여성』은 1940년 12월호를 마지막으로 폐간되는데, 그 시기는 '국민총력운동'(1940~1945)이 본격적으로 가동되기 시작할 즈음이다. 앞서 1938년부터 발효된 '국민정신총동원운동'과 달리, 확실히 '국민총력운동'은 일본의 침략 전쟁을 구체적으로 뒷받침할 수 있는 체제 만들기에 좀 더 비중을 두고 있었다. 즉 그것은 전쟁 수행을 위한 체제 확립에 조선 민중을 직접 참여시키는 것을 그 목적으로 했던 것이다.[8] 따라서 본격적인 전시체제로 돌입하기 시작한 1940년도에 폐간된 『여성』이 직접적인 전쟁 참여를 종용하는 '군국의 어머니' 담론보다는 전쟁 준비를 위한 국민의 정신개조에 더 중점을 두는 '물자절약' 운동에 집중한 것은 어찌 보면 당연한 일일 것이다.

또 다른 이유는 『여성』의 취지와 대상 독자에서 찾을 수 있다. 앞서 지적했듯이 『여성』은 중산층 여성을 대상으로 새로운 라이프스타일을 제안하는 종합지이다. 그래서 1938년 이전까지 잡지는 여성의 외모와 취미, 생활양식 등을 아름답게 가꾸기 위한 방법을 구체적으로 제시하는 데 주력해온 것이다. 물론 이러한 내용이 근검절약과 거리가 먼 것은 당연하지만, 그렇기 때문에 더욱 전쟁기의 경제를 부양하고 일본의

8 최유리, 앞의 책, 126쪽 참조. 최유리에 따르면, 국민총력운동의 본격적인 가동은 1940년 10월 12일에 출범한 '대정익찬회'에서 비롯되었다고 한다.

정책을 선전하기 시작한 시점에 『여성』을 구독하는 중산층 여성독자를 설득하기 위한 좀 더 효과적인 파시즘의 논리로 역이용될 수 있었던 것이다. 따라서 적어도 1940년도까지는 모성 파괴적인 '군국의 어머니'와 관련된 내용보다는 물자절약이나 생활개선을 주장하는 내용이 비중 있게 다뤄질 수 있었을 것으로 본다.

그러나 이러한 파시즘의 논리의 다른 한편에서는 여전히 자본주의적 소비 욕구를 자극하는 광고나 기사가 공존하는데, 이는 여성의 경제적 활동의 변화는 "기본적으로 자본주의화 과정과 궤를 같이"[9]하기 때문이다. 이 말은 일차적으로는 자본주의적 생산양식의 유입으로 인해 여성이 생산부문에 노동자로 새롭게 흡수된다는 것을 의미하지만, 그와 동시에 여성이 소비 부문에도 적극적으로 참여하게 될 것임을 암시하기도 한다. 즉 여성은 '소비자'로서의 정체성 또한 새롭게 부여받게 된 것이다. 실제로 여성의 직업 활동이라는 측면에서 살펴보면, 1920년대 후반부터는 초기의 문명개화나 국권회복과 같은 국가적 목표보다는 개인주의적이고 세속적인 지향이 점차 우세하게 나타나는데,[10] 이를 가능케 한 것은 바로 대중문화의 확산과 소비적 생활양식의 보급이다. 그런 맥락에서 볼 때, 『여성』과 같은 대중적인 여성교양잡지가 중산층 여성의 생활양식을 기준으로 삼아 일반 대중의 자본주의적 소비 욕구를 자극한 것은 어쩌면 너무 당연한 일일 것이다. 실제로 『여성』에는 물자절약을 강조하는 기사 옆에 '명색구리무'나 '아이혼 미안기'[11]와 같은 이미용 관련 제품 광고가 나란히 놓여 있다.

---

9 정진성, 「식민지 자본주의화 과정에서의 여성노동의 변모」, 『한국여성학』 4집, 52쪽.

10 김경일, 「일제하 여성의 일과 직업」, 『사회와 역사』 61권, 2002. 5, 참조.

11 이 제품을 홍보하는 광고 내용은 다음과 같다. "잠자는 동안 몰라보리만큼 아름답게 되는 수

그리하여 잡지 『여성』은 여성의 일상을 전시체제로 재정비하려는 파시즘의 논리와 자본주의적 소비욕구가 충돌하는 낯선 풍경을 연출하게 된다. 그것이 가능했던 것은, "황민화의 동원의 이념은 생활, 여가, 근대 문명에 대한 관념 등 민족적 정체성의 문제로 환원되지 않는 복합적인 지점을 포괄하고 있"[12]었기 때문이다. 그런 까닭에, 그 속에서 구성되는 여성의 정체성은 일방적인 억압과 그에 대한 순응을 통해 이루어진 균질하고 자기 동일적인 것이 아니었다. 오히려 그것은 이질적이고 모순적인 상황들의 충돌과 갈등을 거친 비균질적이고 이율배반적인 것이었다고 할 수 있을 것이다.

계몽의 수사학과 일상의 논리

잡지, 특히 일본의 대중 선전과 선동 정책이 중요했던 총력전체제하에서의 대중잡지란 개개 필자의 사적인 의견을 피력하는 장이라기보다는 특정 담론을 생산하고 유포하기 위한 공론장의 성격이 더 강하다. 그런 맥락에서 『여성』지에 실린 일련의 총후부인 담론은 일정한 전략하에서 집단적으로 생산되어 유포된 것이라고 볼 수 있다. 이때 총후부인이나 내선일체 담론의 생산 과정에서 사용되는 수사적 표현은 주된 독자인 중산층 여성에게 일정한 이데올로기적 효과를 발휘할 수 있

면미용법"(1940. 4), "쓰신 그날부터 보기 좋은 쌍카풀이 된다. 영화스타는 모두 애용"(1939. 11). 특히 '아이혼 미안기' 제품 광고는 「아메리카 배우군」을 소개하는 기사와 같은 호에 실려 있는데, 이를 통해 잡지의 기사 내용과 제품 광고의 상관관계를 짐작해볼 수 있다.

12 권명아, 『역사적 파시즘—제국의 판타지와 젠더 정치』, 책세상, 2005, 66쪽.

었다. 『여성』은 창간호부터 '남성작가/여성독자'라는 구도 속에서 잡지 편집이 이루어졌는데, 창간호부터 3회에 걸쳐 연재한 이광수의 「여학교」는 이러한 성별 위계적 관계를 잘 보여준다. 작가 이광수가 여학생을 대상으로 하는 강연의 형식으로 이루어진 이 코너는 각각 '결혼', '모성', '모성으로서의 여자'라는 제목의 강연 내용을 다루고 있다. 나이 든 남자교사와 어린 여학생이라는 기본 구도 속에서 여성은 자연스럽게 권위 있는 남성의 가르침을 받는 계몽적 대상으로 설정된다. 그리고 이러한 성별 분리적 위계관계는 1938년을 전후로 한 총후부인 담론에서 더욱 노골적이고 비합리적인 방식으로 나타난다.

앞에서 언급한 이건혁의 글 「가정시사독본 — 장기전과 가정경제」에서 눈에 띄는 '독본'이라는 말은, 『여성』에서 여성독자를 대하는 기본적인 태도가 바로 일방적 계몽이라는 사실을 암시한다. 『여성』에 1938년 4월호부터 연재된 「신석녀소학」이라는 제목의 글은 "원래 오랜 옛날 지금부터 칠백오십 년 전에 지은"(『여성』, 38쪽) '소학'을 새롭게 오늘날 여성에게 적합하도록 해석한 일종의 소학 해설서다. 따라서 이 연재물을 읽는 여성독자는 작가가 의도했든 그렇지 않든 간에 자연스럽게 기본 예의범절과 도덕을 배워서 교화되어야 하는 어린 학생의 위치에 놓이게 되고, 그 결과 여성은 언제나 배움이 필요한 어리고 무지하고 어리석은 존재들이 될 수밖에 없다. 나아가 이러한 계몽적 어조는 여성의 사치와 향락 생활을 비난하고 가정경제 활성화를 위한 물자절약과 저축을 강조하는 총후부인 관련 글들에서 더욱 노골적으로 드러나게 된다. 이건혁의 다음 글을 보자.

> 신여성 여러분 옛날로 돌아가십시다. 전쟁 때문에 나라에서 금하니

까 할 수 없다는 생각을 버리고 할아버지 할머니께서 하시던 것같이 물건을 소중히 아는 덕행을 닦읍시다. 굽 높고 끝 뾰족한 발등 내다보이는 가죽 구두를 신어야만 핸드백을 들어야만 고급향수를 써야만 훌륭한 사람이 아니오. 짚신에 팥비누를 써도 미인이 되고 훌륭한 아내 훌륭한 어머니가 될 수 있습니다.[13]

'~합시다'라는 청유형 어조의 반복과 '훌륭한 아내 훌륭한 어머니'가 되기 위해서는 사치의 습성을 버리고 옛날 할아버지 할머니 시대로 돌아가야 한다는 퇴행적 주장은 신여성을 외모 가꾸기에만 몰두하는 생각 없는 존재들로 규정짓는 동시에, 그러한 존재들을 깨우쳐서 올바른 길로 이끌어주어야 한다는 계몽적 의도를 노골적으로 드러낸다. 이렇듯 물자절약을 강조하는 글에서 대체로 (신)여성은 절약이 몸에 배지 않은, 아직도 세상 물정을 모르는 사치스러운 철부지 어린아이로 설정되고 남성은 그러한 철부지 여성을 꾸짖고 가르쳐주는 계몽자 역할을 맡는다.

1939년 12월호에 실린 좌담회 「생활은 괴로워진다 — 이건혁 씨에게 전시생활을 묻는다」에서 이건혁과 좌담회 참석자 여성의 관계는 이러한 상명하복의 젠더 관계를 좀 더 분명하게 보여준다. 예컨대 여성참석자 중 한 명인 장문경 씨가 "광목이 없어지면 그래도 대용품이 나오겠지 했더니 나오지를 않아서 아, 지금은 그걸 그때에 몇 필 사두었더라면 좋았을걸 하고 생각이 나요." 하고 불평을 늘어놓자, 이건혁은 "헌데 장래 소용될 물건을 미리 사두었더라면 여유가 있을 것을 하는 생각

13 이건혁, 「경제통제와 생활대책」, 『여성』, 1938. 10, 45쪽.

을 하지만 그 물건을 그때 사두었더라면 너도 나도 모두 그랬을 것이니 그 물건값이 얼마나 올랐을지 그 물건만 오르는 것이 아니라 이것저것 모두 올라서 그야말로 큰 야단이 날 것입니다."라고 시국을 모르는 여성을 훈계한다. 그러자 이건혁의 이러한 훈계를 들은 여성은 곧 "가정경제상 써야 할 것을 못 쓰니까 도리어 경제가 됩니다. 옷 같은 것도 떨어지면 기워서 입구 그래도 부끄럽지도 않아요. 그래 도리어 그만큼 경제가 되지 않나 합니다."라고 말한다. 물자부족의 불편함은 곧바로 물자절약의 경제성으로 역전된 것이다. 그런데 이러한 계몽적 언설은 위기의 수사학과 결합하여 좀 더 강제적이고 폭력적인 협박의 형태를 띠기도 한다. 예컨대 다음 구절을 보자.

> 통제경제에 위반해서 규칙을 지키지 않는 사람에게는 다른 죄인같이 징역을 시키는 것이 아니라 전시체제를 문란케 하는 자라 하여 당장 총으로 쏘아서 죽이고 다시는 그런 사람이 생기지 않도록 본보기를 내고 있다 합니다.[14]

이건혁은 위 인용문 바로 앞에서 세금이 늘게 된 배경을 설명하면서 그러한 부담을 잘 참고 견뎌나갈 것을 권장하는데, 이러한 권유 뒤에 이어지는 협박성 발언은 여성에 대한 계몽적 태도가 언제라도 물리적 폭력으로 변질될 수 있는 것임을 암시한다.

앞에서도 지적한 것처럼 이 시기가 '국민정신총동원'과 같이 "정신운동의 강화, 세련"[15]을 강조하는, "정신적으로 전쟁에 동원케"[16] 하는

---

14 이건혁, 「증세와 가정생활 — 생활비를 절약하자」, 『여성』, 1940. 6, 34쪽.

상황이었기 때문에 설득과 계몽의 수사학이 좀 더 전면에 등장한 것으로 본다. 그러나 위의 인용문에 비춰볼 때 전시동원체제가 강화되는 1940년 이후에는 여성에 대한 이러한 계몽적 논설은 협박과 회유의 수사학으로 변화했을 가능성이 큰데, 이는 위안부여성 동원과 징병제 실시를 위해 대중매체가 어떤 수사법을 사용하고 있는지를 통해서 좀 더 분명하게 밝혀질 수 있을 것이다. 그러나 『여성』은 아직 그렇게 강압적인 직설화법을 구사하기보다는 전쟁의 논리와 메커니즘으로 여성의 일상을 직조하는 방식으로 급박한 전시 상황을 간접적으로 환기시키는 방식을 선호한다. 이는 물자절약과 가정경제 활성화를 주장하는 일련의 논설과 정책 선전문은 물론 부엌 개조와 같은 가정 살림에 관한 글에서도 나타난다.

> 이 비상시, 이 새로운 시대에 처해가지고서는 새로운 살림의 마련(신생활체제)이 있어야 할 것이며 이것을 위해서는 다시 부엌의 새로운 마련(신체제)을 꾀해서 한 가정의 경제생활을 새로이 규모 있게 하지 않으면 안 되리라고 생각하는 것입니다.[17]

새로운 살림의 마련을 '신체제'의 논리와 결합시키는 이러한 화법은 전쟁의 논리와 메커니즘이 어떻게 여성의 일상에 관한 내용의 기저를 이루는가를 잘 보여준다. 여성의 사적 공간이라는 제한적 가치와 의미를 부여받던 가정, 특히 '부엌'은 이제 전선의 논리를 통해 '새로운 마

---

15 「국민정신총동원과 국민총훈련」, 『여성』, 1940. 6, 16쪽.
16 이건혁, 앞의 글, 33쪽.
17 전홍진, 「부엌의 신체제」, 『여성』, 1940. 9, 34쪽.

련'을 도모할 수 있는 새로운 공적 공간이라는 의미를 얻을 수 있게 된다. 그런데 『여성』지에서는 이와는 반대로 전시체제에 대한 선전과 선동을 위해 여성의 일상적 삶과 관련된 용어와 수사법을 활용하기도 한다. 다음을 보자.

> 우리의 부인 된 이는 신년부터 이상의 표어를 가지고 전시가정을 요리하지 아니하면 아니 된다. 생각건대 작년 일 년에 있어서 애국부인회 국방부인회 애국금융회 등 부인의 활동이 많았고 또는 생활개선과 국민의 정신작흥을 위하여 지방을 순회한 분이 많았지마는 금년부터는 더욱더 이런 운동이 많아서 우리는 우리의 총후임무를 다하여야 할 것이다.[18]

이 글에서 강조하는 부인의 임무는 "전지에서 총을 들고 활약하는 병사"(같은 면)의 임무와 다르지 않은데, 주목할 점은 그러한 여성의 임무 수행을 '요리'에 빗대어 표현하고 있다는 것이다. 이러한 표현은 우선 전시체제하에서 이루어지는 애국부인회, 국방부인회, 애국금융회와 같은 활동을 표면적으로는 사회 진출의 한 방법인 것처럼 선전하면서도 여전히 그러한 활동을 가정생활의 일환으로 축소하려는 의도로 해석할 수 있다. 그러나 다른 한편으로는 그만큼 전쟁이 여성의 일상생활과 멀지 않은 아주 가깝고 익숙한 상황임을 암시하기도 한다. 이렇게 『여성』은 일상생활의 논리를 전쟁의 수사학 속에 담아냄으로써 파시즘의 논리가 일상생활 속에서 적용되는 정황을 잘 보여줄 뿐만 아니라,

---

18 이건혁, 「장기전과 부인의 임무」, 『여성』, 1939. 1, 12쪽.

여전히 그러한 논리의 생산과 유포가 남성 전달자와 여성 수용자 혹은 남성 교사와 여성 학생이라는 전형적인 젠더 위계적 구조 속에서 이루어지고 있다는 사실을 확인시켜주고 있다.

'여성'이라는 이름의 역설

앞에서 살펴본 것처럼, 전시기 여성을 구성하는 기본적인 담론은 바로 '총후부인' 담론인데, 본격적인 총력전체제로 돌입하기 직전에 폐간된 『여성』지에서는 모성 파괴적인 군국의 어머니 담론을 노골적으로 다루는 대신 전쟁에 대비한다는 차원에서 '물자절약'과 가정경제 활성화에 힘쓰는 주부(어머니)의 일상에 대해 더 많이 다루고 있다. 보통 담론을 구성하기 위해서는 대상에 대한 인식을 어느 한 방향으로 구조화시키는 담론 구성의 원칙을 필요로 한다. 그래서 전시기 여성담론을 다룬 대개의 논의들은 '전방과 후방', '안과 밖', '가정과 사회', '남성과 여성', '근검과 사치', '향락과 절제' 등의 이분법적 대립항을 통해 담론지형을 구성하고 그러한 지형도 안에서 총력전체제하에서의 여성 재현이나 주체성 구성의 문제를 검토해왔다. 이러한 방식은 일차적으로는 총력전체제가 요구하는 여성상이 무엇인가를 살펴보고 나아가 그러한 여성상의 재현체계를 확인하기 위해 요구된다. 그러나 전시체제하에서 여성주체의 위치는 "(다양한) 주체 위치들이 접합되는 지점"[19]에서 해체와 재구성의 반복을 통해 구성된다. 따라서 그것은 다층적이고 비

---

19 권명아, 앞의 책, 56쪽.

균질적일 수밖에 없다. 실제로 『여성』에서 재현되고 있는 여성의 이미지는 전통적인 젠더 구분의 범주에 포섭되기 어려운 다중적인 모습으로 연출된다. 그리하여 이제 여성은 '자애로우면서 씩씩하고 가정의 천사이면서 직업여성이며, 외모 가꾸기에 능하지만 근검절약하는'과 같은 서로 상충하는 이미지들의 공존을 통해 재구성된다.

분명 식민지 말기에 "'사치와 향락만을 일삼는' 신여성적 정체성과 '동양적'인 부인으로서의 정체성이라는 대립선이 강력하게 구축되어"[20] 있었던 것은 사실이다. 『여성』 또한 예외는 아니었다. 그러나 『여성』에서 신여성에 관한 담론의 변화를 세분화해서 좀 더 구체적으로 살펴보면 이러한 여성 정체성의 대립선이 사실상 그렇게 뚜렷하지는 않았다는 사실을 확인할 수 있다. 앞에서 지적한 것처럼, 『여성』은 중산층 여성(신여성)의 성, 사랑, 결혼, 가정은 물론 취미와 놀이문화까지 상세하게 다룸으로써 그들의 일상을 모방하고픈 바람직한 표준으로 제시해왔다. 당연히 이때 신여성은 결코 비판의 대상이 아니었다. 일례로 1936년 10월호부터 연재된 '우리학교자랑'난에서는 '중앙보육원', '동덕여고', '이화여고', '정신여학교'를 차례로 다루면서 고등교육을 받은 여성에 대한 호감을 드러내고 있으며, 1937년 2월에는 '신여성특집'을 통해 신여성의 결혼, 성, 소비, 진로 등에 대해 비교적 상세하게 설명하고 있다. 이는 앞에서도 지적한 것처럼 종합여성지로서의 『여성』의 편집 방향과 관련된다. 즉 이 잡지를 구독할 수 있는 독자층의 취향과 라이프스타일을 고려했을 때 신여성은 결코 배척되어서는 안 되는 존재였던 것이다.

---

20 권명아, 위의 책, 165쪽.

그러나 1937년 후반부터 신여성에 대한 우호적이거나 적어도 중립적인 태도의 글들은 완전히 사라지고 대신 그들의 사치와 향락을 원색적으로 비판하는 글들이 노골적으로 등장하기 시작한다. 예를 들면 최재서의 「여성시비」(1937년 10월), 이숙종의 「부인과 의상—최근 유행의 화려한 의상을 논함」(1938년 3월), 이매명의 「신여성시비」(1938년 11월), 김문집의 「김연실의 정조문제—조선여성의 정조형에 관하야」(1938년 11월)와 같은 글들에서, 신여성은 "화냥년보다 더러운 정조부인"(김문집, 36쪽)과 같이 반어적 조롱의 대상이 되거나 "그들의 무지각한 교만을 생각하면 후려갈기고 싶은 분만"(최재서, 69쪽)을 느끼게 할 정도로 혐오와 비난의 대상으로 다뤄진다. 물론 그 이면에는 전통적인 미덕을 갖춘 '동양적' 여성에 대한 옹호가 내재해 있었다. 이러한 신여성에 대한 비판의 내용은 대개 '생활이 무절제하고 사치스러우며 예의 없는'으로 요약될 수 있다. 또한 비판의 논조 또한 논리적이기보다는 감정적이다.

그러다가 1939년부터 『여성』에서 신여성에 대한 비판의 어조는 조금씩 바뀌는데, 대체로 신여성을 전면적으로 비난하기보다는 가정 내 긴축재정과 물자절약을 강조하는 과정에서 부정적 사례로서 간접적으로 언급하는 경우가 대부분이다. 설령 비판을 하더라도 감정에 치우치기보다는 신여성 문제에 합리적으로 접근하는 경우가 많았다. 김광섭의 「현대여성의 고뇌」와 김오성의 「여성의 교양문제」는 꽤 진지한 역사적, 현실적 통찰에 근거해서 신여성을 비판하는 예라고 할 수 있다. 김광섭은 이 글에서 '노라'에서 '코론타이 녀사'에 이르는 신여성의 역사를 검토한 뒤 다음과 같이 신여성의 공로를 인정한다.

그렇게 열렬하게 자유를 찾고, 평등을 부르짖고, 새 사회와 새 시대를 동경하고 이상을 세우려 하였고 또 무법한 남자의 손에 잡히지 않으려고 싸웠으니 거기에는 정말 큰 고민이 있었습니다. (……) 참으로 조선의 신여성은 가지가지로 큰 희생을 겪으면서 오늘에 이르렀습니다. 그러나 이렇게 험한 길을 걸어온 오늘 조선여성은 어떠한 마음과 뜻을 가지고 있습니다.[21]

그러나 현대여성[22]에 대해서는 "별로 생각하려고 하지도 않고, 일하려고도 하지 않고, 어떻게 고생 없이 잘 지내라는 걱정뿐만 가진 것 같습니다."(18쪽)라고 비판하면서 너무 남자에게만 기대지 말고 "여자로써도 인류에 공통된 어떤 고민을"(19쪽) 찾도록 노력해야 한다고 주장한다. 반면 김오성은 지금까지 신여성이 추종해온 개인주의적 자유주의의 교양이 이기주의로 변질되어 서구식 "권리의식 때문에 의무의식을 망각한"[23] 폐단이 나타나게 되었음을 지적한다. 그러면서 그 '조선여성의 새로운 교양'을 위한 해결책으로 "서구의 권리의식과 동양의 의무의식이 서로 지양을 통해 종합"(19쪽)되는 방법을 제안한다. 이처럼 김광섭과 김오성은 모두 신여성의 도덕적 타락과 이기주의에 대해서는 비판하면서도 새로운 사회에 대한 여성의 이상과 권리를 주장함으로써 여성의 사회적 위상을 높인 신여성의 공로를 인정하고 있다.

그런데 공교롭게도 이러한 신여성에 대한 어조의 변화는 직업여성과 여성의 사회적 활동을 옹호하는 논설이 본격적으로 등장하기 시작

---

21 김광섭, 「현대여성의 고뇌」, 『여성』, 1940. 4, 18쪽.
22 '현대여성'이라는 명명법이 어떻게 신여성의 부정성을 상쇄하고 전통적 미덕을 덧붙이면서 새롭게 등장하게 되었는가에 대해서는 김경일의 「한국 근대사회의 형성에서 전통과 근대」(『사회와 역사』 54권, 1998, 12쪽)와 김양선의 앞의 글을 참고.
23 김오성, 「여성의 교양문제」, 『여성』, 1940. 5, 18쪽.

한 시기와 맞물리는데, 바로 그 시기는 중일전쟁 이후 '국민정신총동원령'이 발포된 때이기도 하다. 1938년 7월에 실린 「여자 혼자 경영할 상점」과 1938년 8월에 실린 이상호의 「여성과 직업」을 시작으로, 『여성』지는 여성에게 가정 밖으로 나가서 직장을 찾아야 한다고 주장하기 시작한다. 이렇게 여성의 사회활동을 강조하는 글에는 노재근의 「가정에서 가두로!」(1939년 11월), 이헌구의 「여성시평 — 생활의 균형」(같은 호), 「주부의 임무」(같은 호), 「국민정부와 여성의 힘 — 아울러 반도부인의 시국에 대한 인식을 촉함」(1940년 5월) 등이 있다. 그중에서 노재근의 「가정에서 가두로!」는 이미 그 제목에서부터 여성의 새로운 거주지가 바로 가정 바깥, 즉 '가두'임을 분명히 하고 있다. 이 글의 저자는 우선 "동경 있는 동안이 때마침 지나사변 발발 이후 연간이었으므로 내지 여성들의 물 밀릴 듯하는 가두진출을 목도"(24쪽)한 경험에 근거하여 여성의 사회 진출이 세계적 추세임을 지적하면서 글을 시작한다. 그뿐만 아니라 그는 "이 지나사변이란 경고의 국가적 처사에서 여성의 가두활동을 할 기회를 얻었구나 하는 것을 느끼게"(24쪽)까지 되었다고 주장한다. 즉 1938년의 중일전쟁이 내지여성의 가두활동을 가능케 하는 기회와 발전의 계기가 되었다는 것이다. 따라서 조선여성도 "농촌에서 가정에서 뛰어나와 남자직공과 같이 팡을 구"(25쪽)하기 위해 노력해야 하며, 이를 위해서는 "여성의 기술적 교육, 사무적 교육 등이 더욱 필요하다고 단언"(26쪽)한다. 그리하여 저자는 마지막 장인 '조선여성이여 분투하라'에서 다음과 같이 주장하기에 이른다.

> 여성의 사회적 정치적 의식에 있어서 과거에 우리는 동경구미유학의 선진들이 쌓아놓은 공로의 탑이 역연이 솟아 있건마는 근간에는 아주

> 영성한 생각이 적지 않다. 물론 나의 필봉은 한편에 치우친 점이 농후한 바 없지 않다마는 요약해서 말하면 아래와 같다. '좀 더!'라는 희망과 아울러 '보수에서 진보에!' '가정에서 가두에!' '도피에서 투쟁으로!' 등 이러한 희망이다. 나도 남성이지만은 남성과 싸워도 좋고 사회와 싸울 기회에 용감히 싸워달라는 충고이다. 그리하여 '노리개의 여성'에서 인간 여성에의 환원을 비장히 애원하는 바이다.(26쪽)

이 글에서 주목할 점은 두 가지다. 하나는 조선여성을 '가두'로 나오게 하는 결정적 사건이 바로 중일전쟁임을 지적하는 것이고, 다른 하나는 비록 어설프기는 하지만 "동경구미유학의 선진들이 쌓아놓은 공로"를 부분적으로 인정하고 있다는 것이다. 이 두 가지 사실을 종합해보면 결국 신여성의 성과를 표피적으로, 부분적이나마 인정하게 된 계기는 신여성에 대한 근본적인 인식의 변화가 아니라 바로 전쟁 이후 부족한 노동력을 메우기 위해 여성인력을 동원하려는 일본의 전시 정책과 그에 대한 조선지식인의 부응이라고 할 수 있다. 그러면서도 동시에 중일전쟁 이후 본격적인 전쟁 준비를 위해 물자절약의 구호를 외치던 일본의 전시 정책은 그러한 정책의 효과적인 홍보와 선전을 위해 신여성을 사치와 허영의 원인으로 싸잡아 비난하기도 한다.

확실히 '(신)여성'은 처음부터 근대사회의 부정적이고 어두운 측면을 비판하기 위한 식민지 근대의 타자로 도구화되었기 때문에 지속적인 비판의 대상이 된 것은 사실이다. 그러나 지금까지 살펴본 바에 따르면, 『여성』에서 신여성에 대한 논점은 일관되지 않고 잡지의 편집 방침이나 '국민정신총동원운동'과 같은 전시기 일본의 식민정책에 따라 그때그때 다르게 유동적으로 변화해왔음을 알 수 있다. 그리고 그렇게 신여성에 대한 옹호와 비난이 교차하면서 반복되는 과정은 그대로 '동양적인', '전통적인', '구'여성의 가치와 미덕에 대한 논의가 수면 위로 떠올랐다가 가라앉기를 반복하는 과정과 일치한다. 그래서 많은 논자들은 여성이 더 이상 "가정에만 얽매여 지내고 거기에만 충실할 수 없다"[24]고 주장하면서도, 동시에 "가정의 어머니 된 사람으로서 집을 잃고 바깥의 활동에만 마음을 빼앗긴다면 그 나라의 국민의 불행처럼 큰 것은 없을 것"[25]이라고 두려워하기도 한다. 분명 "식민지 조선의 전체 동원은 전시 사회의 요구에 맞는 신여성의 재창조를 요구"[26]했지만, 실제로 『여성』에서 생산된 여성과 전쟁 담론 속에서 여성은 '동양과 서양', '전통과 근대', '가정과 사회', '보수와 진보', '생산과 소비', '노동과 여가', '사치와 절약'과 같은 대립항의 양 극단에 자리하면서도 쉽게 어느 곳에도 자리 잡지 못하는 모순된 상황에 처하게 된다. 전시기에 '여성'이라는 이름이 모든 것이면서 아무것도 아닌 역설이라고 할 수 있는 것은 이 때문이다.

여성과 전쟁

앞서 살펴본 것처럼 『여성』은 창간호부터 여성을 둘러싼 잡다한 일상을 대중적 흥미와 호기심을 자극하는 방식으로 구성해서 제시하는 여

24 이헌구, 「여성시평 — 생활의 균형」, 『여성』, 1939. 11, 43쪽.
25 방영숙, 「이세국민의 전시교육」, 『여성』, 1940. 1, 264쪽.
26 마이클 김, 「식민 후기 조선의 시각 문화에 나타난 전체 동원의 미학」, 『대중독재2 — 정치 종교와 헤게모니』, 김지혜 옮김, 책세상, 2005, 237쪽.

성종합지의 성격을 강하게 드러낸 잡지였다. 그래서 총동원령이 내려지고 대국민정책을 홍보하고 여성을 계도하는 글이 본격적으로 나타나기 시작한 1938년 이후에도, 『여성』의 화장품 광고와 여성미의 중요성을 강조하는 기사들은 계속되었다. 예컨대 『여성』에서는 치열한 전투상황을 보고하는 기사 바로 뒤 페이지에 쌍꺼풀을 만들어주는 미용기구와 여성의 피부를 환하게 해주는 화장품 광고가 배치되고 있는데, 이러한 배치가 가능했던 것은 『여성』이 기관지가 아니라 중산층 여성을 대상으로 하는 상업적 대중잡지였기 때문이다. 그 결과 『여성』은 일상생활의 경험과 전쟁의 수사학이 서로 습합되면서 만들어내는 파시즘의 논리를 여성이 처한 모순적인 상황 속에서 보여주고 있었다. 특히 그러한 논리의 생산과 유포가 기존의 남교사/여학생의 위계적인 구조 속에서 이루어졌던 한에서, 『여성』은 여성을 둘러싼 다양한 모순의 양상들을 더 잘 보여줄 수 있는 대중매체가 될 수 있었다.

게다가 본격적인 전쟁 준비에 돌입하면서 유포되기 시작된 '총후부인'의 담론은 여성이 처한 모순적이고 분열적인 상황을 더욱 가속화한다. 그리하여 여성은 어머니와 전사, 가정의 천사와 역량 있는 노동자, 근검절약의 화신과 사치스러운 소비자 등과 같은 상반된 역할과 이미지를 동시에 부여받게 된다. 분명 여성은 여전히 전통적인 유교적 가부장제의 구속력에서 벗어나지 못한 것은 사실이지만, 그럼에도 불구하고 전시기의 혼란과 위기 속에서 익숙한 여성의 이미지는 조금씩 균열되면서 혼란스러워진다. 물론 그 과정에서 형성된 낯선 여성 이미지가 결국에는 기존의 어머니, 주부, 아내로서의 역할을 과장하거나 확장한 것에 불과하며 여성을 생산노동의 현장으로 끌어내면서도 전통적인 가족 이데올로기를 강조하는 이중 플레이를 벌이는 일본의 식민 정책의 결과라는 사실을 확인한다고 하더라도, 중요한 것은 급변하는 사회·정치적 상황 속에서 여성은 익숙한 여성의 서사를 벗어나 낯선 이야기의 주인공 역할을 해본다는 것이다. 예컨대 여성은 평시에는 수동적이고 소극적인 가정부인을, 전쟁과 같은 위기 상황에서는 적극적이고 씩씩한 전사의 역할을 연기하도록 요구받는 것이다.

그렇게 본다면, 여성을 규정하기 위해 부과되었던 '사적, 소극적, 수동적, 예민한, 자애로운, 헌신적인' 등과 같은 수식어들은 사실 여성에 대해 아무것도 설명해주지 못하는 공허한 기표놀이에 불과한 것일 수 있다. 그런 점에서 여성은 언제든지 다른 성격과 특성을 지닌 존재로 얼마든지 변화할 수 있다. 어머니에서 전사로, 가정의 천사에서 가두의 노동자로, 성모에서 화냥년으로 말이다. 그리고 이러한 '여성'이라는 이름의 가변성과 불연속성, 비본질성이 가장 잘 드러난 때는 바로 전시와 같은 위기 상황이다. 그런 점에서 대중적인 여성 교양 종합지로 출발한 『여성』이 총력전체제하에서 보여주는 이질적이고 모순적인 여성 이미지는 지금까지 일반명사로 호명되어온 '여성'이 단지 허구적 구성물에 불과하다는 사실을 역설적으로 보여준다.

제4장

여성, 모델, 세태

염상섭 '모델소설' 속의 소문난 여자들

'모델'소설과 모델'소설'

1930년 5월 『삼천리』 6호에는 '내 소설과 모델'이라는 큰 타이틀 아래 이광수, 염상섭, 현진건, 이익상, 최서해 등 다섯 작가의 글이 실려 있다. 거기에서 이들은 자기 소설에서 모델이란 무엇이며 모델소설에 대해서는 어떻게 생각하는지를 자신의 창작방법론과 관련지어 서술한다. 여기에서 실제 사건이나 인물을 대상으로 한 모델소설은 염상섭을 비롯한 그 당시 많은 작가들에게 소설답지 못한 소설이자 손쉽게 쓴 소설로 이해되었으며, 그 때문에 부정적인 것으로 받아들여졌다. 그래서 최서해는 "대체로 나는 소설을 쓰는 데 있어서 어떤 사실이 있는 것을 붙잡아가지고 추리고 부치고 하기보다는 차라리 아무 근거도 없이 그냥 자유로 상상의 날개를 날려가면서 쓰는 것이 훨씬 편하"다고 이야기하고, 이광수는 "대체 나는 소설을 쓸 때에 이 세상에서 이미 일어난 사실을 취급하기를 애쓰지 않는다."고 주장한다. 현진건과 이익상 또한 마찬가지다. 그들은 한결같이 조그만 사실이나 인물에게서 '힌트'나

'암시'를 얻어서 쓰더라도 창작과정에서 실제 사실의 태반은 사라져 완전히 다른 것이 된다고 주장한다.

이석훈은 1940년 5월 『인문평론』에 실린 「모델소설고」에서, 모델소설에 대한 그 같은 작가들의 전반적인 부정적 견해를 다시 한 번 반복한다. 이석훈은 모델소설이란 "쉽게 말하면 실재하는 인물 내지 사건을 테마로 한 소설"이라고 할 수 있지만, 실제로 모델소설 여부는 "실재하는 인물 내지 사건의 '모델라이즈'의 정도, 그 농도로써 상정할 수 있는 것"으로 판단할 수 있다고 본다. 다시 말해서 모델소설이란 "기지(旣知)의 사실을 테마로 한 소설, 또는 기지의 사실이 아니더라도 '모델라이즈'의 수법이 순수의 지경에까지 이르지 못한 것 등"이다. 이 말이 의미하는 것은 두 가지다. 하나는 특정 인물이나 사건을 떠올리게 하는 모델소설은 좋은 소설이 못 된다는 것, 다른 하나는 실제 사건이나 인물에게서 암시를 얻었다고 하더라도 "존재의 위치 내지 표현문제"[1]가 뛰어나다면 모델소설이라고 하기 어렵다는 것이다. 결국 작가들에게 모델소설이란 소설의 예술적 차원에 이르지 못한 저급한 형태의 소설로 받아들여지고 있었던 셈이다.

그런 가운데서도 1930년 5월 『삼천리』에 실린 「만세전과 그 여성—내 소설과 모델」이라는 글에 나타나는 염상섭의 견해는 주목할 만하다. 염상섭은 이 글에서 모델소설의 두 가지 층위에 대해 설명한다. 그것은 바로 협의의 모델소설과 광의의 모델소설이다. 협의의 모델소설이란 실제 사건이나 인물을 그대로 소설 속으로 끌어들인 것을 말하는데, 그에 따르면 이때 "어떠한 실재인물의 실제생활을 헤치고 들

1 이석훈, 「모델소설고」, 『인문평론』, 1940. 5, 75쪽.

어가서 어떠한 부분 혹은 그 전체의 활사실을 소설화할 때의 그 실재 인물의 성격이나 생활을 가로채서 모델이라고 부르는 것"[2]이다. 염상섭은 그런 의미에서의 '협의의 모델소설'에 대한 부정적인 견해를 여타 작가들과 공유한다. 그럼에도 불구하고 그는 모델소설에 대한 입장에서 다른 작가들과 미묘하게 갈라서는데, 그것은 바로 이 지점이다.

> 가령 작자가 스토리를 전연히 공상으로 꾸며냈다 하더라도 스토리 자체부터가 실인생의 가유성(可有性)을 가진 것, 복언하면 작가 자신의 문견(聞見)하고 또 희망하는 바에서 나온 것이므로 거기에 나오는 인물도 그 시대 그 사회의 가유성을 가진 인물의 전형을 떠나서 묘사될 수 없을 것이다. 그러므로 모든 소설은 광의로 보아서 '모델'을 가졌다고 할 것이다.[3]

즉 소설이란 작가의 경험에 기초를 둔 것이기 때문에 결국 모든 소설은 부분적으로나마 모델소설적인 면모를 가질 수밖에 없다는 것이다. 염상섭에게 소설이란 작가 자신의 체험이나 경험을 벗어나서 성립되기가 어렵다. 그래서 그는 자기 주변의, 혹은 신문지상에서 다뤄지는 사건이나 인물에 대한 경험이 부지불식간에 소설적 현실을 이루는 중요한 재료가 된다고 본다. 결국 염상섭에게 모든 소설은 넓은 의미에서 모델소설이다. 물론 이때 중요한 것은 '모델' 그 자체라기보다는 '소설'일 것이다. 그것은 다시 말해서 모델로 대변되는 실제 사건이나 현실에

---

2 염상섭, 「만세전과 그 여성 — 내 소설과 모델」, 『삼천리』 6호, 1930. 5, 65쪽.
3 염상섭, 위의 글, 같은 곳.

서 출발하지만 그에 머물지 않고 더 나아가 시대적 전형을 획득하는 데 도달한 소설을 의미한다.

염상섭 초기 소설 중에는 실제인물과 사건을 모델로 한 소설은 물론, 특정 인물을 연상케 하는 소설, 신문에 보도된 사건을 모티프로 한 소설, 혹은 누군가에게서 들은 얘기에서 암시를 얻어 지은 소설 등등, 소위 모델소설(좁은 의미에서건, 넓은 의미에서건)이라고 부를 법한 소설들을 많이 발견할 수 있다. 그중에서 특히 실제 인물을 연상케 하는 신여성을 주인공으로 한 소설들이 주목할 만한데, 「제야」(1922)와 「해바라기」(1923), 그리고 『너희들은 무엇을 어덧느냐』(1924)가 그것이다. 그런데 이 중에서 염상섭 자신이 모델소설로 인정한 것은 「해바라기」 한 편뿐으로, 이 소설은 잘 알려져 있다시피 나혜석과 김우영의 결혼식과 신혼여행을 모델로 한 것이다. 반면 그는 김일엽과 최승구, 김명순 간의 삼각관계를 부분적으로 다뤘다고 알려진 『너희들은 무엇을 어덧느냐』는 모델소설의 범주에 넣기를 꺼린다. 여성작가 김명순을 연상케 하는 「제야」 또한 세간에는 모델을 썼다고 이야기되었지만 실제로는 "'힌트'가 아니면 사상에서 나"[4]온 것일 뿐, 엄밀한 의미에서(좁은 의미에서) 모델소설은 아니라고 그는 주장한다.

그러나 세간에서 염상섭의 이 말은 있는 그대로 받아들여지지 않았다. 특정인물을 연상케 하는 일련의 소설들은 작가의 의도와는 무관하게 암묵적으로 모델소설로 명명되었다. 어떤 점에서 이들 소설은 모두 실제 인물이나 사건을 다루었거나 실존인물을 연상케 한다는 점에서 좁은 의미의 모델소설이라고도 할 수 있기 때문이다. 특히 세간에 화제

4 염상섭, 위의 글, 66쪽.

가 되었던 실제 여성인물들의 결혼과 연애 등을 연상시킨다는 점에서 이들 소설을 여성모델소설이라고 부를 수도 있을 것이다. 염상섭의 소설에 대한 그런 저간의 통념은 이후의 연구에서도 반복되는데, 김윤식의 견해[5]가 대표적이다.

그런데 다시 한 번 생각해보자. 염상섭이 스스로 저 소설들이 모델소설이 아니라고 주장했던 것은 단지 그 당시 모델소설이라는 타이틀이 소설 평가에 있어서 부정적인 영향과 모델 당사자와의 갈등의 가능성을 고려한 변명에 불과한 것일까? 그래서 단순한 '암시'나 '힌트'의 수준을 넘어 실제로 특정 모델을 대상으로 했음에도 불구하고 작가 자신이 이러한 사실을 공공연하게 밝히기 꺼렸던 사정이 반영된 것일까? 그렇지 않다는 것이 이 글의 문제의식의 출발점이다. 즉 이 글의 문제의식은 저 소설들이 모델소설이 아니라는 염상섭의 주장을 액면 그대로 받아들여야 한다는 것이다. 좀 더 구체적으로 말하면, 저 소설들은 모델소설이면서 동시에 모델소설이 아니다. 그리고 사실 염상섭 소설의 진짜 의미는 이 형용모순 속에 있다.

염상섭의 세 편의 '모델소설'은 그의 표현에 따르면 "'모델'을 쓰려고는 하였으나 '모델'과는 전연히 다른 데로 미끄러지고"[6]만 소설이다.[7] 이는 달리 말하면 그 소설들이 '모델'에 대한 관심과 호기심을 불

---

5 김윤식, 『염상섭 연구』, 서울대학교 출판부, 1987, 제1부 참고. 이 책에서 김윤식은 염상섭의 「제야」와 「해바라기」 모두 나혜석을 간접적이건 직접적이건 간에 모델로 한 소설임을 밝히고 있다.

6 염상섭, 앞의 글, 66쪽.

7 염상섭의 모델소설에 대한 연구로는 장두영의 「염상섭의 모델소설 창작 방법 연구—『너희들은 무엇을 어덧느냐』를 중심으로」(『한국현대문학연구』 34집, 2011)가 주목할 만하다. 이 글은 『너희들은 무엇을 어덧느냐』에 공통적으로 지적되어온 소설 구성의 산만성, 스토리라인의 부재 등의 원인을 바로 염상섭이 지적한 이 문제에서 찾고 있다. 다시 말하면 소설 초반 중요한

러일으키는 데서 그치는 협의의 '모델'소설이 아니라, 비록 모델로부터 출발하였으나 결국 복잡다단한 세태의 단면을 파노라마적 구성방식을 통해 들여다봄으로써 시대의 한 전형을 획득하게 되는 광의의 모델'소설'로의 변화를 보여주고 있음을 의미한다. 그리고 우리의 관점에서 그것은 염상섭 소설의 방법적 진화 과정을 밝혀주는 스터디케이스이기도 하다. 하나씩 살펴보자.

독백극의 프레임과 희생제의

염상섭의 초기 삼부작 중 마지막 작품인 「제야」(『개벽』, 1922. 1)는 최정인이라는 신여성이 '제야(除夜)'에 자살을 결심한 뒤 그러한 결심에 이르기까지의 과정을 고백하는 일인칭 고백체 소설이다. 「제야」는 지금까지 내면 고백의 주체였던 남성이 아니라 신여성을 새로운 고백의 주체로 내세워 여성 스스로 자신의 내면을 고백하도록 했다는 점에서 초기 삼부작 중에서 매우 특출난 비중을 갖는다고 평가받는다.[8] 그러나

소설적 구심점 역할을 하던 김일엽, 임장화, 김명순을 모델로 한 '덕순-한규-경애'의 삼각관계가 모델 당사자들의 요청으로 소설 중반 이후 실종되면서 소설 전체를 관통하는 일관된 스토리라인이 사라지게 되었다는 것이다. 그러나 장두영의 이러한 지적은 그 자신이 본문에서 지적한 대로 "당대의 인간군상과 시대적 분위기를 형상화하려는 작가의 모델소설 창작 방법의 목표"를 확인하는 방식이자, 당대 청춘남녀들의 "복잡하고 산만한 구성"의 연애관계를 통해 복잡하고 산만한 세태의 한 면을 보여주고자 하는 작가의 의도라고 해석할 수도 있다. 따라서 이 글에서는 '모델소설을 쓰려고 하다가 모델소설이 아닌 것이 되었다.'는 작가 염상섭의 말을, 좁은 의미의 모델소설에서 넓은 의미의 모델소설로 변화되었다는 의미로 해석한다.

8 김윤식은 바로 그 때문에 「제야」는 고백의 형식 창조라는 서술적인 측면의 새로움, 여인의 심리탐구라는 객관적·근대적 측면의 새로움, 소설이란 무엇인가에 관한 예술적 측면의 새로움, 이렇게 세 가지 차원의 새로움을 이루었다고 평가한다. 김윤식, 앞의 책, 187쪽 참고.

문제는 그 목소리의 성격이다. 소설 초반 서술자 '나'는 자신의 부도덕함과 위선, 타락, 뻔뻔함 등을 비판하면서도 그러한 비판과 경멸이 자기에게만 그치지 않음을, 오히려 이 세상의 타락과 위선에 더 큰 문제가 있음을 신랄하게 지적한다. 나아가 그런 맥락에서 지금까지와는 다른 낯선 정조론, 소위 "탕녀의 도덕"[9]을 제안하기에 이른다. 그것은 예컨대 "정조를 유동 자본으로 삼아 쾌락을 무역하겠다."[10]는 자본주의적 교환 가치에 근거한 정조론이거나 "A와의 정교가 계속될 때에는, A에게 대하여 정조 있는 정부가 될 것이요, B와 부부관계가 지속할 동안은, 또한 B에게 대하여 정숙한 처만 되면 고만"(같은 쪽)이라는 자기편의적 정조론으로 나타난다.

소설 전반부에서 그러한 '나'의 주장은 이지적이고 분석적인 태도에 의해 뒷받침되고 있다. 그러나 이후 탕녀가 될 수밖에 없었던 자기 죄의 기원과 실상을 낱낱이 고백하면서부터 '나'의 서술은 냉철한 자기 비판을 넘어 돌연 자기비하로 급전한다. '나'는 스스로를 "육의 반석 위에 선 부친과, 파륜적 더구나 성적 밀행에 대하여 괴이한 흥미와 습성을 가진 모친 사이에서 빚어 만든, 불의의 상징"(103쪽)인 '사생아'로 규정한다. 그러고 나서 본격적인 죄의 고백은 지나치게 자유분방한 연애관, 충동적 성욕의 화신, 자기 추행을 은폐하기 위해 지속해온 신앙생활, 추행을 변명할 방패로서의 '비지 같은 지식' 등등으로 이어지는데, 여기서 더 나아가 '나'는 스스로를 육욕보다 더한 수욕(獸慾)에 사로잡

---

9 김우창, 「리얼리즘에의 길 — 염상섭 초기 단편」, 『초기단편 1921~1936』, 염상섭전집 9권, 민음사, 1987, 440쪽.

10 염상섭, 「제야」, 『염상섭 단편선 — 두 파산』, 문학과지성사, 2006, 114쪽. 아래에서 「제야」를 인용할 경우 이 책의 쪽수만 표기한다.

힌 창기, 악마, 잠충(蠶蟲)으로 비하하기에 이른다.

흥미로운 것은 이러한 자기비하의 내용이 다소 과장되고 극적이긴 하지만 그 당시 새로운 모럴을 제안했던 신여성에 대한 비판담론을 연상케 한다는 점이다. 즉 그것은 신여성 스스로 내뱉는 신여성 비판담론의 '막장' 판본이다. 이는 그보다 앞서 '나'가 제안한 새로운 '탕녀'의 정조론이 그 당시 신여성들이 주장했던 연애와 결혼에 대한 전위적 발언들의 변주에 불과하다는 사실과도 연관된다. 그렇게 본다면 「제야」는 비록 여성 화자를 고백의 주체로 내세우고 있지만 실은 그 시대 신여성의, 신여성에 관한 자유연애 담론을 잘 알고 있으면서 그에 대해 긍정도, 부정도 아닌 복합적인 태도를 가진, 그러나 결국에는 보수적인 신여성 담론으로 회귀하고야 마는 전지적인 작가 서술자의 목소리가 시종일관 지배적인 소설로 보아야 한다.[11]

이렇듯 「제야」는 겉보기에는 보수적인 정조관념과 전위적인 정조관념이 충돌하면서 '나'의 목소리가 분열하는 것처럼 보이지만, 실제로는 '나' 속에 '윤리의식'이라는 새로운 심급으로 자리 잡은 작가 서술자가 서사의 심층에 일관되게 존재함을 알 수 있다. 게다가 이 초자아적 작가서술자는 신여성 자신의 목소리로 내면적이고 심층적인 차원에서 자신의 죄를 낱낱이 고백하고 단죄하는 자발적 희생제의를 저 스스로 상연하도록 연출하고 있는데, 소설 속에서 이러한 초자아적 작가서술

---

11 그러나 김윤식과 강헌국은 「제야」의 주인공 최정인이 작중화자이자 지각의 초점자로 기능한다는 입장이다. 김윤식, 앞의 책, 176~188쪽 참고. 강헌국, 「개념의 서사화 — 염상섭의 초기 소설」, 『국어국문학』 143집, 2006 참고. 반면에 최혜실은 「제야」에 두 개의 목소리가 있다고 보는데, "하나는 최정인 자신의 목소리인 회개하기 전의 그녀이고, 또 하나는 작가의 목소리인 회개한 후의 그녀의 목소리이다."(최혜실, 『신여성은 무엇을 꿈꾸었는가』, 생각의나무, 2000, 241쪽). 이 글에서는 서사 표층에서 보이는 이러한 작중화자 '나'보다는 그러한 작중화자에게 말하도록 심층에서 작동하는 작가의 목소리를 좀 더 지배적인 것으로 보았다.

자는 '나'의 남편과 관중의 형상으로 재현되고 있다.

우선 '나'의 남편은 혼전 임신 상태에서 그와 결혼한 '나'에게 "정인씨를 용서할 권리를 허락"(169쪽)해달라는, "천녀가 전하는 최후의 심판의 판결문"인 동시에 "복음"(94쪽)인 편지를 보냄으로써 '나'로 하여금 스스로의 죄를 고백하고 처벌하게 하는 결정적 계기를 마련한다. 그런데 왜 남편의 편지는 '판결문'이자 '복음'인가? 왜냐하면 '나'의 남편은 심판자이자 구원자이기 때문이다. 즉 '나' 자신의 죄를 먼저 알아야만 '나'의 속죄가 이루어질 수 있다고 본다면, 남편의 비현실적으로 관대한 용서의 편지야말로 '나'가 자발적으로 자신의 죄를 고백하도록 만드는 좋은 명분이 되기 때문이다. "당신에게만은 하나도 빼지 않고 아뢸 의무가 있"(103쪽)다는 '나'의 자발적 고백 충동은 그렇게 분출된다. 그리고 그런 충동에서 촉발된 죄의 고백과 그에 대한 심판이 이루어진 다음에야 비로소 '나'는 속죄의식을 통해 구원받을 수 있게 되는 것이다. 이 모든 죄의 고백과 속죄 의식의 주체가 결코 '나'가 될 수 없는 것은 바로 이 때문이다. 소설 속에서 '나'가 고백의 주체가 아닌, 스스로를 세상이라는 무대 위에서 사람들에게 보이는 대상으로 의식하는 다음 대목은, 그런 점에서 의미심장하다.

> 그 다음에는 자기의 일이 아니라, 마치 극장에 앉았는 것 같은 생각이 또 머리에 불쑥 솟아나서, 꿈속같이 극장의 광경을 그려보며, 정신없이 걸어갔습니다. ……빙빙 돌던 무대가 딱 그치자, 관객은 제가끔 떠들며 북적거리고 쏟아져나가는 모양이 눈앞에 현연히 보입니다. "흥! 돈이 아깝지!" 하며, 눈을 흘기고 뛰어 달아나가는 사람도 있고, 또 어떤 사람은 "통쾌하다, 참 재미있었다!"고 부르짖으며 깔깔 웃는 사람도 있습

니다…… 어느덧 막은, 스르륵 닫혔습니다. 그제야 비로소 정신을 차리고 사방을 돌려다보니까, 나는 텅빈 관객석을 등지고, 발끝까지 내린 유장에 코를 박고 눈을 감은 채, 아무도 없는 속에 혼자 걷는 것을 깨닫고, 유장을 들추려니까, 전등불이 확 꺼져버리고 천근같이 무거워 들리지 않는 장막 속에서는 멀리 들리는 웃음소리가, 졸음이 푹푹 오는 내 귀밑에서 소곤거리는 것 같았습니다.(143쪽)

위의 예문에서 발견할 수 있는 것은 바로 연극적 프레임이다. 즉 「제야」의 '나'는 아무도 없는 방에서 유서 형식의 편지를 쓰고 있지만, 실제로는 스스로를 무대 위에 올려 지난 시절 자신의 타락과 죄과를 낱낱이 고백하는 상황을 연출하고 있는 것이다. 그렇게 '나'는 자발적으로 자신을 심판하는 세상 사람들의 시선을 통해 자기 죄의 실상을 적나라하게 폭로하고, 나아가 신여성의 성적 타락을 비난하는 대중의 시선을 내면화함으로써 자신의 비참한 최후를 상상할 때조차 극장의 스크린이나 신문의 사회면 기사를 통과하지 않으면 안 되게 된다.[12]

이렇듯 「제야」는 신여성을 고백의 주체로 내세워 나쁜 피를 타고난 자신의 출생의 비밀과 성적 문란, 이해타산적 내면 등을 일인극 형식으로 상연함으로써 그 당시 신여성을 둘러싼 소문과 담론을 누구나 다 아는 공공연한 비밀로 만들어 은밀하게 엿보게 한다. 그 결과 「제야」는 신여성 스스로 자신에 대해 말하게 하려는 애초의 의도와는 달리, 그

---

12 대중매체의 시선을 통해 자기의 최후를 상상하는 소설 속 사례는 다음과 같다. "근자에 와서는 캄캄한 방 속에 혼자 드러누웠으면, 책보에 통통히 뭉친 보따리를, 옆구리에 끼고 눈발이 풀풀 날리는 밤중에, 썩은 다리(영추문 위) 밑으로 기어들어가는 자기의 그림자가 환연히 눈앞에 떠오르기도 하고, 여학생의 기아(棄兒)라는 커다란 활자로 박은 신문지 장이, 공중에서 휘날리는 것 같아서 혼자 깜짝 놀라며 고민할 때가 많아졌습니다."(「제야」, 167~168쪽)

당시 대중담론 속에서 스테레오타입화된 신여성의 이미지를 반복적으로 재생산한 뒤 그러한 신여성을 희생자 메커니즘 속으로 밀어넣어 자발적으로 서사 바깥으로 사라지게 한다. 이때 곧 태어날 '나'의 아이도 예외 없이 제거되어야 하는 것은 당연하다. 왜냐하면 아직 태어나지 않은 아이야말로 가장 추악하고 더러운 '나'의 죄를 씻어줄 가장 순수한 희생양이기 때문이다. 결국 「제야」에서 추구된 고백의 형식은, 소설 속 신여성을 희생제의적인 독백극의 형식 속에 가두어 정형화된 신여성 '모델'을 만들고야 만다.

내면적 독백에서 갈등의 드라마로

앞에서 살펴본 것처럼, 「제야」의 독백극적 틀과 희생제의적 결말은 소설의 기본틀 역할을 함으로써 주인공 '나'의 내면과 서사의 내용을 제한된 범주(당대의 신여성 담론) 안에 가두는 역할을 한다. 이때 그 형식적 틀 자체가 여성인물의 속죄의식과 그에 대한 징벌을 선험적으로 결정하는 구조적 형식으로 기능하는 셈이다. 그러한 구조적 형식의 기능은 「해바라기」(『동아일보』, 1923. 7. 18~1923. 8. 26)에서도 그대로 반복되어 나타나는데, 결혼식과 추도식에서 바로 그렇다. 나혜석과 김우영의 결혼을 모델로 한 「해바라기」는, 예술가인 신여성 영희가 만선건물주식회사 전속기사이자 총독부 토목과 촉탁인 순택과 결혼식을 치른 후 신혼여행 겸해서 3년 전에 죽은 영희의 약혼자 수삼의 묘를 찾아가 비석을 세워주고 추도식을 올려주는 것을 중심 내용으로 한다. 이렇듯 「해바라기」는 결혼식으로 시작해서 일종의 장례식(추도식)으로 끝나는데, 이 두 예식에서 도출된 「해바라기」의 서사적 틀은 그 자체로 소설 내의 다양한 에피소드를 만들어낼 뿐만 아니라 인물 내적 갈등은 물론 인물들 간의 갈등을 빚어내는 결정적 계기로 작용한다. 모든 갈등은 일단 결혼식에서부터 시작된다.

> 소위 결혼식이라는 것을 당초부터 무시하던 영희로서는, 사회와 싸우면서라도 구습과 제도에 반항하여 어디까지 자기의 주장을 세울 만한 용기가 없어서 그리하였든지, 여러 사람의 눈에 뜨이는 변화한 예식을 거행하여 보려는 일종의 허영심을 이기지 못하여 그리하였든지, 어떻든 신식으로 예식은 하였다 하더라도, 또다시 구식으로 폐백을 드리느니 다례를 지내느니 하는 것은, 의식을 허례라고 배척하여 오니만치, 자기의 생각과 행동을 스스로 살피고 비평하는 눈이 밝고 날카로울수록 영희에게 고통이 아니 될 수 없었다. 그러나 이러한 영희의 생각은 이 방에 앉아 있는 아무도 알아줄 사람이 없었다.[13]

이 결혼식이 빚어내는 가장 큰 갈등은 바로 영희의 내면에서 일어난다. 왜냐하면 이 결혼식이야말로 자각한 신여성으로서 영희가 주장해온 신념(진정한 행복은 돈이 아닌 예술에 있으며 이를 위해 구습과 제도에 반항해야 한다)을 배반하는 것이기 때문이다. 두 가지 면에서 그러한데, 우선 영희가 예술도 모르는 이혼남 순택을 결혼 상대자로 꼽은 가장 큰 이유가 돈 때문이라는 것, 다른 하나는 결혼식을 함으로써

---

13 염상섭, 『만세전 外』, 염상섭전집 1권, 민음사, 1987, 114쪽. 이후 「해바라기」를 인용할 때는 본문에서 이 책의 쪽수만 밝힌다.

그토록 거부했던 사회적 관습에 굴복하게 되었다는 것이다. 그러나 더 큰 갈등은 그다음에 발생한다. 왜냐하면 영희 스스로가 그런 결정을 하게 된 자신의 이해타산적인 면과 속물적인 면을 인정하면서도 이를 자기의 일면으로 받아들이지 못하기 때문이다. 영희는 "이지적 자기 비판력과 명민한 자기 반성력을 가진"(115쪽) 신여성이기에 자기가 왜 이 결혼을 하는지를 그 누구보다도 분명하게 자각한다. 그러나 바로 그 때문에 영희는 자기의 신념대로 용감하게 행동하지 못하는 자기 자신을 그 누구보다도 부끄러워하고 괴로워한다. 소설에서 영희가 괴로움과 수치심에서 벗어나기 위해 만들어내는 자기기만의 논리는 바로 '변명'이다.

> 이것이 이 여자에게 대하여는 무엇보다도 괴로운 일이지만, 이 괴로움에서 벗어나려면 하는 수 없이 다른 이치를 끌어대어서 변명이라도 하는 수밖에 없다. 자기를 변명하는 그것도 역시 그리 마음에 편한 일은 아니지만, 그렇게라도 아니하면 안심을 할 수가 없다는 것이 이 여자의 병이다. (……) 그러나 이때껏 내가 주장하여 온 것은 진리가 아닌 것은 아니다. 다만 세상과 싸워나갈 용기가 없어서 실행할 수가 없을 뿐이다. 더구나 순택 군의 의견을 존중하는 것은 순택 군을 사랑하기 때문이니까, 이 경우에 자기의 주장을 희생하고 저편의 소원대로 신식 예식을 하였을 뿐이다. 이것까지를 허영심이 시키는 일이라고 하는 것은 너무 심한 말이다…… 영희는 속으로 이러한 변명을 자기에게 하였다.(「해바라기」, 116쪽)

작가서술자에게 이러한 자기합리화는 "참으로 군색한 변명"(117쪽)

에 불과한 것으로 폄하된다. 그러나 소설에서 이 변명은 단순히 영희의 내적 갈등을 불러일으키는 데서 멈추지 않고 서사를 작동시키는 중요한 동력이자 메커니즘이 된다. 그것은 우선 신여성 영희에게는 어떤 일(신혼여행을 대신해서 죽은 애인의 묘에 찾아가 비석을 세우고 추도식을 올려주는 일)을 남편 몰래 꾸미도록 추동하는 힘이 되며, 그럼으로써 나아가 영희가 주변 인물들(특히 남편인 순택)과 갈등을 일으키는 계기가 된다. 그리고 그렇게 사회와의 갈등, 시댁과의 갈등, 사랑과 예술, 돈 중에서 무엇을 우선순위에 놓을 것인가에 대한 갈등, 그리고 부부갈등 등과 같은 다양한 갈등이 촉발되는 과정에서, 신여성 영희의 소설 내 위상이 자연스럽게 결정된다. 그것은 바로 불안정성 혹은 유동성으로 요약된다.

「해바라기」에서 영희는 겉보기에 시종일관 서사의 주도권을 잡고 있는 인물처럼 보인다. "여왕 앞에 국궁하고 섰는 궁내대신"(121쪽)과도 같은 남편 순택에게 영희는 말 그대로 여왕의 권위를 휘두르며 자기 뜻을 마음껏 펼친다. 결혼식 피로연장에서 결혼식 자체를 부정하는 내용("자각 있는 사람은 모든 의식이나 관습에서 벗어나야 한다.")의 연설을 한다든가, 결혼식 폐백을 거부한다든가, 심지어 남편과는 한마디 상의도 없이 신혼여행지를 죽은 옛 애인의 고향으로 정한다든가 하는 등의 영희의 행동은 언뜻 자기 주관과 신념이 뚜렷한 신여성의 전형적인 이미지를 반복하는 듯하다. 그러나 앞서 지적한 것처럼 영희의 단호한(혹은 그런 듯 보이는) 이러한 행동은 실은 기만적인 자기변명과 합리화에 의해서만 겨우 유지되는 신여성의 불안정한 내면에서 비롯된 것이다. 그리고 그것은 겉보기에 안정적이고 윤택한 그녀의 삶이 순택의 재력과 높은 사회적 지위에 의해서만 유지되는 허약한 것에 불과하다는 사실과 상관적이다. 그 때문에 영희는 "순택이하고 만난 뒤로 이날 이때까지 순택이를 시험하면서도 그의 비위를 거슬려본 적은 없었다."(127쪽) 소설에서 일본 청도파와 그 당시 모성 담론에 관한 영희와 순택의 토론이 논쟁적으로 나아가지 못하고 쉽게 봉합되는 것은 한편으로는 영희의 사상의 한계 때문이지만 다른 한편으로는 순택의 뜻을 끝까지 거스르지 못하는 영희의 불안정한 포지션 때문이기도 하다.

그러나 아이러니하게도 이러한 신여성의 불안정한 심리와 유동적인 지위야말로 「해바라기」의 서사를 추동시키는 중요한 동력이 된다. 특히 결혼식에 대한 사후적 변명의 형식으로 마련된 추도식은 그 자체로 신여성 영희의 불안정한 내면과 모순된 심리를 반영하는 것이자, 동시에 새로운 갈등을 야기하는 결정적 계기가 된다. 이는 「제야」의 정인이 자살을 통해 모든 문제를 해결함으로써 서사를 종결짓는 방식과는 다르다. 표면적으로는 「해바라기」의 서사 앞뒤에 각각 배치된 결혼식과 추도식은 갈등의 발생과 해결이라는 서사적 흐름과 대응되면서 소설의 안정적 구조를 보장해주는 장치처럼 보인다. 즉 그 장치는 결혼식에서 비롯된 영희의 갈등이 추도식을 통해 해결되는 양상을 구조적으로 뒷받침한다. 그러나 소설의 처음과 끝에 배치된 이 두 개의 예식은 심층적 차원에서 갈등의 해결과 관련된 형식적 틀로 기능하는 대신, 서로 갈등하고 긴장하고 저항하다가 급기야 영희의 불안정한 포지션과 관련된 현실적 맥락과 충돌한다. 불안정하고 유동적인 신여성 영희의 포지션은 결국 안정된 서사적 틀과 봉합된 갈등을 심층에서 뒤흔들면서 서사를 새로운 국면으로 반전시킨다. 「해바라기」의 결말이 일종의 열린 결말로 여겨지는 것은 그 때문이다.

> 순택이는 영희의 거동을 일일이 바라보며 곁에다가 영희의 어깨가 떨리는 것을 보고, 외면을 하였다…… 한숨이 저절로 휘—하며 나왔다. 그러나 한번 껄껄 웃고 싶은 생각이 났다.—순간에 별안간 자기 부친이 폐백도 아니 드리고, 다례도 지내려 하지 않았다고, 화를 내고 떠나던 혼인날 밤의 광경이 눈에 떠올랐다…… 순택이는 다시 껄껄껄 웃어 보고 싶었으나 쨍쨍한 볕에 비치어서 아지랑이같이 날아오르는 향로의 연기를 바라보며 잠자코 섰다.(「해바라기」, 177쪽)

사실 추도식은 결혼식을 통해 드러난 신여성 영희의 내적 갈등과 모순("사상과 실행 사이에 틈이 벌어진다는 것")을 봉합하고 새로운 욕망(부유한 남자와의 결혼을 통해 물질적 안정을 얻고자 하는 것)에 자기 나름의 정당성을 부여하기 위해 마련된 변명의 형식이다. 그러나 영희에 대한 사랑으로 "영희의 가는 발자국대로 따라밟으면서 질질 끌려"(167쪽)가던 순택은 소설의 결말에 이르러서야 비로소 영희에 대한 새로운 판단의 국면을 맞이하게 된다. 즉 영희에게는 자신의 내적 번민과 고통을 해결하기 위한 자구책으로서의 추도식이 순택에게는 "영희의 이중성 내지는 자가당착적인 행동과 의식의 문제성을 확연하게 깨"[14]닫는 결정적 계기가 됨으로써 영희와의 본격적인 갈등이 시작되었음을 암시한다. 흥미로운 것은 영희와 전 애인과의 이별여행이 되어버린 신혼여행에 대해서 쓰다 달다 아무런 내색도 하지 않던 순택이 소설의 결말에 이르러서야 비로소 자신의 속내를 드러내게 되었다는 사

14 김경수, 「현대소설의 형성과 여성: 악한의 탄생—염상섭의 「해바라기」론」, 『우리말글』 39집, 2007, 230쪽.

실이다. 이는 영희의 혼란스러운 내면을 드러내는 단일한 목소리로 시작되었던 「해바라기」가 결국에는 순택의 목소리를 개입시킴으로써 새로운 신여성 드라마의 가능성을 열어 보였음을 의미한다.[15]

이는 곧 신여성을 모델로 삼으면서 신여성에 대한 고정관념의 반복과 재생산에 기여했던 문자 그대로의 '모델소설' 자체가, 신여성의 변덕스러운 에너지와 긴장, 욕망으로 인해 변화하고 나아가는 유동적인 충동의 드라마가 되었음을 의미한다. 사실상 「제야」의 최정인이 작가 염상섭이 읽고 듣고 상상했던 모든 신여성의 합성물로서 저 스스로가 하나의 고정된 텍스트에 불과했다면, 이제 「해바라기」에 이르러 신여성은 자기도 모르는 힘에 이끌려 자신에게 주어진 단일하고 고정된 형식을 모순적이고 혼란스러운 방식으로 해체함으로써 새로운 갈등과 서사를 생산하는 동기가 되는 것이다.

스캔들로서의 신여성

「해바라기」는 그처럼 저도 모르는 신여성의 욕망과 충동이 만들어내는 서사의 가능성을 드러내자마자 종결된다. 그 서사의 가능성이 지식인 커뮤니티의 세태만상과 만나면서 더욱 본격화되는 것은 『너희들은

---

15 「해바라기」의 초점화자는 영희이기 때문에 사실상 소설에서 순택의 속내가 직접 드러나지는 않고 비유적 표현이나 행동 등을 통해 간접적으로 표현되는 경우가 많다. 예컨대 신혼여행지가 홍수삼이 묻힌 그의 고향이라는 사실을 안 뒤의 그의 심정은 "김이 빠진 맥주를 마신 사람처럼 쓴지 단지 아무 느낌 아무 생각도 없이 멀거니 섰다가"(167쪽)와 같이 비유적으로 표현되거나, 그의 복잡한 심정이 "잠을 이루지 못하고 엎치락뒤치락하는 모양"(163쪽)이라는 행동을 통해 간접적으로 표현되기도 한다.

무엇을 어덧느냐』(『동아일보』, 1923. 8. 27~1924. 2. 5)이다. 『너희들은 무엇을 어덧느냐』는 염상섭의 많은 장편소설이 그렇듯이 상당히 복잡하고 산만한 구조를 보여주는 소설이다. 이러한 소설 구조에 대해 몇몇 연구자들은 명확한 중심 사건 없이 병렬적으로 연애관계를 나열했다거나[16], 비록 당대를 살아갔던 젊은 지식인들의 애정윤리의 문제를 다뤘으나 일종의 기획된 프로그램처럼 추진되면서 관념성이 노출되고 그로 인해 부작용이 커질 수밖에 없었다고 지적하기도 한다.[17] 그런 점에서 이 소설은 어느 면 실패한 소설이라고 할 수도 있을 것이다. 그럼에도 불구하고, 그 실패는 의미 있는 실패다. 그 점과 관련하여, 이 소설에 대한 직접적 언급은 아니지만 그런 산만한 구조화 방식이 "횡보 당대나 지금이나 여전히 지리멸렬한 한 전형을 과시하는 우리 사회상만큼이나 산만"한 것이자 작가 특유의 "의도적 중층화의 전략"에 빚지는 것이라는 김원우의 지적에 주목할 필요가 있다.[18] 게다가 『너희들은 무엇을 어덧느냐』는 단편소설과 중편소설을 거쳐 처음으로 완결된 장편소설이라는 점에서, 염상섭 문학 경력 전반에 걸쳐 각별한 관심을 요한다.[19] 그것은 이 소설이 그 자체로 '모델'소설에서 모델'소설'로의 극적

---

16 김경수, 「염상섭 장편소설의 시학」, 『염상섭 문학의 재조명』, 문학사와 비평연구회, 새미, 1998, 58쪽.

17 이현식, 「식민지적 근대성과 민족문학 — 일제하 장편소설」, 위의 책, 104쪽.

18 김원우, 「횡보의 눈과 길」, 위의 책, 143쪽 참고. 이 글은 비록 염상섭에 관한 전문가적 견해를 밝힌 연구논문은 아니지만, 염상섭 소설 전반에 대한 폭넓은 독서와 동종업계 종사자로서의 작가 김원우의 날카로운 시각이 더해져 염상섭 소설에 대한 날카롭고 번뜩이는 단상들로 가득 차 있어 주목할 만하다.

19 김경수, 『염상섭 장편소설 연구』, 일조각, 1999, 25쪽 참고. 김경수에 따르면, 그 전에 『만세전』의 모태가 된 작품인 『묘지』가 연재되었으나 그 소설은 연재 도중 3회분이 삭제되어 미완으로 끝났다가 이후 1924년 4월부터 『시대일보』에 발표되어 완결된 작품이라는 점에서, 『너희들은 무엇을 어덧느냐』가 염상섭의 첫 장편소설이라고 해도 큰 무리는 없다고 본다.

인 진화를 보여주는 소설이라는 점과 관련된다.

『너희들은 무엇을 어덧느냐』는 앞의 두 소설과는 달리 특정한 형식적 틀이나 극적 장치가 전면에 부각되거나 인물의 내면과 행동을 지배하는 데 영향력을 미치지는 않는다. 그 대신에 소설 속 여성인물들, 특히 신여성인 덕순, 경애, 마리아, 희숙이, 그리고 기생 도홍이가 어떤 남성을 성적 파트너로 선택할 것인가를 확인해나가는 과정을 주요 사건으로 만듦으로써, 사건의 헤게모니를 쥐고 있는 신여성을 전경화한다. 즉 형식적 틀이 먼저 주어지고 그 안에서 인물의 심리적·현실적 동선이 결정되는 앞의 소설들의 방식과는 달리, 이 소설에서는 인물들의 예측 불가능한 욕망의 움직임과 그로 인한 인물들 간의 갈등이 전경화된다. 소설에서 발생하는 사건의 추동력 또한 외부세계에서 오기보다(혹은 세계와의 갈등에서 발생하는 것이라기보다는) 저 자신도 알지 못(한다고 착각)하는 신여성의 불규칙한 욕망의 움직임과 경로에서 비롯된다.

이는 앞서 살펴본 「제야」와 「해바라기」에서 신여성이 다뤄지는 방식과 비교해보면 더욱 분명해진다. 「제야」에서 신여성 정인은 실재하는 인물이라기보다는 신여성을 둘러싼 다양한 담론과 추문을 체현하고 당대의 성 이데올로기에 따라 스스로를 징벌하는 가상적 모델에 가까운 존재이다. 그에 반해 「해바라기」의 영희는 현실과 예술 혹은 돈과 사랑이라는 양립 불가능한 가치들 사이에서 발생하는 내적 갈등을 결혼식과 추도식이라는 두 가지 상반된 형식 간의 길항관계를 매개로 일시적으로나마 타협함으로써 비로소 내면을 갖춘 신여성으로 거듭나는 존재다. 『너희들은 무엇을 어덧느냐』는 여기서 한 걸음 더 나아간다. 이 소설은 「해바라기」의 영희로부터 비롯된 양식화된 신여성 이미지, 즉 암묵적으로 현실과 타협하면서도 자신의 내밀한 욕망을 완전히 억압하지도 못한 "가련하고 천박한 현실주의자"[20]인 신여성의 '비밀'은 무엇이며, 그 '비밀'을 덮고 있는 베일은 무엇인지를 세태적으로 추적하는 데 초점을 맞춘다. 그리하여 이제 신여성은 풀어야 할 수수께끼, 혹은 해결해야 할 사건이 된 것이다. 이 소설에서 신여성이 등장인물로만 한정되지 않고 어느 순간 말 그대로 '사건' 그 자체로 받아들여지는 것은 이 때문이다.

이렇듯 『너희들은 무엇을 어덧느냐』에서 이러한 신여성의 비밀과 이를 둘러싼 다양한 이야기들, 즉 스캔들의 생산과 유통은 서사의 주된 동력으로 작동한다.[21] 그것은 곧 그 당시 유명인사였던 신여성의 사생활에 대한 일반 대중의 호기심을 대변하는 것이기도 하다. 흥미로운 것은 「해바라기」에서도 이러한 신여성의 사생활에 대한 관심이 부분적으로 나타난다는 점이다. 「해바라기」에서는 홍수삼이 죽기 두어 달 전에 영희가 그의 고향을 찾아가던 중에 여관에서 만난 남자 의사와의 에피소드가 꽤 비중 있게 다뤄지고 있다. 문제는 순택이의 태도다. 순택은 영희와 약혼자였던 홍수삼과의 관계보다 짧게 스치고 지나간 그 남자 의사와의 관계를 더 의심스러워하고 불쾌해한다. 그러면서도 영희의 이야기에 대해 "점점 재미가 있는 듯이 캐어묻"(「해바라기」, 158쪽)거나 "더욱더욱 호기심을 가지고 대답을 재촉"(「해바라기」, 160쪽)하는 등,

---

20 『너희들은 무엇을 어덧느냐』에서 김중환은 현대 종교가 개조되기 위해서는 일대 혁명이 일어나야 함을 역설하면서 겉보기에는 탈속적인 것처럼 보이는 종교인들이 사실은 "가련하고 천박한 현실주의자"에 불과하며, 그들의 유일한 무기는 바로 "모든 죄악 위에 크게 덮인 찬란한 수의"에 불과한 비밀이라고 역설한다. 이는 그대로 이 소설에서 전개되는 일련의 연애사건과 그로 인해 드러나는 개개인의 내밀한 성적 욕망과 현실적 계산을 암시한다.

21 스캔들로서의 신여성에 대해서는 심진경, 「문학 속의 소문난 여자들」, 『여성, 문학을 가로지르다』, 문학과지성사, 2005 참조.

그는 마치 신여성의 사생활을 들여다보고 싶어하는 대중적 관심과 호기심을 대변하는 듯한 태도를 취한다. 「해바라기」에서 이 에피소드는 스토리에 불필요한 것처럼 보이는 보충적 사건에 불과하지만, 『너희들은 무엇을 어덧느냐』에서 이러한 보충적 사건, 즉 신여성의 사생활에 대한 관심과 호기심, 그리고 비밀의 탐구는 그 자체로 중요한 서사의 전략이자 중심 사건이 되고 있다.

『너희들은 무엇을 어덧느냐』에서 스캔들 스토리의 핵심 인물은 바로 신여성인 덕순, 마리아, 그리고 기생인 도홍이다. 이들은 모두 스캔들적인 인물이다. 이 중에서도 덕순이와 마리아는 사실 "유명하다고는 못할지라도 세상에서 누구니 누구니 하는 사람들"[22]로 적어도 지식인 그룹 안에서는 공공연하게 이름이 오르내리는 인물들이다. 그중에서 사생활의 노출 정도와 스캔들의 스케일, 사회적 영향력 정도를 따진다면 가장 스캔들적인 인물은 단연 덕순이다. 덕순은 돈 많은 '미국 출신'의 '뚝발이 영감' 응화와 결혼하고 그 후 남편의 경제적 후원으로 만든 잡지 『탈각』 등으로 이미 문화계의 유명인사가 된 인물이다. 그런데 그녀는 남편과의 이혼과 후배 경애의 약혼자인 한규와의 결합으로 다시 한 번 세간의 입에 오르내린다. 소설에서 이러한 덕순의 스캔들은 "신문기자와 연애관계가 생기어서 아이까지 들게 된 뒤에 남편의 집을 뛰쳐나온", 세간의 인구에 회자되던 '일본 B여사 스캔들'을 그 자신이 시간 순서를 바꾸어서 모방 반복하는 것이다. 덕순의 스캔들이 '일본 B여사 스캔들'과 서사적 상동성을 보이는 것은, 한편으로는 신여성다움을

---

22 염상섭, 『만세전 外』, 염상섭전집 1권, 민음사, 1987, 187쪽. 이후 『너희들은 무엇을 어덧느냐』를 인용할 때는 이 책의 쪽수만을 부기한다.

모방하고자 하는 덕순이의 욕망에서 비롯된 것이다.[23] 그러나 다른 한편으로 그것은 새로운 정조론과 연애론에 경도되었던 신여성과 관련된 세태를 서사적으로 조직할 때 스캔들이 개입되고 활용되는 방식의 일단을 보여주는 것이기도 하다. 사실 스캔들은 이미 결정된 인물과 잘 짜인 구조를 지닌 사회적 현상이다. 달리 말하면, 집 나간 노라, 새로운 정조론, 기존 제도에 대한 저항 등으로 요약되는 신여성 관련 스캔들 스토리는 이미 정형화된 형식으로 유통되던 서사이다. 즉 그 당시 유명세를 떨치던 신여성은 이미 비교적 고정된 구성요소를 갖춘 스캔들이라는 서사적 형식에 실려 인구에 회자되었기 때문에, '덕순이 스캔들'이 일본 사상계에서 화제가 되었던 '일본 B여사 스캔들'과 유사한 것은 어쩌면 너무 당연한 일일는지도 모른다.

덕순이가 비교적 공식적이고 공개적인 스캔들 스토리의 주인공이라면, 마리아는 대단히 사적이고 은밀한 스캔들, 그래서 더 많은 관심과 호기심을 불러일으키는 이야기의 주인공이다. 스캔들은 보통 비밀로 유지되는 정보, 특히 성(性)에 관한 정보를 공공연하게 퍼뜨리면서 은밀하게 생산되고 유통되는데, 마리아의 스캔들이야말로 신여성의 은밀한 성생활에 대한 비밀과 그 비밀의 탐구라는 스캔들의 공식에 들어맞는 사례라고 할 수 있다. 소설 초반에 기독교 계통 여학교의 기숙사 사감이라는 지위에서 연상되는 얌전하고 정숙한 이미지의 소유자였던 마리아는 점차 소설이 진행될수록 의외로 복잡한 면모를 드러낸다. 기찻간에서 만난 애인과 편지를 주고받는 상태에서 기혼자인 안석

---

23 덕순은 집을 뛰쳐나온 뒤 후배의 애인과 연애관계를 맺는다. 김경수는 이러한 덕순의 스캔들을 "연애에 대한 감각 및 사고 모형으로서의 서구의 문학작품에 대한 모방욕망"에서 비롯된 것으로 분석한다. 이에 대해서는 김경수, 앞의 책, 23~42쪽 참고.

태와 육체적 관계를 맺고, 그런 와중에 라명수에게 열렬한 애정공세를 퍼붓는 등, 그녀는 뜻밖에 문란한 사생활의 주인공이라는 사실이 밝혀지는 것이다. 게다가 그녀는 소설에서 가장 충동적이고 일관성이 부족한 인물이기도 하고, 그래서 가장 의혹을 불러일으키는 인물이기도 하다. 문제는 그녀 자신도 자기가 왜 그러는지 알지 못한다는 점이다.

> 그의 머리에는 청혼을 퇴한 첫째 남자와 석태의 얼굴이 떠올라왔다. 그리고 그는 그 남자에게서 석태에게로 마음이 옮은 동기를 생각하여 보려 하였다. 그러나 이렇다고 집어낼 만한 까닭을 모르겠다. 모른다는 것보다는 자기의 심중을 환한 등불 앞에 내어놓기가 두려웠다. 그러면 명수에게는 마음이 어찌하여 쏠리는가를 생각하여 보려 하였다. 그러나 그것도 막연하다.(『너희들은 무엇을 어덧느냐』, 343쪽)

자신의 변심의 원인을 모를 정도로 자각 능력이 부족한 것인지, 아니면 과도한 욕망이 빚어낸 의도적인 기억상실증인지는 분명하지 않지만, 어찌 됐건 저 자신도 정확히 알지 못하는 마리아의 갈팡질팡한 욕망의 경로는 매우 은밀하면서도 비밀스럽게 주변 인물들을 뒤흔들고 그러한 심리적 소요(騷擾)를 통해 서사를 앞으로 나아가게 한다. 마리아는 안석태와 라명수, 그리고 미국행 사이에서 갈등하다가 결국 안석태와 결혼한다. 그러나 소설에서는 그녀가 미두(米豆)로 재산을 탕진해서 '황금의 후광'조차 상실한, 서자 출신의 기혼자인 안석태를 선택한 이유를 분명하게 설명해주지 않는다. 다만 마리아가 라명수에게 보낸 마지막 편지에서, "모든 것이 운명입니다. 죽지 못해 사는 세상이라더니 참 정말이외다. (……) 저의 집 문전에서 어린아이의 우는 소리가 나거든 에미의 죄를 대속하여 달라는 기도소리로 들어주십시오."(387쪽)라는 구절을 통해 안석태의 아이를 임신해서 그와의 결혼을 결정한 것으로 추측할 따름이다. 갈지자로 뻗어가던 마리아의 예측 불가능한 욕망의 행로는 그렇게 일단락되고 그로써 서사 또한 종결된다.

이렇듯 『너희들은 무엇을 어덧느냐』는 신여성의 스캔들을 플롯 구성의 동력으로 삼아 전개된다. 다시 말해서 신여성이라는 스캔들을 통해 사건이 발생하고 그로써 서사가 진행되는 것이다. 따라서 이 소설에서는 신여성 자체가 스캔들이며, 스캔들 자체가 소설의 형식인 셈이다. 그런데 왜 신여성이어야만 하는가?

사실 『너희들은 무엇을 어덧느냐』에서 기생 도홍은 성적 추문이라는 스캔들의 본래 의미를 가장 노골적이면서도 직설적으로 체현하는 육체적 존재다. 즉 도홍은 기생이기 때문에 '연애란 자본주의적 교환관계에 불과하다'는 '성적 자본주의'의 테마를 현실적인 차원에서 적나라하게 보여주는 존재가 될 수 있는 것이다. 그럼에도 불구하고 지식인 남성들에게 기생이란 여러 가지 이유(특히 돈의 결핍)로 신여성과의 '신성한 연애'가 불가능할 때 육체적, 심리적으로 위안을 얻는 존재가 될 수 있다. 못생기고 뚱뚱한 데다가 독설만 퍼붓는 바람에 여성들에게 비호감인 김중환이나 여성에게 호감을 주는 외모의 소유자이면서도 돈이 없어서 매번 여자들에게 차이는 라명수, 혹은 연애에 대한 공상에 사로잡혀 실연을 연기하는 무능력한 문수 등과 같이, 신여성에게 선택받지 못하는 처지의 지식인 남성들에게 기생 도홍은 현실에서는 기대하기 어려운 공상 속 연애를 허구적으로나마 실현시켜주는 인물인 것이다.

그래서 분명 도홍의 스캔들은 소설 속 다른 신여성의 스캔들보다

성적으로 훨씬 더 자극적이고 노골적이다. 도홍은 명수와의 육체적 결합의 현장을 김중환에게 들키면서 자신의 성생활을 외설적으로 드러내는가 하면, 실제적으로건 상상 속에서건 간에 중환과 명수, 문수 등의 지식인 남성들에게 육체적 쾌락을 제공해주는 유일한 존재이기도 하다. 심지어 그녀는 "요릿집 보이 같은 놈하고도 이러니저러니 하는 소문"이 있는, 적어도 성과 육체에 관한 한 비밀이 없는 존재다. 이는 신여성의 육체가 소설 속에서 재현되는 방식과는 사뭇 다르다. 예컨대 "희고 검은 두 그림자가 서로 얼크러졌다가 반간통이나 떨어진 뒤에"(234쪽)라거나, 혹은 "달빛에 어른거리는 짧은 두 그림자는 한데 어우러졌다가 또다시 움직이기 시작하였다."(266쪽)와 같은 식이다. 경애와 한규, 그리고 마리아와 안석태의 키스신으로 짐작되는 위의 장면은 마치 들켜서는 안 되는 비밀인 양, 대상을 확인하기 어려운 그림자에 빗대어 그려지고 있다.

그러나 도홍의 스캔들은 사실 스캔들의 외양을 갖추고는 있지만 엄밀히 말하면 스캔들은 아니다. 왜냐하면 그것은 남성 지식인 사회에 어떠한 저항감도, 호기심도 불러일으키지 않기 때문이다. 따라서 소설 속에서 꽤 비중 있게 다뤄지는 명수와 도홍이의 합방 스캔들은 신여성에게 차인 무능한 지식인 남성을 위로하기 위해 꾸민 일종의 자작극으로, 그것은 "깊은 인간미를 가진 것이 아니요 허영에 떼인 연극적 유희에 지나지 않"(313쪽)는 것이다. 소설에서 도홍보다는 덕순이나 마리아의 사생활 폭로 과정이 더 흥미로운 이유는 도홍의 스캔들이 단지 일회적 사건에 머무는 데 반해 덕순과 마리아의 스캔들은 공적 영역, 특히 식민지 조선의 지식인 커뮤니티에 일정하게 공적인 영향력을 미치는 일종의 서사적 담론의 형태로 작동하기 때문이다. 오히려 도홍을 중심에

놓고 세 남성이 벌이는 서사적 게임 자체는, "연극 일판을 한번 꾸미잔 말이야."(319쪽)라는 김중환의 말에서 드러나는 것처럼 소설 속에서 여성인물을 스캔들의 중심에 배치하면서 서사를 조직하는 염상섭의 소설 쓰기 방식에 대한 유희적 알레고리로 읽을 수 있을 것이다.

사실 염상섭의 초기소설에서 스캔들은 단지 하나의 사건에 머무는 것이 아니라 소설을 지탱해주는 서사적 동력이며 그 자체 서사를 조직하는 원리다. 그런 의미에서 스캔들로서의 신여성 또한 일종의 '인간 동력기'[24]라고 할 수 있을 것이다. 이때 스캔들로서의 신여성이란 식민지 조선의 지식인 커뮤니티의 세태를 가장 자극적으로 보여주는 일종의 증상이다. 염상섭의 초기소설에서 그 스캔들로서의 신여성은 바로 '모델'소설에서 모델'소설'로, 즉 세태소설로 나아가는 과정을 매개한다. 그런 과정을 거치면서 신여성은 단순히 스캔들의 주인공에만 그치는 것이 아니라 "그 사회의 가유성(可有性)을 가진 인물의 전형"으로 진화하는 것이다.

스캔들에서 세태로

시간적 관념으로 봤을 때 스캔들은 서로 별개의 두 가지 계기로 구성된다. 누군가가 공동체의 도덕적 기준을 위반하는 사건을 일으키고 사라

24 피터 브룩스에 따르면, 인간 동력기는 인간 기계에 대비되는 비유적 개념으로 기계가 외부의 힘에 의해 작동되는 고정된 서사 장치에 불과하다면, 동력기는 내부에 운동자원을 갖추고 연소장치를 통해 작동하는 자족적이고 유동적인 서사적 욕망 그 자체다. 피터 브룩스, 『플롯 찾아 읽기』, 박혜란 옮김, 강, 2011, 78~79쪽 참고.

지는 것이 그 하나라면, 앞선 사건을 공공연하게 반복하면서 스캔들에 서사적 형식을 덧붙이는 방식으로 새롭게 재구성되는 것이 다른 하나다. 『너희들은 무엇을 어덧느냐』에서는 이러한 스캔들의 두 가지 구성적 계기를 짐작할 수 있는 대목이 두 군데 나온다. 그 하나가 앞에서 살펴본 덕순이의 '일본 B여사 스캔들' 모방 사건이라면, 다른 하나는 마리아가 소설 속 인물을 모방함으로써 펼쳐지는 연애 사건이다. 다음 구절을 보자.

> 자진하여서 그 소설의 인물들을 모방하고 그 소설을 희곡화하여 우리의 실제생활로써 아주 연극을 실연하자고 하시는 말이라고 해석할 지경이면 그것은 자기라는 것을 장난감으로 알고 인생이란 것을 유희로 아는 어릿광대의 심심풀이겠지요. 그러한 일은 처음으로 문학에나 소설에 취미를 붙인 사람에게 흔히 보는 현상이지만 그에서 더한 자기 모욕이 없겠지요.(『너희들은 무엇을 어덧느냐』, 351쪽)

이 대목은 마리아가 명수의 문병을 와서 함께 읽고 얘기를 나눴던 소설의 한 대목을 마리아가 자기 상황에 빗대어 인용한 부분에 대해 명수가 편지를 통해 비판적으로 대응하는 장면이다. 명수는 소설 속 인물들을 모방하고 소설을 실제 삶 속에서 실연하고자 하는 마리아의 태도를 '어릿광대의 심심풀이'에 빗대면서 강하게 비난하고 있다. 그러나 마리아에 대한 명수의 비판적 태도는 그리 오래가지 못한다. 결국 그는 마리아의 충동과 변덕에 휩쓸리다가 급기야는 병에 걸린 채 실연당한다. 두 번의 서사적 계기를 통해 재현된 마리아의 스캔들은 단순한 이야깃거리에만 그치지 않고 주변 인물들에게 일정한 영향력을 끼치게 된 것이다. 이를 스캔들과는 구별되는 '스캔들화 작용'이라고 불러도 좋을 것이다.

분명 덕순이와 마리아는 스캔들의 대상이 된 인물들이다. 그럴 때 스캔들은 그녀들의 사적인 영역을 들추어내는 역할, 즉 사적인 효과만을 발휘하는 것처럼 보인다. 그러나 소설 속에서 그들의 스캔들은 단순히 그녀 자신들의 은밀한 사생활이 폭로됨으로써 세간의 이야깃거리가 되는 수준에만 머물지 않는다. 오히려 그녀들의 비밀스러운 욕망은 스캔들화의 과정을 거침으로써 여러 사건들을 야기하고, 아울러 그에 관한 세인의 관심을 표면으로 끌어올림으로써 그러한 스캔들을 가능케 한 사회적 상황을 매개해준다. 덕순이와 마리아의 이야기가 단순한 스캔들 스토리라고 하기 어려운 이유는 그 때문이다. 그리하여 이제 그녀들의 폭로된 사생활은 공적으로 회자되고 공적인 영향력을 발휘함으로써 그 자체로 대중이 즐길 수 있는 드라마로서 하나의 서사적 형태가 된다. 이후 전개되는 염상섭의 소설에서 그것이 구체화되는 형식이 바로 세태소설이다.

제5장

통속과 친일, 이종동형(異種同形)의 서사논리

채만식의 『여인전기』와 여성 수난 이야기

『여인전기』의 상호텍스트성

채만식의 『여인전기(女人戰紀)』는 『매일신보』에 1944년 10월 5일부터 다음 해 5월 17일까지 연재된 장편소설이다. 이 소설은 『조광』(1943. 3~10)에 7회까지 연재하다가 중단된 『어머니』의 속편에 해당하는 내용을 담고 있다. 『어머니』가 어린 신랑 준호와 새색시 '숙히', 그리고 시어머니 박씨 부인 간의 갈등에 초점을 맞추고 있다면, 『여인전기』는 그러한 갈등으로 인해 시집에서 쫓겨난 며느리의 이후 행적 및 현재 상황을 부각하고 있다. 그런데 이 『어머니』는 나중에 『여자의 일생』이라는 장편소설로 개작되어 1947년 3월 서울타임스사에서 『조선대표작가전집』 8권 채만식 편에 실려 단행본으로 간행된다. 그 과정에서 『어머니』의 전체 내용은 다소 축약된 형태로 『여인전기』와 『여자의 일생』에서 똑같이 반복된다. 이처럼 『여인전기』(1944~1945)는 그 앞뒤에 각각 발표된 『어머니』(1943) 및 『여자의 일생』(1947)과 긴밀한 상호텍스트적 관계에 놓여 있다. 따라서 우선 이 세 소설들 간의 상호텍스트적 관계

를 살펴보는 것이 필요하다.[1]

『어머니』는 여주인공 '숙희'가 시가에서 쫓겨나는 이야기에서 종결되는 데 반해, 『여자의 일생』은 별다른 사건의 진전 없이 거기에 '숙희' 할머니의 회고담(갑신정변과 러일전쟁을 배경으로 전개되는 할아버지 남 진사와 아버지 병수의 개혁에 대한 열망 및 그 열망의 좌절)이 덧붙여진다. 개작본에는 여주인공 이름도 '숙희'에서 '진주'로 바뀐다. 그러나 사실 『여자의 일생』의 전반부는 『어머니』를 거의 그대로 반복하고 있기 때문에, 『어머니』에서 『여자의 일생』으로의 개작은 그 자체만으로는 그렇게 의미 있는 것으로 해석되기 어렵다. 그런데 이러한 개작이 관심을 끄는 이유는 바로 친일소설인 『여인전기』가 그 과정에서 중요한 계기로 작용하기 때문이다. 이는 우선 세 작품의 발표 시기를 통해 확인될 수 있다. 『여자의 일생』은 1943년에 발표된 『어머니』의 개작본이기는 하나 단행본으로 출판된 시기가 1947년이기 때문에 이 소설의 속편 격에 해당하는 『여인전기』보다 나중에 개작된 것으로 볼 수 있다. 즉 『어머니』에서 『여자의 일생』으로의 개작 과정에서 『여인전기』가 중요한 영향을 끼쳤다는 것이다. 이는 『여자의 일생』이 단순히 『어머니』를 모본으로 한 개작이 아니라, 『여인전기』까지도 염두에 두고 창작되었다는 것을 의미한다. 이러한 개작의 순서와 그 순서의 의미에 대해서는 일찍이 황국명이 밝힌 바 있다.[2] 특히 황국명은 『여자의 일생』

---

1 어떤 측면에서 『어머니』는 발표가 중단된 미완성작인 데다가 작가의 말처럼 개작과정을 거쳐 『여자의 일생』으로 출판되었기 때문에 별개의 독립적인 텍스트로 간주하기 어렵다고 볼 수도 있다. 게다가 『어머니』의 내용이 거의 가감 없이 『여자의 일생』에서 반복되기 때문에 이런 주장은 더욱 설득력을 얻을 수 있다. 그러나 『여자의 일생』이 표면적으로는 『어머니』의 완성작인 것처럼 보이지만, 실은 친일소설인 『여인전기』를 염두에 두고 쓴 것이기 때문에 실제로 『여자의 일생』은 『어머니』보다는 『여인전기』의 개작이라고 할 수 있다.

2 황국명, 『채만식 소설연구』, 태학사, 1998, 165쪽 참조. 이 글에서 황국명은 네 가지 근거를 제

이 진주의 할아버지와 아버지를 개혁운동에 헌신한 반일적(反日的) 인물로 묘사하고 있고 "정치적인 것은 정복자의 '게다'짝에 짓밟혀버렸고"[3]와 같은 진술에서 드러나듯 일본에 대한 비판적 내용을 담고 있는데, 이는 친일소설인 『여인전기』를 염두에 두고 이러한 자신의 친일적 행위를 교정하려는 의도를 드러내는 것이라고 본다. 즉 『여인전기』의 친일적인 내용이 『어머니』를 『여자의 일생』으로 개작하게 하는 중요한 동기로 작용했다는 것이다. 그런 점에서 실질적으로 『여자의 일생』의 모본은 『어머니』라기보다는 『여인전기』라고 할 수 있다.

『어머니』, 『여인전기』, 『여자의 일생』을 각각 별개의 독립적인 텍스트로만 다루기 어려운 것은 이 때문이다. 이는 앞서 지적한 것처럼, 단지 같은 내용이 반복되기 때문이 아니다. 『어머니』는 다소 축소된 형태이긴 하지만 『여인전기』에서 그 내용이 그대로 반복됨으로써 『여인전기』의 모본 역할을 하고 있으며, 『여인전기』 또한 그 친일적 내용으로 인해 해방 이후 그에 대한 변명으로 『여자의 일생』을 출판하는 계기가 되었다는 점에서 『여자의 일생』과 밀접하게 관련된다. 따라서 『여인전기』는 『어머니』에서 그려진 구여성의 수난담이 친일적인 논리와 결합하고 있는 텍스트이며 또한 그러한 친일적인 논리가 이후 발표된 『여자의 일생』의 반일적인 내용의 역설적 동기로 제공된다는 점에서, 문제적인 텍스트라고 볼 수 있다.

시하면서 『여인전기』를 『여자의 일생』과의 관계 속에서 고찰하고 있다. 나아가 이러한 고찰을 근거로, 그는 반일적인 『여자의 일생』과 친일적인 『여인전기』가 근본적으로는 다르지 않다는 점을 강조한다. 황국명의 이러한 지적은 『여인전기』를 다른 두 텍스트와의 관계 속에서 고찰할 수 있게 한다는 점에서 의미 있다. 특히 황국명은 『여인전기』에서 『여자의 일생』으로 나아가는 개작의 과정과 이유 및 그 의미를 작가의 심리적 정황에 근거하여 자기방어의 일종으로 분석하고 있다.

3 채만식, 『여자의 일생』, 채만식전집 4권, 창작사, 1987, 267쪽.

이는 이 텍스트들 중에서 『여인전기』가 상대적으로 완결된 서사적 구성을 갖추고 있다는 사실에서도 알 수 있다. 물론 일차적으로 『여인전기』는 미완성작인 『어머니』나 제1부로 끝난 『여자의 일생』과는 달리, 그 자체로 완결된 텍스트이기 때문에 구조적으로 안정된 서사가 될 수 있는 기본적인 조건을 지녔다고 할 수 있다.[4] 그러나 세 작품을 관류하는 중심 서사인 '구여성의 수난'이라는 통속적인 이야기가 각각의 텍스트 내에서 전개되는 방식을 살펴보면, 그것이 『여인전기』의 전체 서사 속에서 가장 잘 관철되는 것을 알 수 있다. 『어머니』에서 '숙히'가 겪는 고부간의 갈등과 구식결혼(혹은 조혼)의 폐해라는 테마는 기실 고전소설에서부터 반복적으로 등장한 것으로 이 소설에서도 매우 상투적으로 나타난다. 『여자의 일생』에서도 그러한 정형화된 서사틀은 다소 지루하게 반복될 뿐만 아니라, 여주인공의 할아버지와 아버지의 무용담이 덧붙여지는 식이어서 오히려 통속적 재미조차 반감되는 역효과가 난다. 반면에 『여인전기』는 그러한 여성 수난사에 일제의 내선일체론에 입각한 친일담론, 특히 군국주의적 모성론을 결합시킴으로써 구여성의 고난을 그 나름으로 의미 있는 사회·역사적 성찰에 값하는 것으로 만들어내고 있다. 즉 『여인전기』에서 통속의 논리는, 비록 상대적이기는 하지만, 친일의 논리와 결합함으로써만 비로소 빛을 발할 수 있었던 것이다.

이 자리에서 『여인전기』를 통해 밝히고자 하는 것은 이러한 통속의

---

4 방민호는 『여인전기』가 작가의 '사소설'적 경향과 세대 논리를 작품 속으로 끌어들이면서도 『아름다운 새벽』과는 달리 상대적으로 안정된 구조를 통해 체제협력의 메시지를 분명하게 전달하는 소설로 평가하고 있다. 그는 이러한 구조적 안정성이 작가 스스로 오랫동안 구상해왔던 가족사소설의 결과물이기 때문이라고 본다. 이에 대해서는 방민호, 『채만식과 조선적 근대문학의 구성』, 소명출판, 2001, 307~314쪽 참고.

논리와 친일의 논리가 결합하는 방식이다. 그동안 채만식의 『여인전기』는 주로 상투적인 이야기 구조의 반복으로 인한 구성의 파탄과 소설미학의 파괴를 드러내는 한 예로, 혹은 친일적 언술이 소설 표층에 그대로 드러나는 친일소설의 성격이 두드러지는 소설로 평가되어왔다.[5] 그러나 『여인전기』가 지닌 그 두 가지 특성은 사실 따로 떼어놓고 설명할 수 없다. 다시 말해 이 소설을 관통하는 친일의 논리는 구여성의 수난과 극복이라는 통속적인 서사 구조를 통해서 더욱 강화되고 있기 때문에, 친일의 논리 혹은 통속의 논리만을 각각 따로 떼어 일면적으로 설명하는 것만으로는 이 소설을 작동시키는 내적 동력을 오롯이 밝힐 수 없다. 게다가 일제 말기 친일소설이 대개 통속적인 소설의 문법을 차용하거나 통속적 구조틀 속에서 전개되는 경우가 대부분이라는 것을 상기한다면, 『여인전기』에서 드러나는 통속과 친일의 친족성은 그리 낯선 것만은 아니다. 즉 이 두 개의 논리는 다른 방식으로 작동되는 것이 아니라는 것, 아니 오히려 흡사한 논리적 구조로 인해 각각의 논리를 강화하고 상생시키는 상보적 관계를 형성한다는 것이다.

여기서는 그런 관점에서 채만식이 『여인전기』에서 통속소설의 문

5 채만식의 『여인전기』에 대한 연구는 많지 않다. 대개는 작가론의 형식으로 채만식 작품 전반의 경향을 다루는 과정에서 잠깐 언급되는 정도다. 살펴보면 다음과 같다. 황국명, 『채만식 소설연구』(태학사, 1998); 김홍기, 『채만식 연구』(국학자료원, 2001). 김홍기는 특이하게도 『여인전기』를 "작가 체험의 진솔한 기록이자 수난의 민족사"로 평가한다. 최근에는 친일문학과 관련하여 채만식의 『여인전기』를 분석한 논의들이 있다. 여기에는 한지현, 「식민지적 근대성의 한 양상—채만식의 『여인전기』」(『한민족 문화연구』 9집, 2001. 12); 심진경, 「채만식 소설의 음화로서의 여성—『인형의 집을 나와서』와 『여인전기』를 중심으로」(『한국문학과 섹슈얼리티』, 소명출판, 2006)이 있다. 특히 한지현의 논문은 『여인전기』에 대한 거의 유일한 개별 작품론으로서 친일담론에서 전통을 부정하는 방식에 주목하고 있다. 그 밖에 『여인전기』를 본격적으로 다루고 있지는 않지만 채만식 문학의 친일의 논리를 밝힌 글로는 류보선, 「채만식 문학에 있어서의 친일과 반성의 문제」(『동서문학』, 2002년 겨울호)를 참고할 만하다. 이 글은 이들 기존논의의 성과를 충분히 반영하면서 전개되었음을 밝힌다.

법 속에 친일담론을 겹쳐놓는 방식에 주목하고자 한다. 그것은 곧 친일의 이데올로기가 통속소설의 문법을 통해서 가장 잘 드러날 뿐만 아니라, 대중에게 쉽게 전달될 수 있었다는 사실을 확인하는 것이기도 하다. 그런데 중요한 것은 『여인전기』에서 이러한 친일과 통속의 논리의 결절점 역할을 하는 것이 바로 '여성'이라는 점이다. 여기서는 그에 특히 주목하여 통속과 친일, 그리고 여성이 결합되는 방식과 그것의 이데올로기를 살펴보고자 한다.

여성 수난 이야기와 '못된' 시어미의 통속문법

통속소설이란 일반적으로 작가의 창조적 문학성의 전개나 주제의식의 개진보다는 상업적 목적에 종속되어 대중의 취미에 영합하는 흥미위주의 소설이다.[6] 따라서 통속 서사의 원리 자체도 근본적으로 상업적 목적에 종속될 수밖에 없다. 소설에서 그러한 상업적 목적에 부응하기 위해 요구되는 것은 작품 내적으로 대중에게 익숙하고 수용 가능한 관습적인 형식과 내용의 차용이다. 즉 독자의 관습적인 기대지평을 결코 저버리지 않는 것이 중요한데, 여기서 관습이란 작가나 독자에게 이미 알려진 요소로서 인기 있는 플롯, 정형화된 주인공, 기존의 사고, 공유된 메타포 등을 말한다.[7] 『여인전기』는 근본적으로 상업적 목적에

6 김영찬, 『1930년대 후반 통속소설 연구』, 성균관대 석사학위논문, 1994, 1쪽. 이 글에서 통속소설에 관한 이론적 논의는 김영찬의 이 글에 기대고 있음을 밝혀둔다.
7 Earl F. Bargainnier, "Melodrama as Formula", *Journal of Popular Culture*, 1975, p.726, 김영찬, 위의 글, 9쪽에서 재인용.

종속되어 있는 소설은 아니지만 통속소설 고유의 예술적 특성—예컨대 인과관계의 결여, 작위적 구성, 상투적인 비유, 도식적인 인물유형 등—에 의존하고 있다는 점에서 전형적인 통속적 문법을 따르는 소설이라고 할 수 있다. 그렇다면 우선 『여인전기』에 나타난 통속의 구조를 플롯과 인물의 층위에서 확인해볼 수 있을 것이다.

『여인전기』는 고전소설은 물론 신소설과 1910년대 이후의 통속소설에서 자주 발견할 수 있는 '여성 수난'이라는 익숙한 이야기를 반복하고 있다. 이는 앞에서도 지적했듯이 『어머니』, 『여자의 일생』, 『여인전기』를 관통하는 공통된 서사구조이자, 채만식의 다른 장편소설들, 예컨대 『인형의 집을 나와서』(1933), 『탁류』(1937), 『아름다운 새벽』(1942) 등의 소설에서도 반복되는 이야기 틀이다. 이들 소설은 공통적으로 구여성(혹은 『인형의 집을 나와서』의 노라와 같이 일정한 사회적 자각에 이르지 못한 미성숙한 여성)을 주인공으로 삼아 이들이 사회적·가정적 수난을 겪으면서 몰락하거나 이를 극복하여 새로운 삶의 지평을 열어가는 이야기를 다룬다. 그렇게 채만식 소설에서 여성의 수난담은 통속적인 이야기구조로 자주 채택되지만, 특히 『탁류』나 『인형의 집을 나와서』 등의 소설에서 여성의 그런 수난과 타락의 과정은 사회적 타락과 몰락을 반영하는 지표로 활용되기도 한다. 그리하여 예컨대 채만식이 『탁류』에서 주인공 초봉의 몰락을 한 여성의 도덕적 타락에만 한정되는 것이 아닌 타락한 자본과 그로 인해 몰락하게 되는 조선 사회의 현실을 상징하는 것으로 그려내듯이, 이들 소설에서 여성 수난담은 작가가 자신의 사회·역사적 비판의식을 드러내기 위한 하나의 소설적 장치 역할을 하고 있다. 그런 측면에서 채만식 소설에서 여성은 타락한 현실에 대한 비유이자 그러한 타락한 현실을 몸소 겪는 일반 대중독자들의 연민을 자아내는 존재로 나타난다.

그러나 『여인전기』의 경우, 구여성의 '시집난(難)'과 남편과의 사별, 생활고, 정조의 위협 등과 같은 고난은 철저하게 가정 내적이고 개인적인 차원의 문제로만 다루어질 뿐, 사회적 현실을 비추는 거울로 작용하지는 않는다. 따라서 『여인전기』는 여성의 수난을 다룬 채만식의 다른 장편소설들과는 달리 사회적 현실이 배제된 가정소설적인 면모를 좀 더 뚜렷하게 드러낸다. 『여인전기』의 플롯이 신파소설의 이야기구조로 계승된 고전가정소설의 이야기 틀을 그대로 반복하면서 구성되어 있는 것은 그와 관련된다.

이처럼 『여인전기』의 통속성은 우선 남성인물을 배제한 채 여성인물을 중심으로 전개되는 이야기 자체에서 나타나는데, 여성 수난담이 중심 서사가 되고 있는 다른 소설들과 비교해보면 그 점은 더욱 분명해진다. 예컨대 『탁류』나 『인형의 집을 나와서』, 『아름다운 새벽』은 비록 여성의 수난이 중심 서사를 이루기는 하지만 남성인물 또한 그러한 여성 수난의 원인 제공자 혹은 타락한 여성의 구원자로서 극의 중심에서 결정적인 역할을 한다. 언뜻 남성인물의 역할이 크지 않은 것처럼 보이는 『인형의 집을 나와서』의 경우에도, 서사 초반에 반편이로 등장하는 '수택'이 소설의 후반부에서 노라의 각성을 가능하게 하는 결정적인 역할을 한다. 반면 『여인전기』에서 진주의 남편인 준호는 진주에게 "정의 시초"이자 진주를 "완전히 여섯 해 전의 상냥코 다정스럽던 준호의 새댁이요, 얌전한 며느리요, 애련한 시골소부"[8]로 돌아가게 할 수

8 채만식, 『여인전기』, 채만식전집 4권, 창작사, 1987, 424쪽. 아래에서 이 작품을 인용할 경우 작품명과 쪽수만을 부기한다.

있는 중요한 존재임에도 불구하고 결국 어머니와 아내의 갈등을 해결하거나 고난에 찬 진주의 삶을 구원하지 못한다. 오히려 준호는 왜소하고 나약하다 못해 결국에는 소멸하고야 마는 존재로 그려질 뿐이다. 이러한 남성인물의 역할 축소로 인해 『여인전기』는 여성 수난을 다룬 채만식의 다른 어떤 소설들보다도 더 여성의 수난담이 부각되는 소설이 되고 있다. 『여인전기』를 구여성 진주의 수난과 그 수난의 극복을 중심 이야기로 삼는 여성일대기형 통속소설이라고 할 수 있는 것은 그 때문이다.

『여인전기』에서 이러한 서사의 통속화는 정형화된 인물의 등장으로 인해 더욱 강화된다. 이 소설은 고전소설의 독자층에게 익숙한 이야기인 고부간의 갈등에서 출발한다. 그리고 이러한 갈등의 결정적인 원인 제공자는 시어머니 박씨 부인이다. 박씨 부인은 "글은 한문이 원글이요, 한문이라야 참글"이며, "눈 딱 감고 앉아서도 사서삼경 어느 대문 서슴지 않고 좍좍 외울 줄" 아는 "양반이요 선비"(『여인전기』, 345쪽)가 최고라고 생각하는 전형적인 구여성이다. 그러면서도 자신의 주장이 강할 뿐만 아니라 아들과 며느리에 대한 전적인 지배권을 주장하는 무서운 어머니이기도 하다.

> 남이 박씨 부인을 일러 여장부라고 한다. 혹은 여걸이라고도 한다. 언변 좋고 감대 괄괄하고 진서공부가 웬만한 선비 뺨쳐먹을 만큼 도저하고, 체집 크고 기운 세고…… 진시 여장부였다. 삼백여 호나 되는 향교골 온 마을을 쥐락펴락하였다. 마을은커녕 한번인가는 세미(稅米)로 등갈이 나가지고 동헌엘 쫓아들어가서 원님을 다 혼을 내준 여인이었다. 서른한 살 때 갓 제돌 잡힌 외아들 준호 하나를 데리고 과부가 되어가지

고 이래 십년 남짓한 동안에 적수로 이백여 석거리의 성세를 장만하였으니 그 또한 장한 일이었다.

그러나 여장부는 여장부요, 병든 홀시어머니는 따로이 또 병든 홀시어머니였다. 생리학자의 말을 들으면 흔히 중년 과부란 그 생활조건과 심리작용으로 인하여 성질이 다소간 편협·괴벽하기가 쉽고, 그러다 이슥고 단산기를 당하여 소위 히스테리 증세가 생기게 되고 보면, 그 경향이 일단 농후하여진다고 한다. (『여인전기』, 333쪽)

비록 일찍이 과부가 되었으나 집안을 일으켜 세우고 마을의 유력인사로 행사할 수 있을 정도의 영향력을 지닌 존재라는 점에서 박씨 부인은 '여장부'이지만, "단산기를 당하여 소위 히스테리 증세가 생"긴 중년 과부라는 점에서는 '병든 홀시어머니'가 된다. 이 '여장부'와 '병든 홀시어머니' 사이의 모순과 괴리는 박씨 부인을 예외적인 개인이자 '못된' 시어머니의 전형으로 분열시킨다.

여장부로서의 박씨 부인은 이미 채만식의 『아름다운 새벽』에서 긍정적으로 묘사된 바 있다. 『여자의 일생』 한 해 전에 발표된 『아름다운 새벽』은 여장부 같은 어머니와 조혼한 구여성 아내가 등장한다는 점에서 『여인전기』의 인물 설정과 흡사하다. 특히 엄모(嚴母)에 대한 거부감이 나타난다는 점에서 그 둘은 같은 계열의 소설로 볼 수 있다. 그러나 『아름다운 새벽』은 어린 신랑과 결혼한 구여성의 인생역정에 초점을 맞춘 『여인전기』와는 달리, 조혼한 남성 지식인의 갈등이 전경화됨으로써 지식인소설의 특성을 드러낸다. 『아름다운 새벽』에서도 시어머니 강씨 부인은 "호랑아씨라는 별명"에서 짐작할 수 있는 것처럼 목소리가 크고 성격이 괄괄하며 일에 대해서도 "철저한 정신과 힘찬 실행력"

을 갖춘 여장부로 그려진다. 그러나 그녀는 첫날밤에 어린 신랑에게 소박맞은 조혼한 며느리에게 애정과 연민을 느끼는 따뜻한 마음의 소유자이기도 하다. 강씨 부인의 강인함은 아들에 대한 태도에서도 매우 다르게 나타난다. 그리하여 서술자는 "지나치게 엄히 굴었다는 것이 한 가지 있는 외에, 불가항력으로 '실패한 어머니'"가 되었다는 말을 함부로 하지 말 것을 당부할 뿐만 아니라, 오히려 "강부인 같은 여인은 (좀 시끄럽더라도) 많이 있을수록에 좋고 고마운 노릇"[9]이라고까지 주장한다.

그러나 『아름다운 새벽』에서 그렇게 긍정적으로 서술된 어머니의 강한 성격은 『여인전기』에서는 매우 부정적으로 평가절하된다. 이 소설에서 어머니 박씨 부인은 자수성가한 노력형 인물이면서도 정신적으로는 "병이 그렇듯 골수에 깊은 병인"(『여인전기』, 334쪽)으로 그려진다. 그리고 그러한 병증[10]은 아들 준호에게는 봉건적 잔재인 '글 읽기와 상투'를 강요하는 '형틀'로, 며느리 진주에게는 '사정없는 책망과 질책' 혹은 질투로 표현된다. 이러한 엄격한 모성으로 인해 아들 준호는 "발육이 정지된"(『여인전기』, 352쪽) 미숙하고 나약한 존재로 성장하고, 결국에는 진주와의 재결합을 이유로 생활비와 학비 송금을 중단한 박씨 부인으로 인해 폐병에 걸려 죽는다. 아들에 대한 어머니 박씨 부인의 병적인 집착과 공포심을 불러일으킬 정도의 엄격한 훈육 태도는 결국 아들을 파괴시키고 며느리를 쫓아내고야 만다.[11]

---

9 채만식, 『아름다운 새벽』, 채만식전집 4권, 창작사, 1987, 17쪽.

10 최원식은 이러한 병증을 대체된 부권의 수행자로서 갖게 되는 왜곡된 가부장의 모습으로 해석하기도 한다. 최원식, 「채만식의 역사소설에 대하여」, 『민족문학의 논리』, 창작과비평사, 1982, 182쪽 참조.

11 박씨 부인의 남근적 모성에 대해서는 심진경, 앞의 글 참조.

이처럼 『여인전기』에서 아들의 죽음과 며느리의 고난을 초래한 결정적인 원인은 바로 박씨 부인의 성격적 결함으로 나타난다. 『아름다운 새벽』에서 긍정적으로 그려진 시어머니의 화통한 성격과 성실성은 이제 공포심을 불러일으킬 정도의 악마성으로 변질되어 그려지는 것이다. 그런데 이러한 박씨 부인의 형상은 비록 기존의 희생적이고 상냥한 관습적 모성과는 정반대의 것이지만, 고전가정소설의 대표적인 반동인물의 하나인 '못된' 시어머니의 전형이기도 하다. 이는 박씨 부인의 '못됨'이 바로 외아들의 홀시어머니라는 지위와 "중년 과부에 오십 바라보는 히스테리 여인의 썩은 분비물"(『여인전기』, 341쪽)로 표현되는 생리적 조건에서 비롯된다는 사실에서도 확인할 수 있다. 박씨 부인의 부정성은 숙명적으로 결정된 조건들에서 초래된 것이기 때문에 예외적인 것이라기보다는 정형화된 어떤 것으로 볼 수 있는 것이다. 이는 박씨 부인이 전통적인 여성의 아름다움과 자애롭고 부드러운 성품 및 부덕을 소유한, 전통적인 이상적 모성의 소유자인 진주와 정반대되는 인물이라는 사실에서도 다시 한 번 확인할 수 있다.[12]

---

12 한지현은 채만식의 『여인전기』를 "구식의 어머니와 신식의 어머니의 아이 기르기와 그 성패의 대비"로 보고 있다. 즉 소설에서 서술자는 시어머니인 구여성의 양육방식을 조선적인 것=전통적인 것=열등하고 부정적인 것으로, 며느리 진주의 양육방식을 이와 대척점에 있는 긍정적인 것으로 평가한다는 것이다. 특히 진주는 "내지의 어머니와 이를 모방한 새로운 어머니상"으로서 아들 철을 훌륭한 황군으로 키워내는데, 이러한 양육 태도의 차이에 의해 『여인전기』는 신체제 동화적인 소설이 된다고 주장한다.(한지현, 앞의 글, 226~233쪽 참조) 여성의 양육 태도에서 친일의 논리를 발견하는 이러한 주장은 동의할 만한 것이지만, 그럼에도 불구하고 이를 습속의 도덕이라는 측면에서 우생학 담론과 결합시키는 방식은 다소 논리적 비약이다. 게다가 진주 또한 조선적 모성상의 전형으로 볼 수 있는데, 이를 전통적인 것과 완전히 다른 어떤 것으로 보기에는 다소 무리가 있다. 비록 진주가 신학문을 배웠다고는 하나 소설에서 드러나는 성격과 외모, 정조에 대한 관념 등에서 알 수 있는 것처럼 전형적인 구여성이라고 할 수 있다. 문제는 그러한 전통적인 여성이 친일의 논리를 어떻게 감당하는가다. 이에 대해서는 뒤에서 좀 더 상세하게 논의할 것이다.

그런 점에서 『여인전기』에서 (박씨 부인과 진주라는) 이 두 어머니는 여성인물을 통속화하는 전형적인 방식의 하나인 악녀/성녀의 이분법을 체현하는 인물들이라고 할 수 있다. 그리하여 박씨 부인은 고전가정소설의 전형적인 '못된' 시어머니의 모습을 상투적으로 반복하게 된다. 나아가 이러한 인물의 정형성과 도식성은 여성 수난담이라는 익숙한 이야기틀과 결합하여 소설의 통속성을 강화한다.

심신일체로서의 내선일체

앞에서 살펴본 것처럼, 『여인전기』는 여성에 대한 고정관념에 기초한 익숙한 고전적 이야기구조와 전형적인 인물형을 통해 관습적인 통속의 서사를 반복하고 있다. 그러나 이러한 관습적인 여성 수난의 서사는 대동아전쟁에 참가한 진주의 아들 철과 진주의 이복동생인 일본군 무일을 소설의 처음과 결말에 위치 지음으로써 전형적인 친일소설의 성격과 결합한다. 친일소설적 성격을 중심에 놓고 보면, 『여인전기』의 내용 또한 완전히 다르게 요약될 수 있다. 즉 진주가 아닌 그녀의 아버지 임 중위를 중심으로 서사를 재구성할 수도 있는 것이다. 따라서 이 작품은 러일전쟁에서 전사한 임 중위, 그리고 전장으로 나가는 외손자 철과 일본인 아들 무일로 구성된 3대가 모두 일본제국을 위해 장렬하게 싸우는 군담적 성격의 친일소설이 된다. 그리고 이런 맥락에서, 『여자의 일생』에서 갑신정변의 핵심 인물이면서도 일본으로의 망명을 거부한 남 진사는 『여인전기』에서는 "일본 조야의 두터운 비호를 받으면서 한 삼 년 동안 망명생활을"(『여인전기』, 390쪽) 한 '망명객 임씨'로 변모한다. 그리하여 『여인전기』의 중심에는 진주의 아버지 임경식을 중심으로 할아버지 임씨, 아들 무일, 외손자 철로 이어지는 친일적 계보가 놓인다. 소설에서 진주가 시집에서 쫓겨난 사건 직후에 불쑥 끼어드는 임경식 중위의 '이영삼고지(二O三高地)'에서의 전투와 전사 과정에 대한 서술을 단순히 서사적 파탄의 소산으로만 볼 수 없는 것도 이 때문이다. 러일전쟁 당시 중요한 전지의 하나였던 이영삼고지를 함락하기 위한 치열한 전투, 거의 육탄전에 가까운 전투 장면을 다소 길게 서술하는 『여인전기』의 6장은 1, 2장에 소개된 아들 철의 대동아전쟁 참전기와 지나 방면의 제일선으로 전출이 되어 가게 된 중좌 무일의 등장을 매개하는 역할을 한다는 점에서 중요하다.

이 이영삼고지 전투 장면은 언뜻 아버지 임경식 중위의 용맹과 일본에 대한 충성을 강조하기 위해 삽입된 에피소드처럼 보인다. 그러나 장황하게 묘사된 전투 장면을 한마디로 요약하면 그것은 "대화혼과 화기와의 싸움"(『여인전기』, 381쪽)이라고 할 수 있다. 이는 곧 대화혼(大和魂), 즉 일본정신에 대한 강조와 숭상으로 이어진다. 이 전투 장면에서 강조되는 것은 바로 "함성을 지르면서 조수같이 역습하여 오는 적군을 맞아 얼마 아니 되는 상병을 가지고"(『여인전기』, 380쪽) 싸우는, 대화혼으로 상징되는 일본 정신의 우세함이며, 이는 정신의 강조라는 형태로 구현되는 친일의 논리다.

원래 황민화의 근본은 정신이며, 정신은 스스로 외부에 드러나는 경신숭조(敬神崇祖)의 관념이다. 이런 맥락에서 황민화 정책이란 일본에 의한 '정신의 정복'이자 나아가 '정신의 총동원체제'였다고 볼 수 있다.[13] 따라서 이영삼고지 전투에서 강조되는 대화혼으로서의 일본정신이란 이런 맥락에 있는 정신의 승리법에 다름 아니다. 더욱이 소설에서 이러한 대화혼의 정신은 길전 소장(吉田小將)과 임 중위와의 대화에서 내선일체의 논리적 근거로 활용된다. 마지막 전투 전날 밤 결사대의 지휘를 자처한 임 중위에게 길전 소장은 일본인이 아니니 군이 그렇게 목숨을 내놓을 필요까지는 없다고 말한다. 그러나 이러한 길전 소장의 당부에 대해 임 중위는 "마음의 나라는 일본"(『여인전기』, 388쪽)이라는 논리를 펼친다. 비록 몸은 조선이지만 마음은 일본이라는 이러한 논리는, 이 소설이 일본과 조선의 동화라는 내선일체의 논리와 어떤 방식으로 결합하고 있는가를 보여준다. 그것은 열등한 조선의 몸과 우월한 일본 정신과의 결합을 의미하는 동시에, 마음의 친일이야말로 진정한 애국의 형식일 수 있음을 주장하는 것이기도 하다.

이러한 마음의 우월함에 대한 강조는 철의 편지에서 "백배의, 천배의 적과 접전을 하는 마당에서도 조금치도 두려워 아니하는"(『여인전기』, 316쪽) 일본군다운 용맹으로 칭송되기도 하는데, 이는 군국의 모성성을 강조하는 서술자의 다음과 같은 장황한 진술에서도 확인할 수 있다.

> 내지의 어머니들은 이천육백여 년을 두고 한결같이 나라를 위하여 아들네를 전지에 내보내되, 동치 아니하도록 도저한 도야와 훈련과 그리고 자각 가운데서 살아 내려왔다. 그런 결과 일본 여성은 사랑하는 아들을 나라에 바쳤으되 조금도 미련겨워하며 슬퍼하는 등 연약한 거동을 함이 없이 가장 늠름하기를 잊지 아니하는 천품이-정신이 잡히기에 이르렀다. 어머니 된 정에 노상 어찌 슬픔이 없을 리가 있을꼬마는, 한

---

13 홍일표, 「일본의 식민지 '동화정책'에 관한 연구—'창씨개명' 정책을 중심으로」, 서울대학교 사회학과 석사학위논문, 1998, 57쪽.

때 속으로 슬퍼하였지, 혼자서 암루(暗淚)나 흘리면 흘렸지 일상에 상심하는 얼굴을 지난다거나, 항차 남 앞에서 눈물을 보인다거나 하는 법은 전연히 없다.

여러 백 년을 나라와 나라 위할 줄을 모르고 오직 자아본위, 가정본위, 오직 일가족속본위로만 살아온 조선 백성은 따라서 어머니들의 군국에 대한 정신적 준비랄 것이 막상 충분치가 못하였다. 빈약한 편이 많았다.

"나라는 개인보다 중하니라."

"민족의 번영은 언제나 그 민족의 젊은이가 흘린바 피와 정비례하느니라."

조선 사람의 귀에 이런 외침이 울리기는 바로 최근 몇 해에 비롯된 것이었다. 학식 있고 각성한 사람들은 그 경종을 이성으로써나마 잘 받아들임으로써 자각화(自覺化)·감정화(感情化)하기에 노력을 게을리 아니하였다.(『여인전기』, 310쪽)

맥락 없이 끼어든 위의 진술에서 서술자가 주장하는 것은 자아, 가족, 일가 중심으로만 살아온 조선민족이 이제는 "군국에 대한 정신적 준비"를 통해 나라와 민족의 번영을 위해 살아가야 한다는 것이다. 그리고 이를 실현하기 위해 일차적으로 요구되는 것은 아들을 전지에 보내도 슬퍼하거나 눈물 흘리지 않는 강인한 모성성이다. 그리고 그것은 정신의 무장을 통해서만 가능한 것이다. 옥동댁(진주)이 아들을 생각하며 눈물을 흘리려고 하는 순간 마음을 진정시키기 위해 "이성을 채찍질하여 낡은 허물 속의 감정을 억제하려"(『여인전기』, 312쪽)고 노력하는 방식 또한 이와 다르지 않다. 수많은 적군을 물리칠 수 있는 힘이나 수백 년 이어져 내려온 가족 중심의 자기 보신적(保身的) 태도를 극복할 수 있는 힘은, 바로 정신을 통해서만 획득할 수 있는 것이다.

『여인전기』에서 그런 정신의 강조는 일차적으로는 일본정신으로서 대화혼을 우월한 가치로 정립하는 방식으로, 좀 더 심층적인 차원에서는 일본과 조선 간의 차이(나아가 실제적 불평등)를 무화하는 방식으로 활용되기도 한다. 즉 '정신'은 조선인인 임 중위와 철이 일본을 위해 전사할 수 있게 하는 동력이자 옥동댁(진주)이 아들 철을 전지에 보내고도 의연할 수 있게 하는 '이성'이다. 그리하여 소설에 따르면 이들은 이러한 정신에 의해, 아니 정신을 통해서라야만 비로소 황민과 군국의 어머니가 될 수 있는 것이다.

1930년대 후반 일본은 말 그대로 '총력전', '총동원체제'를 국민의 일상생활 전반에 걸쳐 강제했다. '대동아공영권'이니 '동아신질서'니 하는 새로운 논리는 이러한 총력전체제하에서 구상된 것이다. 군사적 필요라는 현실적인 상황과 '새로운 아시아질서'의 논리적 모순을 동시에 해결할 수 있는 유일한 방안은 바로 '식민지 아닌 식민지', '일본 아닌 일본'의 건설이었다.[14] 내선 일체는 이러한 목적을 실현하기 위한 동화정책의 일환이었으며, 그것의 핵심은 조선을 식민지가 아닌 내지로 만드는 것이었다. 그것은 바로 조선인의 일본인으로의 철저한 동화(同化)를 의미했다. 『여인전기』에서 그러한 동화는 경제적·정치적 차원보다는 '정신'이라는 추상적인 차원에서 이루어지고 있다. 그에 따르면, 전선의 남성은 물론 후방의 여성(특히 어머니)도 모두 정신무장을 통해서만 진정한 일본인으로 거듭날 수 있다는 것이다. 소설은 이러한

---

14 홍일표, 앞의 글, 20쪽.

정신승리법과 이를 통한 일본인 되기라는 주제를 진주의 이야기와는 다소 무관하게 서술자의 진술이나 편지라는 탈(脫)허구적인 서사장치를 통해 전달한다.

그러나 미나미(南次郎) 총독이 1940년 국민정신총동원운동조선연맹 운동회 회의석상에서 "형(形)도 심(心)도 혈(血)도 육(肉)도 모두가 일체가 되지 않으면 안 된다. (……) 내선은 융합이 아니며 악수도 아니며 심신(心身) 모두 정말로 일체가 되지 않으면 안 된다"[15]고 주장한 것처럼, 이러한 정신만의 동화는 '심신일체'를 실현한 것이라고 보기는 어렵다. 소설의 결말 부분에서 불쑥 나타난 조선인 남성 임경식과 일본인 여성과의 혼혈인 무일이 중요해지는 것은 바로 이 지점에서다. 무일은 정신의 동화가 비로소 구체적인 육체의 형상을 얻었음을 상징적으로 보여주는 인물이며, 그럼으로써 '심신일체'라는 내선일체의 논리를 소설적으로 완성하는 데 결정적으로 작용하는 인물이다.

> "저두 반갑습니다, 누님…… 실상 양자하신 유족이 있다구 들었구, 저 형님만 찾아왔었죠. 그랬더니 글쎄, 누님이 이렇게 계시군요! 같은 우리 아버지의 혈육을 함께 나눈……"
>
> "어쩌면 이렇게두 아버지만 고대루 탁했어!…… 나인 올에 몇이지?"
>
> "서른아홉이올시다. 아버지 돌아가시던 그 해니깐요."
>
> 생후 처음 서로 대면이라는 것, 내지 사람과 조선 여인이라는 것, 당연히 이런 데서 오는 어색스럼이나 생소함이나 조심스러워함이나 그런 것이 전혀 없고서, 둘이는 마치 같이 자라던 남매가 한동안 만에 만난

---

15 홍일표, 앞의 글, 96쪽에서 재인용.

것처럼, 말씨 하며, 음성, 표정, 모든 하는 양들이 지극히 자연스럽고 친밀하였다.

'핏줄은 할 수 없는 것이야!'

보고 있던 창수는 속으로 그런 생각을 하면서 절절히 고개를 끄덕인다.(『여인전기』, 469~470쪽)

진주의 친정아버지인 임 중위를 "고대루 탁했"다는 점, 조선인의 피가 흐른다는 점 등에 의해 소설에서 무일은 미나미 총독이 주장한 '형, 심, 혈, 육' 모두가 일체된 존재로 현현한다. 무일은 바로 조선인 아버지의 형상을 한 일본인인 것이다. 이렇게 무일을 통해 조선의 육체는 비로소 일본의 정신과 결합한다. 그러고 나서야 비로소 조선과 일본은 "같은 우리 아버지의 혈육을 함께 노눈" 같은 민족이 된다. 소설에서 그것은 '남매'의 친근함으로 표상되면서 어쩔 수 없는 핏줄의 논리로 이어진다. 특히 '무일(武一)'이라는 이름에서도 암시되듯, 그런 방식으로 그는 전시체제하에서의 군국주의적 논리를 그 자체로 구현한다. 그리고 소설에서 그렇게 강조된 조선과 일본 간의 혈연관계는 할아버지-아버지-아들-외손자로 이어지는 진주의 친일가계를 완성하는 결절점이 된다. 일본에 망명한 할아버지에서부터 러일전쟁에서 일본군을 위해 목숨을 바친 아버지와 대동아전쟁에 참여한 아들에 이르기까지, 친일본적 조선인 남성은 이제 무일을 매개로 하여 '원래는 조선사람'이라는 흔적을 지우고 "완전한 일본인"[16]으로 거듭날 수 있게 된다.

---

16 '완전한 일본인'이란 혈통적 단일성에 갇힌 '순수한 일본인'과는 달리, 피의 순수성을 넘어서는 좀 더 확장된 동일성 개념에 근거해 이루어진 황민이라는 개념의 다른 말이다. 이는 1930년대 후반 총력전체제하에서 식민지로부터 더 많은 인력과 물자를 필요로 했던 일본의

정신만의 내선일체는 핏줄의 논리를 동원하고서야 비로소 심신이 합체된 내선일체로 완성될 수 있게 되는 것이다.

물론 이때의 '동화'는 조선적인 것의 삭제를 통한 일본과의 동일시를 의미하기 때문에 조선과 일본 사이의 위계질서는 계속 존재할 수밖에 없다. 소설에서 그에 대한 의식은 조선인 아버지 임경식과 그의 일본인 아들 무일이 비록 동일한 형상을 하고 있지만 중위와 중좌라는 직위의 차이로 서열화되고 있다는 사실에서도 간접적으로 드러난다. 따라서 "핏줄은 할 수 없는 것이야!"라는 창수의 말은 한편으로는 두 민족 간의 혈연적 공동운명을 강조하는 것이지만, 다른 한편으로 거기에 함축되어 있는 것은 일종의 체념이다. 그것은 같은 핏줄이기 때문에 '어쩔 수 없이' 전쟁에 참여해야 한다는 논리이자, 핏줄의 논리로 은폐된 조선과 일본 간의 위계적 질서에 대한 '어쩔 수 없는' 순응의 논리이기도 한 것이다. 따라서 소설에서 비록 무일의 등장으로 인해 정신과 육체가 결합된 내선일체의 논리가 완성되기는 하나, 그것은 사실 "가공의 동기(同期)가 땅에서 솟은 것처럼"(『여인전기』, 468쪽) 비현실적이고 허위적인 것일 수밖에 없었다.

통속적 친일 혹은 친일이라는 통속

지금까지 살펴본 것처럼 『여인전기』는 진주라는 여주인공을 중심으

군사적·경제적 요구 때문에 이루어진 동화정책의 일환이기도 하다. 즉 완전한 일본인이란 황국신민으로, "가장 일본적이기에 가장 보편적"이라는 일본의 아시아주의 담론을 표상하는 존재이기도 하다. 이에 대한 좀 더 자세한 논의는 홍일표, 앞의 글, 54~61쪽 참조.

로 한 여성 수난의 이야기와 임 중위-무일-철로 이어지는 친일적 남성의 이야기가 결합되어 있는 소설이다. 달리 얘기하면 이 소설은 "군국의 어머니 되기와 아들의 군인 되기 플롯"[17]의 교차 편집으로 구성되어 있다. 이는 언뜻 '전선의 남성'과 '후방의 여성'이라는 상투화된 위계적 지형도의 문학적 재구성인 것처럼 보인다. 물론 『여인전기』에서도 이러한 구도가 드러나기는 한다. 그러나 그것이 소설의 중심적인 의미를 획득할 만큼 분명하지는 않다. 왜냐하면 후방의 여성을 대표하는 진주라는 인물의 친일적 성격이 분명하지 않기 때문이다. 그녀는 군국의 어머니상을 대표하기에는 다소 역부족인 데다가, 오히려 그녀의 개인적 수난사가 소설 전반에 걸쳐 지나치게 강조되고 있다. 즉 진주는 "삼형제 사형제 잃고도 씩씩한"(『여인전기』, 312쪽) 다른 어머니들과는 달리 아들 철을 전장에 보내놓고 전전긍긍하는 인물인 것이다. 오히려 그녀는 시어머니의 모진 구박과 남편의 죽음, 경제적 위기, 정조의 위협 등 온갖 인생의 시련을 겪은 애련한 '시골소부'에 더 가깝다. 따라서 『여인전기』에서 진주는 "일본의 제국주의 모성론을 무비판적으로 수용"함으로써 친일의 논리를 체현하는 인물[18]이라기보다 오히려 전통적인 가족 내적 위기와 그것의 극복을 몸으로 겪는 고전적 여성인물에 가깝다고 할 수 있다.

이렇게 볼 때, 이 소설의 중심에서 결합되어 있는 두 가지의 이야기 구조인 여성 수난담과 친일적 서사는 실제로는 각기 서로 완전히 다른 서사적 논리를 갖는 것이다. 다시 말해, 이 두 이야기는 각각 통속과 친

---

17 한민주, 『일제 말기 소설 연구 — 파시즘의 소설적 형상화를 중심으로』, 서강대학교 대학원 박사학위논문, 2004, 119쪽.
18 이정옥, 「모성신화, 여성의 또 다른 억압 기제」, 『여성문학연구』 3호, 2000, 132쪽.

일의 논리를 담당하는 별개의 이야기다. 그렇다면 『여인전기』는 이질적인 두 가지 이야기가 제각각 따로 노는 파탄된 텍스트라고 해야 하는가? 이 두 가지 이야기를 결합시키는 텍스트 내적 계기는 없는가?

이러한 질문에 대한 대답은 통속적 원리가 작품 내적 메커니즘, 즉 친일의 논리로 이전(移轉)해 작동되는 방식에 주목함으로써 가능할 것이다. 진주가 시집살이를 회고하기에 앞서 결혼이 여성의 인생에 미치는 중대한 영향을 강조하는 서술자의 다음과 같은 진술은 이 문제에 대한 실마리를 제공한다.

> 사람이 여자로 태어나 부모 앞에서 자라다 출가를 하기까지가 인생으로 제일관문이라고 한다면 결혼은—남편을 맞이하고 가정을 이룩하고 시집살이라는 것을 하고 한다는 것은 그 제이의 관문이라고 보아야 할 것이다. 그리고 만일 우리의 일생을 싸움이라고 부른다면 결혼은 정녕 여자의 제이진이라고 일러야 옳을 것이다. 하되 여자는 그의 제이진이야말로 앞으로 전 생애를 좌우하는 중대한 출진(出陣)일 것이다.(『여인전기』, 330쪽)

서술자는 '우리의 일생을 싸움'으로 규정하고, 특히 여자의 경우 결혼 이전까지의 삶을 '제일관문'으로, 결혼 이후의 삶을 '제이관문'으로 설정한 뒤, 이 제이관문에서의 싸움, 즉 '제이진'을 가장 중요한 전쟁이라고 부른다. 이렇게 인생을 전쟁에 비유하는 수사법은 상투적인 것이지만, 이는 소설 전체를 관통하는 수사법이기도 하다. 그리고 이러한 상투적인 수사법은 '여인전기(女人戰紀)'라는 제목의 명명법으로도 이어진다. 이렇게 함으로써 소설에서 여주인공의 고난에 찬 일대기는 전쟁과도 같은 어떤 것, 혹은 전쟁 그 자체를 이야기할 수 있는 토대가 된다. 언뜻 서로 잘 어울리지 않을 것 같은 구여성의 일대기와 전쟁담은 맨 처음 서술자의 관념적 진술에 의해 그렇게 결합한다. 그리고 소설의 구조적 차원에서 그것은 임경식 중위-무일-철로 이어지는 친일적 남성 계보가 여성의 서사 속으로 들어옴으로써 이루어진다.

『여인전기』는 진주의 일본인 의붓동생 무일이 등장하여 동기간의 정을 확인하면서 끝나는데, 앞서 지적한 것처럼 이 사건의 의미는 단순히 조선과 일본의 결합관계를 상징하는 것에만 머무르지 않는다. 그것은 오히려 아버지-아들-손자로 이어지는 친일적 계보의 완성으로 나타나는데, 중요한 것은 그 계보가 진주의 가계를 중심으로 이루어진다는 점이다. 진주의 서사가 친일 남성의 서사와 만나게 되는 계기가 되는 것은 바로 이 지점이다. 여기서 문제가 되는 것은 친일 남성의 서사가 철의 아버지 준호가 아니라 진주의 아버지, 즉 철의 외가 쪽 가계에서 마련된다는 점[19], 그리고 그 과정에서 진주의 수난담이 친일적 서사를 구축하고 수렴하는 결절점 역할을 한다는 점이다. 일차적으로 서술자의 진술에 의해 결합된 통속과 친일의 서사는, 이렇게 구조적인 차원에서 다시 한 번 확인된다.

좀 더 심층적인 이데올로기의 차원에서도 이 두 가지 논리의 상동성을 발견할 수 있는데, 상투적 고정관념에 의존하는 방식이 바로 그것이다. 소설에서 진주는 온갖 시련과 고난에도 불구하고 여성적 미덕을

19 『여인전기』에서 황군인 아들 철의 친일적 자질은 아버지 준호가 아니라 외할아버지-어머니로 이어지는 여성적 가계에서 계승된 것으로 볼 수 있다. 이는 친일의 논리를 여성과 결합시키는 방식이면서, 역사담당 주체인 남성이 소멸된 자리에 여성을 친일에 대한 변명의 장치로 위치 짓는 방식이기도 하다. 『여인전기』에서 여성(박씨 부인과 진주)과 친일이 결합되는 방식에 대한 좀 더 상세한 논의는, 심진경, 앞의 글을 참조할 것.

지켜내는 윤리적 영웅의 면모를 보인다. 예를 들면 남편이 죽은 뒤 진주는 생활의 곤란으로 양육 자체가 불가능한 상황에서도 '여자의 정조'를 끝까지 지켜낸다. '여자의 정조'가 위협받는 상황은 이미 채만식의 장편소설 『인형의 집을 나와서』나 『탁류』 등의 소설에서 여주인공을 위기로 몰고 가는 결정적인 계기로 작용한 바 있다. 이때 소설에서 그려진 여성 정조의 몰락은 사회 전체의 위기를 반영하는 상징적 지표의 역할을 함으로써 서사에 개연성을 부여해준다. 그러나 『여인전기』에서 여성이 처한 정조의 위기는 구체적인 현실 속에서 인물의 문제제기적 성격을 드러내기 위한 필연적 조건이라기보다는 그러한 정조를 지켜내는 자의 도리를 강조하기 위해 작위적으로 설정된 에피소드에 불과하다. 그리하여 소설은 여성이 지조를 지켜내는 일을 '당연한' 일로 만듦으로써 여성에게 부과된 관습적인 의무를 충실하게 수행하게 한다. 그리고 소설에서 이러한 여성의 윤리적 의무의 실행은 '의(義)'의 승리로 귀결된다.

> 이리하여 진주는 의를 살리었다. 물론 큰 희생이었다. 장차로 헤아리기 어려운 고난이 있을 것이었다. 그러나 그것은 큰 의의 가벼운 대상에 불과할 것이었다.(『여인전기』, 425쪽)

진주는 남편과의 우연한 만남 직후 "조그마한 억지"나 "잠시의 주저와 상량"도 없이 "완전히 여섯 해 전의 상냥코 다정스럽던 준호의 새댁이요, 얌전한 며느리요, 애련한 시골 소부"로 돌아가는데, 소설에서는 이를 가능하게 하는 힘을 "이론을 초월한 마술적인 힘"(『여인전기』, 424쪽)으로 명명하고 있다. 그 마술적 힘은 일차적으로는 진주의 개인적 행복을 포기한 '큰 희생'이자, 좀 더 근본적인 차원에서는 '여자의 소위 첫정'을 끝까지 지켜야 한다는 전통적인 여성적 미덕의 실현이기도 하다. 그것은 다름 아닌 "의를 살리"는 일이다. 그리고 어떤 희생과 시련을 겪더라도 지켜져야 하는 이러한 '의'는 목숨을 바쳐 이영삼고지를 지켜낸 아버지 임 중위의 '충의'와 "전사(戰死)를 제일 상팔자"(『여인전기』, 316쪽)라고 믿는 아들 철의 '용맹'으로 이어짐으로써, '정조'라는 전통적인 여성적 덕목은 자연스럽게 제국주의 식민담론이 요구하는 '충의'라는 덕목과 결합된다.

이 정조의 미덕이 독자들의 관습적 통념을 충족시켜주는 전통적인 이데올로기라면, 충의는 일제 파시즘의 이데올로기를 구성하는 요소라고 할 수 있다. 통속의 서사에서 구현되는 지조라는 여성적 미덕은 그대로 친일의 논리를 이루는 충의라는 덕목으로 변형되어 반복된다. 이런 방식으로 소설에서 친일적인 남성에게서 실현되는 파시즘의 논리는 통속적인 서사문법 속에서 익숙한 여성적 미덕과 결합하고, 그것은 당연한 윤리적 당위로 제기된다. 이로써 『여인전기』에서 친일이라는 "체제유지 이데올로기는 (작가의 서술전략에 의해) 독자의 관습적 기대체계를 한 측면에서 만족시켜주면서"[20] 은밀하게 관철되고 있는 것이다. 통속과 친일의 이러한 결합방식의 보편성은 일제 말기 많은 친일소설이 통속의 서사문법을 차용하고 있는 것에서도 확인할 수 있다.

통속성의 본질이 무기력한 대중의 관습적 기대지평을 충족시킴으로써 현실적 패배를 은폐하고 허구적인 위안을 제공하는 데 있다면, 이러한 통속성의 본질을 극단적으로 밀고 나갈 때 만나게 되는 것은 결국

---

20 김영찬, 앞의 글, 87쪽.

체제유지의 이데올로기일 것이다. 채만식의 『여인전기』에서 그것은 내선일체라는 친일의 논리로 나타난다. 그런 점에서 이 소설의 통속과 친일은 같은 이데올로기의 자장 안에서 움직인다고 할 수 있다. 『여인전기』를 통속적 친일소설이라고 부를 수 있는 것은 이 때문이다.

한다. 여성작가와 작품을 둘러싼 소문 또한 마찬가지다. 즉 '신'여성이라
로 무장한 여성작가의 스캔들화는 사실은 새롭고 낯선 가치와 관점을 둘
사회의 뜨거운 반응인 것이다. 그러나 여성의 성과 육체에 관한 스캔들
한국근대문학의 반응은 스캔들을 근대문학의 가부장제적 규율권력을
는 사회적 드라마로 변형시킴으로써 여성(작가)을 주변화하고 탈세
데 기여한다. 그리고 그에 불복종한 여성작가들에게 내려진 사회적
협은 그러한 격정적 드라마를 거치면서 자폭과 순응의 여성서사
기에 이르게 되는 것이다.
은 그렇게 자발적으로 자기 폭로의 가학적 희생양이 되기를 자
써만 비로소 만들어질 수 있었다. 그렇게 여성을 주변화하는
율권력을 내면화하면서 형성된 여성문학은 그 때문에 당연
할 수밖에 없다. 여성문학이 지배담론에 쉽게 동원되거나
대중문학과 쉽게 접속할 수 있는 이유도 이와 무관하지
나 바로 정확히 그와 같은 이유로 여성문학은 매번 '문
선에서 '문학' 그 자체를 심문하는 장이 되어왔다. 즉
성문학은 원하건 원치 않건 간에 사적인 것과 공적인
비문학, 주류와 비주류, 배제와 포섭 사이의 경계의 문
일으킨다. 그리고 그것은 결국 제도적이고 미학적인 차
학이란 무엇인가'라는 질문을 유발한다. 그런 의미에서
은, 문학을 심문하는 문학이다.

란 작가의 경험에 기초를 둔 것이기 때문에 결국 모든 소
적으로나마 모델소설적인 면모를 가질 수밖에 없다는 것
섭에게 소설이란 작가 자신의 체험이나 경험을 벗어나서
가 어렵다. 그래서 그는 자기 주변의, 혹은 신문지상에서 다
건이나 인물에 대한 경험이 부지불식간에 소설적 현실을 이루
재료가 된다고 본다. 결국 염상섭에게 모든 소설은 넓은 의미에서
이다. 물론 이때 중요한 것은 '모델' 그 자체라기보다는 '소설'일 것이
다시 말해서 모델로 대변되는 실제 사건이나 현실에서 출발하지만 그에
고 더 나아가 시대적 전형을 획득하는 데 도달한 소설을 의미한다.

기 소설 중에는 실제인물과 사건을 모델로 한 소설은 물론, 특정 인물을 연상케 하
신문에 보도된 사건을 모티프로 한 소설, 혹은 누군가에게서 들은 얘기에서 암시를 얻어
등등, 소위 모델소설(좁은 의미에서건, 넓은 의미에서건)이라고 부를 법한 소설들을 많이
있다. 그중에서 특히 실제 인물을 연상케 하는 신여성을 주인공으로 한 소설들이 주목할 만한
」(1922)와 「해바라기」(1923), 그리고 『너희들은 무엇을 어덧느냐』(1924)가 그것이다. 그런데 이 중
섭 자신이 모델소설로 인정한 것은 「해바라기」 한 편뿐으로, 이 소설은 잘 알려져 있다시피 나혜석과 김
혼식과 신혼여행을 모델로 한 것이다. 반면 그는 김일엽과 최승구, 김명순 간의 삼각관계를 부분적으로 다
려진 『너희들은 무엇을 어덧느냐』는 모델소설의 범주에 넣기를 꺼린다. 여성작가 김명순을 연상케 하는 「제야」
에는 모델을 썼다고 이야기되었지만 실제로는 "'힌트'가 아니면 사상에서 나"온 것일 뿐, 엄밀한 의미에서(좁은
) 모델소설은 아니라고 그는 주장한다.
간에서 염상섭의 이 말은 있는 그대로 받아들여지지 않았다. 특정인물을 연상케 하는 일련의 소설들은 작가의 의
관하게 암묵적으로 모델소설로 명명되었다. 어떤 점에서 이들 소설은 모두 실제 인물이나 사건을 다루었거나 실존
상케 한다는 점에서 좁은 의미의 모델소설이라고도 할 수 있기 때문이다. 특히 세간에 화제가 되었던 실제 여성인
혼과 연애 등을 연상시킨다는 점에서 이들 소설을 여성모델소설이라고 부를 수도 있을 것이다. 염상섭의 소설에 대
간의 통념은 이후의 연구에서도 반복되는데, 김윤식의 견해가 대표적이다.
시 한 번 생각해보자. 염상섭이 스스로 저 소설들이 모델소설이 아니라고 주장했던 것은 단지 그 당시 모델소설이라

제6장

전쟁과 여성 섹슈얼리티

전쟁의 생산물로서 여성 섹슈얼리티

1954년 『신천지』 7월호에 실린 다음 글은 전쟁이 어떻게 여성을 죄악과 비극의 주인공으로 만들었는지에 관한 것으로, 전쟁과 여성, 특히 여성 섹슈얼리티의 상관관계에 대한 흥미로운 지적을 하고 있어 주목할 만하다.

> 무질서, 무궤도, 음란, 패륜이 죽엄보다 모지른 생활 위에 탁류처럼 쏟아져 흐르는 것이 전쟁이 끼쳐주는 생산물이다. 인류의 운명은 거침없이 기형의 에레지를 연출하게 되고 여성은 그 무자비한 생활환경 속에서 정조의 혁대를 팽개쳐 버리고 자기도 모르게 무서운 타락에 육신을 던져버리게 되는 것이다. 전국 30만에 달하는 전쟁미망인들, 기아, 실아, 사생의 고아들은 눈물겨운 전쟁의 유산이다. 더럽혀진 윤리의 깨어진 거울 같은 아푸레-여성들의 수는 어느 나라의 공창의 수보다도 많을 것이라고 생각된다. 모든 죄악과 비극의 근원이 여성 때문이라는

말을 남성들은 말할 줄 안다.[1]

이 글에서 우리의 주의를 끄는 것은 필자가 "전쟁이 끼쳐주는 생산물"인 "무질서, 무궤도, 음란, 패륜"의 직접적 피해자인 '아푸레-여성들'을 동시에 그러한 생산물의 원인 제공자, 즉 "모든 죄악과 비극의 근원"으로도 설정하고 있다는 점이다. 전후의 혼란과 무질서 상태를 진단하고 해결책을 제시하는 논의들에는 대개 여성 섹슈얼리티에 대한 혐오와 비난의 태도가 곁들여 있기 마련이다. 그리고 이처럼 가장 큰 전쟁의 피해자에게 전후 사회적 혼란의 책임을 덧씌우는 이러한 성별화된 논리는 전시기와 전후 사회의 급격한 변화에 대한 불안감을 해소하는 방식으로 공공연하게 활용되었다.

이렇듯 전후의 사회·정치적 위기를 여성의 성적 위기 혹은 타락과 동일시하는 태도는 그 당시에 발간된 신문과 잡지에서 매우 빈번하게 나타난다. 그 결과 여성은 "전후 사회의 부패와 타락의 이미지와 동일시"[2]될 수 있었던 것이다. 물론 그러한 이미지 뒤에는 여성의 육체와 성으로부터 사회 전체의 도덕성 정도를 판단하려는 "현대의 윤리"[3]가 자리 잡고 있다. 특히 전후의 궁핍한 현실 속에서 자신의 육체적 자산을 바탕으로 생계를 꾸려가야 했던 '아푸레-여성'들에게 '현대의 윤리'는 더욱 엄격하고 가혹하게 적용될 수밖에 없었다. 그들의 성행위가 육체노동이 되고 정조는 생활도구로 화해버렸다는 식의 여성 섹슈얼리티에 대한 비판적 논의가 전후 성 담론을 지배할 수 있었던 것 또한 이

1 이명온, 「민주여성의 진로」, 『신천지』, 1954. 7, 98쪽.
2 이임하, 『한국전쟁과 젠더 — 여성, 전쟁을 넘어 일어서다』, 서해문집, 2004, 277쪽.
3 이명온, 앞의 글.

런 맥락에서 이해할 수 있다.

특히 기존의 도덕률과 윤리의식이 현실 구속력을 상실하는 급격한 사회적 혼란기에 여성 섹슈얼리티는 순결성과 모성성의 차원에서 더욱 엄격하게 통제하고 관리해야 할 대상으로 강조된다. 그리하여 '여성이 순결해야 민족이 순결하다.'는 김말봉의 다음과 같은 민족주의적 순결론은 여성의 성이 집단적 가치와 이해관계를 위해 매우 손쉽게 동원 가능한 유동적 가치가 될 수 있었음을 암시한다. 물론 그 과정에서 여성과 남성의 위계화된 성적 차이는 더욱 강조될 수밖에 없다.

> 우리는 한국의 여성이 다 계월향이나 논개와 같이 적장을 죽일 수는 없을망정 내 몸 하나만은 깨끗이 가질 각오쯤은 있어야 한다. (……) 마음속으로 남자와 여자를 구별할 수 있는 의지의 인간만이 순결한 모성을 보유할 수 있기 때문이다. 순결성을 가진 민족에게는 저능아와 색맹과 그리고 정신박약이 숫자적으로 가장 적은 것을 보아도 짐작할 수 있는 일이다.[4]

'순결한 여성=순결한 민족'이라는 도식이 함의하는 것은 일차적으로는 전후 성 모럴의 붕괴나 양공주 문제 등과 같은 성적 현상이 섹슈얼리티 그 자체에 한정된 문제가 아니라는 사실이다. 국가적 위기 상황일수록 여성의 성은 공공의 차원에서 그 사회의 도덕과 부도덕, 안정과 위기, 건강과 박약을 가늠하는 잣대로 활용되었다. 따라서 국가와 사회의 안녕과 질서 유지를 위해서 가장 먼저 바로잡아야 할 것은 언제나

---

4 김말봉, 「오늘의 정조관—여성의 순결은 신화시대부터」, 『서울신문』, 1953. 3. 22.

여성 섹슈얼리티였다. 전쟁과 같은 엄청난 재난 이후의 혼돈스러운 사회에서 여성의 순결과 정조, 모성이 강조되는 것은 바로 그 때문이다.

그런 점에서 여성 섹슈얼리티를 규제하는 양식과 기제가 발달할수록 기존 사회의 해체에 대한 불안과 위기의식은 더욱 고조될 수밖에 없다. 그리고 그 역도 또한 사실이다. 이렇듯 "여성이라는 존재는 당시 사회 체계를 원활히 돌아가게 하기 위해 '사회적인 환상'을 유지시켜주는"[5] 일종의 텅 빈 기표 혹은 공백이 된다. 전후 여성의 성적 문란과 도덕적 해이를 질타하는 논의들이 결과적으로 안정적인 질서의 회복과 전통적 위계질서의 확립을 위한 보수적 담론으로 회귀하게 된 것도 이런 맥락에서 이해할 수 있을 것이다.

다른 한편, 전후 한국사회는 근대화 과정에서 가시화된 여성의 욕망이 전통적인 부계사회에 흠집을 내기 시작하면서 여성의 몸과 섹슈얼리티를 둘러싼 논의가 증폭된 시대였다.[6] 여성 섹슈얼리티가 언제나 당대의 정치적 욕망과 사회적 불안감을 표현하는 중요한 지표가 될 수 있는 것도, 그것이 이러한 전통적인 위계질서와 가치체계의 해체 가능성과 밀접하게 관련되어 있기(혹은 있다고 상상되었기) 때문이다. 그리고 그 과정에서 여성의 성은 다른 사회·정치적, 경제적 문제와 긴밀하게 연관되면서, 매번 이전과는 다른 방식으로 의미화되고 구조화될 수밖에 없다. 이것은 다시 말하면 여성의 육체와 성을 사회적 혼란에 대한 책임을 전가시키기 위해 끌어오는 것과는 다른 차원에서 여

5 이미정, 「1950년대 여성 작가 소설의 여성 담론 연구」, 서강대학교 대학원 국어국문학과 석사학위논문, 2002, 15쪽.

6 김은하, 「전후 국가 근대화와 '아프레 걸(전후여성)' 표상의 의미: 여성잡지 『여성계』 『여원』 『주부생활』을 대상으로」, 『여성문학연구』 16호, 2006. 12, 179쪽 참고.

성 섹슈얼리티에 대한 새로운 사유가 가능해졌다는 것을 의미하는 것이기도 하다. 전시기 혹은 전후 작가들의 작품에서 여성 섹슈얼리티가 전쟁이라는 엄청난 재난을 겪으면서 지금까지의 관습과 사고방식으로는 인식 불가능했던 다양한 삶의 문제, 특히 내적 고뇌와 실존적 한계를 드러내기 위한 방편으로까지 인식되기 시작한 것은 바로 이 때문이다.[7]

이러한 상황 속에서 새로운 성적 인물들은 출현하기 시작한다. 이들 1950년대 작품에서 소환된 전쟁미망인, 양공주, 댄서 등과 같은 인물들은 분명 기존의 고정적인 여성성의 범주 내에서는 상상할 수 없는 새로운 여성주체다. 이들 낯선 여성들은 한편으로는 '부도덕한 것들'로 명명됨으로써 무너져가던 완고한 여성성의 범주를 거꾸로 복권시키기도 하지만, 다른 한편으로는 기존 사회질서의 불안과 균열을 드러냄으로써 새로운 삶의 가능성을 제기하기도 한다.

1950년대 강신재의 단편소설[8]에 등장하는 인물들(특히 여성인물들)에 주목하는 이유는 바로 이 때문이다. 이들은 전쟁에 직접 참여하거나 동원되지는 않았지만 전쟁을 겪으면서 심각한 심리적 타격과 정신적 분열을 겪는 존재로 등장한다. 그런데 흥미로운 점은 그러한 전쟁의 상처와 흔적이 성적 욕망의 문제와 결합되어 제시되고 있다는 것이다. 전쟁이라는 급격한 사회적 변화와 위기 속에서 여성 섹슈얼리티는 기존 사회질서의 균열을 막는 존재이자 그러한 균열을 드러내기도 하

---

7 최성실, 「1950년대 문학비평에 나타난 섹슈얼리티 논의에 관한 연구」, 『현대소설연구』 17호, 2002. 12, 273~274쪽 참고.

8 이 글에서는 1950년대에 출판된 강신재의 두 권의 소설집 『유희』(계몽사, 1958)와 『여정』(중앙문화사, 1959)에 수록된 단편소설만을 분석 대상으로 삼는다. 이후 소설을 인용할 때는 작품명과 쪽수만 부기한다.

는 이중적인 존재가 된다.[9] 강신재 소설에 등장하는 다양한 여성인물들은 전쟁을 겪으면서 새롭게 자신의 성에 눈뜨면서 의도적이건 그렇지 않건 간에 이중적인 존재의 자의식을 드러낸다. 특히 이들의 분열된 심리와 혼란스러운 자의식에 대한 탐구는 서로 충돌하는 가치와 의식이 혼재하는 전후의 혼란스러운 상황을 표출하기에 적합하다. 게다가 이 낯선 인물들은 1960년대 강신재 단편소설에 등장하는 기이한 성적 존재들과 맞닿아 있기도 하다. 따라서 강신재의 전후소설에 대한 연구는 본격적인 문학사적 연구대상이 되고 있는 그녀의 1960~1970년대 소설에 대한 심도 있는 연구를 위해서도 반드시 요구된다.

1950년대 문학과 강신재

강신재(康信哉, 1924~2001)는 1949년 『문예』지의 추천을 받아 단편소설 「얼굴」과 「정순이」로 등단한 후 1994년 장편소설 『광해의 날들』에 이르기까지, 거의 50년간 총 60여 편의 단편소설과 30여 편의 장편소설을 발표한 노작(勞作)의 작가다. "그에게서는 언제나 비누 냄새가 난다."는 감각적인 첫 문장으로 유명한 「젊은 느티나무」(『사상계』, 1960. 1)가 문단 안팎으로 큰 주목을 받은 이후 강신재의 소설은 서정적이고 감각적인 문학을 대표하는 것으로 자리매김하게 된다. 따라서 초창기 강신재에 대한 문학적 평가 또한 서정적이고 감각적인 서술기법과 문체에 집중되었으며, 이러한 평가는 이후 지금까지도 강신재의 문학적 성

9 이미정, 앞의 글, 15쪽.

과를 진단하는 중요한 비평적 용어가 된다. 예컨대 "드라이하고 조형적인 문장과 색채, 냄새, 명암 등 감각어에 대한 날카로운 감수성"[10], "다듬어진 문장과 작가의 델리킷한 문체로 인해 내적 질서가 형성"[11], "반산문적인 시적 감흥"[12], "문제의식 혹은 상황의식에 있어서 감각적 인식의 한계"[13], "외래어와 감각어의 사용은 대상을 섬세하면서도 사실적으로 파악할 수 있게 한다."[14] 등과 같은 초창기 문학에 대한 평가에는, '감수성', '감각적', '시적', '내적' 등과 같은 어휘가 자주 등장한다. 이러한 논의 방식은 강신재 소설의 개성을 '여류적'인 것으로 제한하는 동시에[15] 그 문학적 성과를 대개는 1960년대에만 한정함으로써, 강신재 소설에 대한 포괄적인 이해를 원천적으로 배제해왔다. 게다가 지금까지의 1950년대 문학 연구는 전후문학적 특징에 초점을 두고 '전후문학', '문단문학', 혹은 '신세대 작가'라는 범주를 통해 1950년대 문학 전반을 포괄하는 방식으로 논의가 전개되어왔다. 이때 이러한 전후문학적 범주에서 여성작가의 작품은 제외되었음은 물론이다. 강신재 소설에 대한 제한적인 평가 또한 이런 저간의 사정에 기인한 것이다.

그러나 1990년대 중반부터 강신재의 전후소설에 대한 연구는 다양한 관점에서 활발하게 이루어지기 시작하는데[16], 특히 여성문학적

---

10 염무웅, 「팬터마임의 미학」, 『현대한국문학전집2』, 신구문화사, 1967.

11 정창범, 「서정시적 추상 — 파도」, 『현대한국문학전집1』, 신구문화사, 1967.

12 천이두, 「비누냄새의 이미지 — 젊은 느티나무」, 『현대한국문학전집1』, 신구문화사, 1967.

13 김현, 「감정의 점묘화가」, 『한국단편문학대계8』, 삼성출판사, 1969.

14 구인환, 「한국여류소설의 문체」, 『아세아 여성연구』 11집, 1972, 175쪽.

15 이다영, 「1950년대 강신재 소설 연구」, 연세대학교 대학원 석사학위논문, 1994, 2쪽.

16 그러나 1990년대 중반부터 강신재 초기 단편소설에 대한 연구가 활발하게 이루어지기 시작하는데, 그러한 논의의 선두에는 이다영의 「1950년대 강신재 소설 연구」(연세대학교 석사학위논문, 1994)가 있다. 이 논문은 1950년대 강신재 소설이 지닌 독특한 현실인식을 '여류문학적'이라는 수식어로 한정하거나 전후문학의 범주에 제한하지 않고 서술자의 서술태도와 작

관점에서 전후 여성문학을 검토하는 최근의 연구성과는 강신재 소설이 1950년대 문학에서 차지한 독특한 자리를 긍정적으로 평가하고 있어 주목할 만하다.[17] 특히 이미정의 연구는 신문과 잡지를 중심으로 1950년대에 지배적인 여성담론을 우선적으로 검토한 뒤, 이를 바탕으로 강신재와 한말숙, 박경리의 소설을 분석함으로써 1950년대 문학에 대한 이해의 폭을 넓혔다는 점에서 높이 평가할 만하다. 그러나 1950년대 강신재 소설 중에서 「해방촌 가는 길」과 『임진강의 민들레』만을 논의 대상으로 선택함으로써 강신재 문학에 대한 해석이 다소 편향적이라는 한계를 드러내고 있다. 반면 최수완은 1970년대까지 발표된 강신재 소설 전반을 대상으로 여성의 성적 욕망과 육체가 어떻게 발견되고 해석되는가를 밝히고 있다는 점에서 눈길을 끈다.[18] 그러나 섹슈얼리티에 대한 이론적 검토가 구체적인 작품 분석과 무관하게 전개된다든지, 여성의 성적 욕망이 발현되기만 하면 전근대적 가치에 균열을 일으킨다고 보는 등, 여성 섹슈얼리티에 대한 이해가 초보적이고 단선적이어서 작품해석이 평이하다는 한계를 안고 있다.

분명 1950년대 소설에서 여성 섹슈얼리티는 전쟁의 폐허 속에서도

중인물과의 거리에 대한 탐구를 중심으로 밝혀내고 있다는 점에서 주목할 만하다. 그 외에 강신재의 전후소설에 대한 본격적인 연구에는 양윤모, 「전쟁과 사랑을 통한 현실인식—강신재론」(『1950년대의 소설가들』, 송하춘·이남호 편, 나남, 1994); 강현구, 「강신재 전후소설의 양상—"여정"과 "임진강의 민들레"를 중심으로」(『인문논총』 14집, 1995)가 있다.

17 이러한 연구에는 대개 '1950년대 여성작가 연구'라는 타이틀하에, 강신재를 포함한 1950년대 여성작가의 작품을 여성주의적 문학사의 관점에서 재조명하는 경우가 많다. 주목할 만한 연구에는 이정희, 「1950년대 여성작가 연구—전후현실의 수용양상과 여성적 체험의 의미화 양상을 중심으로」(경희대학교 석사학위논문, 1994)와 이미정, 「1950년대 여성작가 소설의 여성 담론 연구—강신재·한말숙·박경리 소설을 중심으로」(서강대학교 석사학위논문, 2002)가 있다.

18 최수완, 「강신재 소설의 여성 섹슈얼리티 연구」, 이화여자대학교 석사학위논문, 2005.

인간의 본성을 확인하고 재발견하게 해주는 계기로 다뤄지고 있다. 그러나 동시에 주목해야 하는 것은 이 시기의 소설에서 여성 섹슈얼리티는 전쟁의 파괴적 동력을 부추기고 모방함으로써 새로운 서사를 작동시킬 수 있는, 비유적 의미에서의 '모터'로 기능하기도 했다는 사실이다. 따라서 전후문학에서 여성 섹슈얼리티를 상실과 절망을 극복하게 해주는 인간본성의 문제로 한정 짓거나 인간의 실존적 고뇌와 자아탐구를 위한 계기로만 접근한다면, 전쟁과 여성 섹슈얼리티의 관계에 대한 단면적 이해를 벗어날 수 없다.

이런 시각에서 본다면 1950년대 강신재 소설은 전시와 전후의 혼돈이 야기하는 불안과 공포를 여성 섹슈얼리티를 통해 가장 즉물적이고 직접적으로 다루고 있다는 점에서, 전쟁과 여성 섹슈얼리티 사이의 상보적이면서 모순적이고, 동형적인 동시에 이종적인 관계를 살펴보기에 가장 적합한 텍스트라고 할 수 있다. 특히 1950년대 강신재 소설은 한말숙, 한무숙, 박경리, 손소희와 같은 동시대 다른 여성작가들과는 달리, 폐허의 전장을 배경으로 갈등하고 충돌하는 욕망(특히 성적 욕망)의 문제를 첨예하게 다룬다는 점에서 더욱 우리의 관심을 끈다.[19] 강신재의 1950년대 소설은 전후 한국문학에서 여성 섹슈얼리티를 새로운 서사의 플롯 구성(plotting)을 가능케 하는 동력으로 발견한 소설들이다.

---

19 그중에서도 한말숙의 단편집 『별빛 속의 계절』(1960)에 실린 단편소설은 당시로서는 파격적인 여성의 성적 일탈과 성적 자의식을 노골적으로 그려 보인다는 점에서, 여성 섹슈얼리티의 관점에서 주목할 만하다. 그러나 그 당시 화제를 불러일으켰던 「신화의 단애」와 「별빛 속의 계절」을 비롯한 소설들은 전쟁이 야기한 파괴적 에너지를 여성의 성적 욕망과 직접적으로 관련짓기보다는 그 당시 한국문학을 휩쓴 실존주의와 좀 더 직접적으로 관련짓고 있다.

여성, 불안과 욕망의 스크린

강신재 소설에서 여성의 비정상적인 성적 혼란은 주로 가족관계의 붕괴로 나타난다. 1950년대 단편집 『유희』와 『여정』에 실린 대부분의 소설은 전쟁과 여성의 과도한 성적 욕망, 그리고 가족 붕괴라는 세 가지 주제가 이러저러하게 뒤얽힌 채 전개된다. 특히 「표선생 수난기」는 사회적으로 명망 있는 학자인 '표선생'이 열정적인 아내의 기괴한 욕구를 만족시켜주지 못하면서 남성으로서의 권위를 상실하고 전쟁 이후에는 모든 가족이 실종하거나 월북하면서 가장으로서의 권위조차 상실하게 되는 비극을 다루고 있다. 소설의 서술자 '나'는 전시기에 한 달간 식모로 일했던 표선생 집에서 표선생의 아내가 연출하는 유사 근친상간적 장면을 목격한다. 이제는 '훌륭한 야간 대학생'이 된 '나'의 회고적 관점에서 서술되고 있는 이 기괴한 성적 장면은 '나'에게 "동란이 가지고 있는 뜻의 한 상징"(「표선생 수난기」, 113쪽)으로 받아들여진다. 서술자는 비록 이들 가족의 비극적 운명과 아주머니의 '죄'를 결합시키고 있지는 않지만, 소설 전개 과정에서 전쟁의 비극은 은연중에 아주머니의 부적절한 성적 열정과 연관된다. 그 결과 여성의 섹슈얼리티는 전쟁의 비극을 야기할 정도의 강력한 파괴력과 구속력을 갖춘 주술적인 것으로 해석되기도 한다. 그러나 소설에서 이러한 여성 섹슈얼리티는 즉각적인 비난의 대상이 되기보다는 서술자는 물론 독자를 낯설고 혼란스러운 감정에 빠뜨리는 이상하고 신비로운 힘으로 그려진다.

이렇듯 강신재 소설의 등장인물 중에서 여성, 특히 성적 욕망의 기호로서의 여성은 전쟁의 병리성을 환기시키고 증폭시키는 존재로 등장한다. 예컨대 「찬란한 은행나무」와 같은 소설에서 "평판이 지독히 나쁜 전쟁 미망인"(「찬란한 은행나무」, 200쪽)은 그녀의 부적절한 욕망이 불러일으킨 전쟁의 공포로 인해 주인공 남성을 모종의 파국으로 몰아간다. 이 소설의 주인공 이준구는 부인과 네 아들 모두를 전란통에 사고로 잃고 자신도 '퇴각하는 괴뢰군'에게 붙잡혀 총살을 당할 위기에 처하지만 기적적으로 살아난다. 그는 그렇게 살아남아 일상으로 복귀하지만, 전쟁의 상처 때문에 안정된 생활을 거부한 채 호텔에서 별 목적 없이 살아간다. 그렇게 안정된 생활을 거부했던 이준구는 성적 필요에 의해 만난 전쟁미망인 '백화'의 강권으로 은행나무가 있는 양옥집을 구입하게 되는데, 결과적으로 그 집은 이준구에게 참혹했던 전쟁의 기억을 떠올리게 한다. 그것은 "무덤을 헤치고 나온" '귀신'이 되어 이준구를 불안과 공포에 빠뜨리고 급기야 그의 정신을 파탄 나게 한다.

소설에서 이준구에게 전쟁의 공포를 불러일으키는 이미지는 "분홍빛 연기 같은 것", "거무칙칙한 분홍으로 물감칠이 되어 있는", "저녁노을이 핏빛같이 붉은 하늘 밑" 등으로 변주되어 반복되는데, 이 붉은 피의 이미지는 일차적으로는 "끌리어서 걸으려고 애를 쓸 때에, 붉은 노을이 연기처럼 발목에"(「찬란한 은행나무」, 199쪽) 감기던 사형 직전의 고통스러웠던 상황을 재연한다. 그런데 흥미로운 점은 그동안 억압되어왔던 죽음의 공포에 대한 기억이 백화라는 전쟁미망인의 과도한 성적 욕망에 의해 소환된다는 것이다. 저녁노을이 '거무칙칙한 분홍으로' 물드는 찰나에 백화의 내연남을 비추던 이층 창문은 그 순간 이준구의 전쟁에 대한 기억을 상연하는 "괴상한 스크린"(「찬란한 은행나무」, 205쪽)이 된다. 이때 백화의 일그러진 성적 욕망을 상징적으로 보여주는 이 '괴상한 스크린'은 동시에 전쟁에 대한 공포와 불안이 빚어낸 이준구의 어두운 심연을 비춰주는 것이기도 하다. 백화의 불온한 성적 욕망은 억눌려져왔던 전쟁의 공포와 불안을 충동적으로 떠오르게 한 뒤 그를 파멸로 이끈다. 그렇게 전쟁은 여성의 성적 욕망과 부딪히면서 "인간성의 또 하나 낯선 면"(「찬란한 은행나무」, 209쪽)을 발견할 수 있게 한다. 그 세계는 "자기 혼자 만들고 혼자 부수는 세계, 그것밖에는 보려 하지도 않는……."(「찬란한 은행나무」, 210쪽)이라는 서술자의 말에서 짐작할 수 있는 것처럼 전후 한국인의 자폐적이고 병리적인 내면을 상징한다.

이처럼 강신재의 전후소설에서 여성의 섹슈얼리티는 전쟁이 불러일으킨 공포와 불안을 상징적으로 드러내는 일종의 스크린으로 기능하는데, 그 스크린에 비친 성적 혼란의 상황은 그대로 현대인의 파괴적이고 우울한 내면 심리로 나타난다. 「그 모녀」에 등장하는 다음 장면은 다른 측면에서 여성의 성적 욕망이 그로테스크하게 분출되는 상황을 잘 보여주고 있다.

> 그러나 그러한 인하가 자기 자신은, 요사이 하늘이 무너져도 거르지 않게 된 밤화장을 또 새로 하고 머리에는 그 크립프를 주렁주렁 매달고서 소리 없는 밤중에 〈가세인〉 그릇을 들고 나와, 층층다리 밑을 바르고 있는 양을, 그리고 그 그림자가 한편에 세운 촛불을 받아 시꺼멓게 커다랗게 벽 위에 흔들리고 있는 양을, 만약 누가 보는 이가 있다면 더욱 이상한 전율을 느끼리라고는 꿈에도 생각하지 않는다.(「그 모녀」, 157쪽)

결혼 전에는 어머니 고씨 부인의 '간난애기'로, 결혼 후에는 신경질적인 남편의 '순종한 아내'로 살던 인하는 전쟁 통에 남편이 죽은 뒤 생활전선에 뛰어든다. 어머니 고씨 부인은 딸의 몸치장을 통해 굶주림에서 벗어나려는 계획을 세우지만 이미 처녀 때의 성적 매력을 상실한 딸 때문에 이러한 계획은 번번이 실패로 돌아간다. 그러던 중 그들은 무너져가는 적산가옥의 일층 방 한 칸을 "화장시켜" 빵집을 낼 계획을 세운다. 이때 망가진 집을 단장하려는 모녀의 노력은 그대로 이미 성적 매력을 상실한 인하를 '화장시키려는' 노력과 동일시된다. 흉측하게 망가진 도시의 황량한 풍경은 그렇게 인하의 비루한 현실과 겹쳐진다. 위의 예문에서, 밤마다 머리에 크립프를 매달고 밤화장을 하면서 동시에 '가세인' 그릇을 들고 집 단장을 하는 인하의 모습은 "촛불을 받아 시커멓게 커다랗게 벽 위에 흔들리"는 일그러진 그림자의 형태로 그려지는데, 이는 돌이킬 수 없이 파괴된 전후의 우울하고 그로테스크한 풍경에 다름 아닌 것이다. 그런 점에서 "부서지고 구부정하니 삐뚠 전차가 괴물처럼 흉측스레 선로 위에 놓여 있"고, "끊어진 전선 오라기가 여기저기 매달려서 바람에 나부"끼며, "보도에는 부서진 유리알이 붕산가루 모양으로 하얗게 깔"(「찬란한 은행나무」, 151쪽)린 파괴된 거리에 대한 묘사는 단지 전후의 무질서한 현실만이 아니라, 인하의 혼란스럽고 붕괴되기 직전의 절박한 심리적 상황을 비유하는 것이기도 하다.

개인을 둘러싼 사회적 현실을 직설적으로 묘사하기보다는 현실적 상황으로부터 개인의 심리를, 개인의 심리적 정황으로부터 현실에 대한 묘사를 이끌어내는 강신재 특유의 '풍속적 심리묘사'[20]는 모든 것이 뒤엉키고 모순된 전후의 혼란스러운 상황을 포착하는 데 매우 적절한 방법이라고 본다. 그것은 앞서 살펴본 것처럼 일차적으로는 전쟁의 비극을 강렬하게 부각하는 보색(補色)의 효과를 발휘하지만, 좀 더 근본

---

20 이 용어는 풍경의 분위기를 통해 심리적 정황을 추측할 수 있게 하는 강신재 특유의 묘사를 설명하기 위해 고안된 것이다. 강신재 소설에 자주 나타나는 이러한 심리묘사의 특징에 관해서는 김주연, 강인숙의 「한국현대여류작가론」, 『현대문학』, 1968. 1, 351~359쪽 참고.

적으로는 전쟁으로 인한 굶주림의 공포가 어떻게 여성의 성적 욕망을 이끌어내는지를, 그렇게 해서 추구된 욕망이 얼마나 절박한 활기를 띠는지를, 그래서 또 얼마나 기괴한 것인지를 잘 보여준다. 그리고 바로 그 순간 지금까지 한국문학에서 알려지지 않은 어둡고 비밀스러우며 이상한 활기에 가득 찬 낯선 여성인물들이 등장하게 된다.

무기력과 열정 사이에서

한국전쟁은 긍정적이건 부정적이건 간에 여성들에게 지금까지와는 다른 삶을 가능하게 하는 결정적인 계기가 된다. 전쟁으로 인한 남성 노동력 부재와 경제적 공백을 메우기 위해 많은 여성들은 본격적인 경제활동을 시작하게 된다. 그리고 이 과정에서 전통적인 여성 이미지는 불가피하게 교정될 수밖에 없었다. 전쟁미망인 또한 가족의 생계를 꾸려가기 위해 생활전선에 뛰어들게 되는데, 문제는 이들이 더 이상 누군가의 아내가 아니면서 여전히 누군가의 어머니이자 며느리라는 점이다. 가부장제도 내에서의 반쪽짜리 역할로 인해 결혼제도의 경계선에 위치하게 된 전쟁미망인은 바로 그 때문에 전후의 혼란 속에서 역설적이게도 가부장제도의 시금석 역할을 하게 된다. 그리고 그러한 시금석으로서의 역할은 대략 30만 명으로 추정되는 전쟁미망인 중 절반 이상이 성매매를 통해 가족의 생계를 유지할 수밖에 없었던 사회적 현실 때문에 더욱 불가피한 것이 된다.

전쟁미망인에 대한 사회적 태도가 양가적인 것은 이 때문이다. 경제적 어려움 때문에 전쟁미망인이 언제든지 양공주로 전락할 수 있다는 불안감은 그들의 성적 부도덕성에 대한 사회적 비판으로 이어지기도 했지만, 다른 한편으로는 "미망인이라는 레테르를 붙여서 구속하느니 이들에게 대한 애정과 친절을 갖고 구원해야 한다."[21]는 관용적 태도를 보이기도 했다. 물론 전쟁미망인에 대한 이러한 극단적인 이중 잣대는 그대로 양공주에 대한 논의에도 적용된다.[22] 그 당시 소설에서 전쟁미망인은 모든 악조건 속에서도 숭고하게 가정을 지킨 위대한 모성적 존재이거나 성적 유혹을 이기지 못해 결국에는 도덕적으로 타락하게 되는 '아프레-걸'로 그려지는 경우가 대부분이다.

그렇게 전쟁미망인을 탈(脫)성화되거나 과(過)성화된 존재로 이미지화하는 방식은 여성의 성에 대한 그 당시의 이중적인 태도와 그대로 일치한다. 현실적으로는 여성의 육체와 성에 기생하여 생존할 수밖에 없음에도 불구하고, 그러한 현실을 부정하고 은폐하기 위해 여성의 섹슈얼리티를 탈성화하고 신화화하여 모럴의 대상으로 만듦으로써 형성된 극단적으로 양분화된 여성 이미지란, 아마도 현실적인 생존의 문제를 해결하면서도 남성적 권위를 상실하지 않으려는 남성 주체의 자기기만적 노력의 결과물일는지도 모른다. 전후문학에 등장하는 전쟁미망인의 형상화에 주목해야 하는 것은 바로 이 때문이다.

1950년대 다른 작가들과 마찬가지로, 강신재 초기 단편에도 전쟁미망인은 등장한다. 그러나 이들은 대개 성적 활력을 상실한 채 무기력

21 정충량, 「전쟁 미망인의 생활고와 성문제」, 『여성계』, 1955. 9, 118~122쪽.

22 그러나 전쟁미망인은 언제나 (부재하는) 가부장제 남성과의 대타적 관계 속에서 규정되기 때문에, 그들의 섹슈얼리티는 다른 성매매 여성의 경우보다 더 논쟁적이고 문제적인 것으로 다뤄질 수밖에 없다. 왜냐하면 전쟁미망인은 성매매 여성이기 이전에 누구의 어머니, 아내, 며느리 등으로 명명됨으로써 가부장제에 구속되는 존재이기 때문이다. 그래서 전쟁미망인의 섹슈얼리티는 더 불온하고 위험할 수밖에 없는 것이다.

한 일상을 보내는 존재로 그려지는데,[23] 특히 『유희』에 실린 단편소설들에 등장하는 전쟁미망인의 경우 이러한 무력감은 일상생활을 불가능하게 할 정도로 그 정도가 심한 것으로 나타난다. 현실의 고난을 헤쳐 나갈 의지도 능력도 갖지 못한 채, 이들은 다만 비몽사몽의 가수면 상태에 놓인, 살아 있는 시체와 같은 존재로 그려진다. 강신재 소설의 무기력하고 무심한 전쟁미망인은 그 당시 소설이나 논설 등의 여성담론에서 형성된 전쟁미망인의 전형성—위대한 어머니 혹은 방탕한 '아프레 걸'—을 벗어난, 전후 소설사에서 보기 드문 매우 독특하고 낯선 여성 인물이라고 할 수 있다.

강신재 소설에 등장하는 전쟁미망인은 "일 년의 반을, 낮도 아니고 밤도 아닌 반투명의 밝음이 오래오래 계속된다는 북구의 백야"(「백야」, 230쪽)와도 같은 미정형의 몽롱한 시간을 견디는, 물밑으로 가라앉은 존재들이다. 「백야」의 주인공 영자는 남편이 전사한 뒤 "아무도 그를 알아보지 못하는 산골마을"에 스스로를 유폐시킨다. 이러한 상황은 「어떤 해체」의 주인공 시정이에게서도 반복된다. 공통적으로 이들 소설의 배경이 되고 있는 '산골마을'은 인물들의 생활 거주지인 동시에, 여주인공의 고독한 현실을 심층적인 차원에서 상징적으로 보여주는 일종의 심상지리이기도 하다. "허연 관 속처럼 숨 답답한"(「어떤 해체」, 9쪽) 그곳에서 이들 전쟁미망인은 모성조차 무의미한 것으로 만드는 '지루하고 모호한' 생활을 간신히 이어간다. 급기야 시정이는 「백야」의 영자와 마찬가지로 "이 낯선 마을에서 점점 땅 위에서 생활하는 사람

---

23 물론 앞에서 다룬 「찬란한 은행나무」에는 성적으로 문란한 전쟁미망인이 등장하지만, 강신재 소설에서 이는 대단히 예외적인 경우라고 할 수 있다.

같지가 않고 공중에 떠 있는 무슨 망령처럼 자기를 느끼게"(「어떤 해체」, 15쪽) 된다. 강신재 소설의 전쟁미망인은 이렇듯 스스로를 실재하지 않는 유령과도 같은 존재로 규정함으로써 자신을 탈육체화, 탈성화한다. 그런 점에서 이들 전쟁미망인의 무력감이란 성 에너지의 고갈에 다름 아니라고 할 수 있다.

그러나 서사의 표층에서 정체된 채로 간신히 존재하는 이들 미망인의 심리를 좀 더 깊이 들여다보면 사정은 많이 다르다. 겉보기에 아무런 성적 욕망이나 의욕도 없어 보이는 「어떤 해체」의 시정이는 사실 남편의 성적인 매력에 빠져 "두뇌로 판단할 겨를도 없을 만치 자기의 감각에 의지"(「어떤 해체」, 10쪽)하여 부모의 반대를 무릅쓰고 학력도, 직업도 별 볼 일 없는 그와 결혼한다. 심지어 시정이는 피난길에 헤어진 남편을 찾아 아무런 연고도 없는 낯선 곳을 찾아 헤매기도 한다. 시정이에게 남편 현구는 단지 가장(家長)이나 아이 아버지가 아닌, 육체적 감각을 불러일으키는 "'아담'과 같은 의미의 애인"(「어떤 해체」, 10쪽)인 것이다.

소설에서 시정이가 아이의 말상대가 되는 것조차 지겨워하는 모성 부재의 존재로 그려지는 것은 어쩌면 당연할는지도 모른다. 그러나 시정이의 적극적인 성 에너지는 성적 파트너인 남편의 부재로 인해 현실적으로 억압될 수밖에 없다. 무기력하고 나른한 전쟁미망인이라는 강신재표 캐릭터의 등장은 바로 이러한 억압의 과정을 거쳐서 탄생하게 된다. 즉 시정이의 성적 무기력은 사실 성행위의 불가능성에 대한 깊은 애도와 우울의 표현에 다름 아닌 것이다.

하지만 그렇게 하고 있는 동안에 시정이의 정신을 이루고 있는 매듭

이 하나하나 완전히 풀려서 그는 분해되어 가고 있는 것이었다. 다 낡은 인형의 팔다리가 떨어지듯 그의 맘이 부서져 가고 있는 것이었다.(「어떤 해체」, 22쪽)

현구의 죽음을 확인한 뒤 시정이는 마치 낡은 조립인형이 해체되는 듯한 자기의식의 해체를 경험한다. 이 급작스러운 소설의 결말은 시정이의 성적 무기력이 병리적 우울 증세로 발전할 가능성을 암시한다. 우울증의 가장 큰 특징은 대상 상실이 자아 상실로 전환되면서 자기비하와 자아의 빈곤감을 야기하는 것이다.[24] 그런 점에서 '분해된 낡은 인형'이란 남편 현구의 죽음에서 비롯된 자기 상실감의 병리적 표현이라고 볼 수 있다. 물론 이때의 자아 상실이란 성적 활력의 상실에 다름 아니다. 따라서 시정이의 깊은 슬픔은 남편 현구의 죽음에 대한 애도라기보다는 자신의 섹슈얼리티를 충족시킬 수 없는 발기불능(impotence)에 대한 애도라고 할 수 있다.

이런 사정은 「백야」의 영자도 마찬가지다. 소설 초반에 제시된 꿈은 영자의 억압된 무의식의 내용이 무엇인가를 암시해준다. 꿈에서 영자는 자신을 향해 "옆눈도 안 팔고, 맹렬한 속도로"(「백야」, 223쪽) 다가오는 오리를 피해 남편 기수의 등 뒤로 몸을 피하기도 하고 급기야 기수가 그를 번쩍 안아 올리기도 하지만, "오리는 그냥 그 다리를 타고 올라, 허리 등을 지나고 목에 휘감기더니, 입안으로 후루룩 날러" 든다. 그리하여 영자는 "구불렁구불렁 내려가는 감촉"을 느끼면서 연신 밭은

---

24 프로이트, 「슬픔과 우울증」, 『무의식에 관하여』, 프로이트전집 13권, 열린책들, 1997, 247~270쪽 참고.

기침을 한다. 이 꿈의 표면적인 서사는 영자 자신을 오리로부터 보호해 주지 못하는 남편 기수에 대한 원망을 나타내는 것이다. 그러나 프로이트의 「도라의 사례 분석」에서 전형적인 히스테리 증상의 일종으로 제시된 잦은 기침 증세를 떠올려본다면, 이 꿈을 영자의 억압된 성적 욕망이 불러일으킨 일종의 히스테리 증상으로 해석할 수 있는 여지는 충분하다. 그렇게 볼 때 "안개와 오리와 죽은 사람과 실성해가는 부인"(「백야」, 229쪽)으로 상징되는 영자의 심리적 균열과 파탄은 좌절된 성적 욕망의 결과로 볼 수 있다.

이렇게 본다면, 강신재 소설에서 나타나는 전쟁미망인의 성적 무기력과 그로 인해 빚어지는 심리적 파탄은 결국 성적 욕망의 불가능성에 대한 깊은 절망에 다름 아니다. 강신재 소설에서 성적으로 무기력한 여성이 성적 열정으로 가득 찬 또 다른 여성과 함께 짝패처럼 등장하는 것은 이 때문이다. 강신재 소설에서 성적 무기력과 성적 열정은 그렇게 공존한다.

그렇다면 강신재 소설에서 억압되지 않는, 추구되는 성적 열정은 어떤가. "순정이의 몸속에는 한 마리의 동물이 살고 있다."는 구절이 인상적인 소설 「제단」에서, '동물'에 비유되는 주인공 순정이의 성적 매력은 "이 세상에서 여성에게 요구되는 불가결한 그 무엇"(「제단」, 55쪽)인 동시에 "고매한 형이상학적인 사색"(「제단」, 61쪽)을 즐기는 '나'와 '나'의 약혼자 김현식을 압도하는 어떤 '열정'이다. "보통은 느끼지 못하는 미묘한 감각을 헤아리고, 몸부림치며 현혹되는 무엇"(「제단」, 70쪽) 때문에 결국 '나'와 현식의 결혼생활은 파탄에 이르지만, 순정이는 주위 사람들을 자기 열정의 제물로 삼아 적극적으로 자신의 삶을 꾸려간다.[25] 전쟁은 이런 순정이의 성적 열정을 더욱 증폭시키는 계기가 되는

데, 그 결과 '나'는 그토록 혐오하던 "시커먼 연막처럼 뿜어내는 그(순정 — 인용자)의 정욕의 그늘 속에서"(「제단」, 86쪽) 파국을 맞이한다.

「제단」에서 '나'와 순정은 무기력과 열정, 피해와 가해, 실패와 성공, 혼돈과 안정이라는 의미의 대립쌍을 이루는데, 이때 순정의 열정은 서술자 '나'에 의해 매우 부정적인 것으로 평가되지만 자세히 보면 '나' 또한 실은 그러한 부정적 함의의 평가로부터 자유로운 것은 아니다. 예를 들면 '나'는 시종일관 순정이의 탈일상적이고 가정 외적인 삶의 형태에 대해 부정적인 태도를 취하다가 순정이가 모든 과정을 거쳐 결국에는 안정된 가정 내적 생활에 안착하는 순간 돌연 가출을 결심한다. 이러한 소설의 결말은 '나'와 순정이 겉으로는 정반대의 인물처럼 보이지만 실은 서로가 자기와 상반되는 상대방의 욕망을 욕망하는 거울상일 수도 있음을 암시한다.

「포말」에서 '나'가 아내 연옥에게 느끼는 두려움 또한 이와 다르지 않다. 소설에서 연옥은 '나'의 아내이면서도 '나'의 친구인 김의 내연녀이기도 하다. 성적 욕망에 달뜬 연옥에 대한 '나'의 판단은 분명하지 않다. 다만 '나'는 "숨막힐 듯한 공포"가 연옥의 과도한 성적 열정에 대한 두려움에서 기인한다는 것을 막연하게나마 인식할 뿐이다. 그것은 「제단」의 순정이가 보여주는 열정에 대한 두려움, 그 감염력과 파괴력에 대한 두려움과 다르지 않다. 즉 그것은 그러한 열정에 압도되어 자신

---

25 그런데 소설에서 순정이의 파괴적인 성 에너지는 '여맹 활동'을 가능케 하는 동력으로 제시되기도 한다. 강신재 소설에는 이처럼 여성의 성적 열정을 종종 공산당 활동과 관련짓는데, 이는 언뜻 열정에 대한 부정적 태도처럼 보인다. 실제로 강신재 소설에는 '괴뢰군'과 같은 공산주의에 대한 부정적 어휘가 자주 등장한다. 이는 일차적으로 전후 한국사회에 널리 퍼진 반공주의의 영향이겠지만, 성적 열정의 감염력에 의해 개인의 개별성이 상실될 것에 대한 두려움으로 해석할 수도 있다.

의 고유성과 개별성을 상실할지도 모른다는 사실에 대한 두려움인 것이다. '나'는 본래 "이 세상 누구하고도 비슷하지 않게 만들어져 있다는 것을", 정상적인 존재의 범주를 넘어 "뿔이 돋힌 새이거나 발이 달린 물고기처럼 무언지 근심스러운 것"(「포말」, 45쪽)임을 분명히 알고 있다. 그러나 연옥의 성적 열정은 '나'가 집단의 일원이 되어 그 균질한 세계 속에서 "물결에 섞인 한 개의 포말처럼"(「포말」, 49쪽) 사라지기를 촉구한다. 자기 상실의 공포는 종종 감염에 대한 두려움으로 나타나는데, 왜냐하면 감염은 불길한 존재와의 접촉을 통해 '나'가 더 이상 '나' 아닌 존재가 될지도 모른다는 두려움에 다름 아니기 때문이다.

이처럼 강신재 소설에서 여성의 과도한 성적 열정은 대개 공산주의로 상징되는 전체화에 대한 공포와 관련된다. 그래서 언뜻 여성의 열정적 섹슈얼리티는 부정적인 것으로 폄하되는 듯하다. 그러나 강신재 소설의 등장인물들은 이러한 성적 열정을 부정하면서도 그것이 촉발하는 자기 안의 '어두운 그림자'와 '미묘한 감각'에 몸을 뒤틀면서 현혹된다. 어쩌면 성적 열정에 대한 과도한 폄하의 뒷면에는 그에 대한 매혹이 있을지도 모른다. 그것은 뒤집어진 방식의 승인이며 음화화(陰畫化)된 성적 욕망의 표현인 것이다. 강신재의 소설에서 강렬한 성적 열정이 거꾸로 비성적(非性的) 무기력으로 표현되고 있는 것은 그런 측면에서 이해할 수 있다. 물론 그 역도 마찬가지다.

굴욕적 정상과 우월한 비정상

전후 한국사회에서 생산된 다양한 담론에 가장 빈번하게 등장하는 존재가 있다면 그것은 아마 양공주일 것이다. 양공주는 한국전쟁 이후에 끊임없이 반복된 순수와 타락, 이상적인 것과 훼손된 것의 대립을 통해 구성된 서사구조 속에서 타락하고 훼손된 현실에 대한 유비적 의미로 해석되어왔다.[26] 그뿐만이 아니다. 양공주는 '아메리카니즘'으로 상징되는 새로운 소비문화의 아이콘으로서 네거티브한 모방의 대상이 되기도 했다. 그리하여 양공주는 "미국-미국적인 것이 긍정적으로든 부정적으로든 한국이라는 집단 정체성을 구성하는 데 불가피한 참조항이 되기 시작한"[27] 상황 속에서 허구적이건 실제적이건 혹은 부정적이건 긍정적이건 간에 한국사회와 한국인의 성격을 규명하기 위해 요구되는 상징적 기호가 되어왔다.

그러나 양공주라는 새로운 기호는 신여성만큼 다양한 의미의 스펙트럼을 펼쳐 보이지는 못했는데, 왜냐하면 "미군상대의 성매매 여성은 그 동기가 '생활고'로 인한 것일지라도 용납될 수 없었"[28]기 때문이다. 그리하여 양공주는 부정적 기표로 더 자주 소환되었다. 그럼에도 불구하고 1950년대 한국문학에서 양공주는 민족의 수치나 관능적이고 사치스러운 서구추종자, 혹은 저개발 국가의 경제적 조력자와 같은 몇 가지 정형화된 이미지로 담아내기 어려운 다양한 모습으로 재현되었다.

양공주의 현실을 구체적으로 다룬 강신재의 「해방촌 가는 길」의 기애 또한 양공주다움과 양공주답지 않음이 뒤섞이면서 충돌하는 탈정형화된 양공주라고 할 수 있다. 기애의 '새빨간 하이힐'과 '담배'는 분명

---

26 권명아, 「수난사 이야기로 다시 만들어진 민족 이야기」, 「여성 수난사 이야기와 파시즘의 젠더 정치학」, 『문학 속의 파시즘』, 삼인, 2001 참고.

27 김예림, 「미국 생존 상태에 관한 문학 쪽 보고서」, 『문학 판』, 2004년 가을호 참고.

28 이임하, 앞의 책, 227쪽.

양공주다움을 드러내는 외양이지만, 동시에 기애 자신은 그와 어울리지 않는 지적 자의식의 소유자다. 그런 측면에서 양공주 기애의 지위는 매우 모순적이다. 이러한 기애의 모순적 지위와 태도는 그녀가 양공주(정확히 말하면 미군병사와 동거하는 여성)가 되기까지의 과정을 살펴보면 좀 더 분명하게 이해할 수 있다.

그 당시 양공주가 되는 가장 큰 이유는 생활고 때문이었다.[29] 「해방촌 가는 길」의 기애 또한 표면적으로는 어려운 집안 살림에 어머니와 남동생을 부양해야 하는 실질적 가장의 역할을 떠맡게 된 사정 때문에 양공주가 된 것으로 볼 수 있다. 그러나 소설에서 기애가 미군과 동거를 결심하게 되는 결정적인 계기가 생활고 때문이라고는 하기 어렵다. 게다가 기애는 비록 미군과 동거를 할지언정 해방촌으로 오기 전까지는 미군부대의 타이피스트였기 때문에 엄밀한 의미에서는 양공주라고 하기 어렵다. 그러나 비록 미군부대 시절 미군과의 동거가 양공주 생활이라고 보기는 어렵다고 하더라도, 그 당시의 사회적 현실과 도덕관에 비춰보았을 때 미군과의 혼전동거 또한 양공주 생활로 간주되었을 것이다. 기애가 정형화된 양공주 이미지[30]에서 벗어나 있는 것은 이 때문

---

29 1952년 7월 당시 부산 해운대에 거주하던 368명의 유엔마담들을 대상으로 한 조사에 따르면, 이들이 유엔마담의 길에 나서게 된 원인으로는 생활난이 95퍼센트, 시련 또는 가정불화 때문이라는 응답이 5퍼센트로, 대부분 생활난을 해결하기 위한 방편으로 이 길에 뛰어들었음을 알 수 있다. 정성호, 「한국전쟁과 인구사회학적 변화」, 『한국전쟁과 사회구조의 변화』, 백산서당, 1999, 42쪽 참조.

30 현영건은 양공주를 '타락된 양공주'와 '건전한 양공주'로 구분한다. 타락된 양공주는 "선천적으로 불량성과 음란성을 타고난 기질"로 가진 이기적이고 반사회적인 존재인 반면에, 건전한 양공주는 가족의 생계를 위해 "생활의식과 의욕이 강하며 이지적이고 현실적이다."심지어 이들은 "접대부 생활에 대한 죄의식"을 갖고 있기 때문에 언제나, 누구에게나 "착하고 순종적이다." 이처럼 극단적인 두 가지의 양공주 이미지는 여성에 대한 현실적인 경제적 요구와 전통적인 성적 요구가 충돌하면서 형성된 것으로 볼 수 있다. 현영건, 「퇴색해 가는 육체를 기다리면서」, 『여원』, 1956. 1, 224~229쪽.

이다. 게다가 흥미로운 점은 기애가 그 당시로서는 파격적으로 미군과의 혼전동거를 결심하게 된 계기다.

> 외국군인과의 동서생활이 별 거리낌 일로 치부되지 않고 때로는 오히려 어떤 긍지조차 부여하고 있는, 거기는 또 그런 윤리가 지배하는 부대 안에서라도, 어떤 사소한 사건이 기애로 하여금 맹렬한 동요를 갖게 하지만 않았던들, 그는 낡고 완고한 종래식의 사고방식에서 그처럼 쉽게 뛰쳐나올 수는 없었을 것이다.(「해방촌 가는 길」, 305쪽)

기애는 대구에 주둔한 미군부대에 타이피스트로 취직한 후 "하루같이 입고 다니는 자기의 곤색 옷" 때문에 "미스 제비"라는 별명을 얻게 되었다는 사실을 알고 "자존심이 분쇄"되는 충격을 받는다. 이때 기애가 받은 충격은 지금까지 익숙했던 '낡고 완고한 종래식의 사고방식'이 "조금도 자랑이 될 수 없는 세계"가 시작되었다는 사실을 확인한 데서 오는 것이다. 그리하여 기애는 몸가짐을 달리하게 되는데, 그것은 곧 미국식 사고방식과 생활양식의 습득을 의미하는 것이다. 그러고 나서야 "기애는 아름다워지고 군인들은 그의 앞에 공손하였다."(「해방촌 가는 길」, 306쪽) 이처럼 소설에서 "어머니의 윤리관"(「해방촌 가는 길」, 305쪽)으로 상징되는 전통적 세계는 철 지나고 우스꽝스러우며 부끄러운 것으로, 미군부대로 상징되는 새로운 세계는 세련되고 교양 있고 아름다운 것으로 기호화되고 있다. 그녀가 "미쓰 제비"라는 별명에 자존심이 분쇄되는 듯한 부끄러움을 느낀 것은 바로 이 세련되고 교양 있는 세계에서 자신의 가치를 인정받지 못했기 때문이다. 그러나 이제 기애는 '몸가짐을 달리'함으로써 새로운 세계에 적응하기 시작한다.

물론 동거남인 '죠오'가 본국으로 귀환하면서 기애는 다시 예전의 생활 근거지인 '해방촌'으로 돌아오지만, 이미 '어머니의 윤리관'에서 벗어나 새로운 가치의 세계로 발을 들여놓은 기애에게 '어머니의 윤리'가 존재하는 해방촌에서 사는 일은 "굴욕적인 정상"(「해방촌 가는 길」, 311쪽)이 되고 만다. 그러한 '굴욕적 정상'에 대한 자의식은, 기애에게 경제적으로 의존하면서도 그녀의 현실을 외면("우리 아이가 그럴 리가 없지")하려는 어머니의 비틀리고 모순된 심리로 인해 더욱 강화된다. 결국 기애는 과거에 잠시 연정을 품던 근수와의 '정상적이지만 굴욕적인' 결혼을 포기하고 또 다른 미국인과의 '비정상적이지만 우월한' 동거를 시작한다. 그런데 여기서 흥미로운 것은 양공주 기애가 아이러니하게도 어머니의 딸 기애였을 때보다 더 "튼튼하여지고 어여뻐"(335쪽)지는 것으로 그려진다는 점이다. 비정상적 생활은 기애의 육체를 더욱 매혹적이고 세련된 것으로 만들어준 것이다.

예컨대 「바아바리 코오트」에 등장하는 미군부대 타이피스트인 숙히 또한 중학생조차 "아래위를 훑어보고 빙긋거리"는 비정상적 조롱의 대상이면서도 다른 한편으로는 "봐이오렡 빛 완피이스", "코티이 향내", "미국 째즈 상가아를 흉내낼 수 있는 것"(「바아바리 코오트」, 267~268쪽) 때문에 스스로를 다른 사람들보다 우월한 존재로 인식한다. 이렇게 볼 때 강신재 소설에서 여성인물이 양공주로서의 삶을 선택한다는 것은 단순히 "경제적 박탈감 때문"[31]만은 아니다. 물론 경제적 이유가 없지는 않지만, 적어도 강신재 소설에서 양공주라는 "색다른 생활"(「해방촌 가는 길」, 337쪽)에의 투항은 좀 더 근본적으로는 '굴욕적 정

31 김연숙, 「'양공주'가 체현하는 여성의 몸과 섹슈얼리티」, 『페미니즘 연구』 3호, 2003, 131쪽.

상'인 현실로부터 도피하려는 심리에서 기인하는 것으로 볼 수 있다.

이러한 도피심리는 양공주의 몸가짐과 실루엣의 변화에 대한 관찰을 통해 양공주가 어떻게 하나의 전형적 이미지로 만들어지는가에 대해 탐구하고 있는 소설 「관용」에서도 확인할 수 있다. 소설의 결말 부분에서 주인공 팻지이는 흑인병사에게 안겨 걸어가는데, 그녀는 자신이 서 있는 곳이 "초가집도 있고 틀림없는 조선 아이들이 뛰놀고 있는" 한국이라는 사실을 분명하게 인식하고 있음에도 불구하고 마치 "어딘가 먼 외국에 흘러온 듯한 애수와 신기로움"(「관용」, 127쪽)을 느낀다. 그러면서 자신을 쳐다보는 장난꾼 아이들을 거꾸로 "무슨 진기한 동물이라고 대하듯이"(「관용」, 128쪽) 쳐다본다. 일종의 보여지는 대상이면서도 스스로를 보는 주체로 도치하는 이러한 시선의 전도와 탈현실화 현상은 '양공주 되기'가 허구적으로나마 스스로를 우월한 외국인의 자리에 위치 짓고 싶은 현실도피의 심리와 무관하지 않다는 것을 보여준다. 그런 맥락에서 볼 때, 강신재의 소설에서 양공주라는 기호는 단지 성적 욕망의 문제를 드러내는 것이 아니라 다른 한편으로 새로운 자아발견과 자기정체성 확인을 가능케 하는 새로운 기준으로 작용하고 있었다고 해석할 수 있을 것이다.

「해결책」에서 전형적인 가부장제 여성인 덕순이가 양공주인 김미라를 바라보는 다음의 양가적 시선은, 양공주 되기가 어떤 측면에서는 실존적 선택의 문제가 되기도 한다는 것을 암시적으로 보여준다.

> 김미라를 볼 때마다 덕순이의 머리에는 '양공주'라는 말이 저절로 떠올랐다. 김미라가 확실히 그것인지 아닌지는 단정할 수 없었으나 여하간 김미라는 양공주다웠다. 공주다웁게 어여쁘고 사치하고 그리고 편

안해보였다. 그리고 매춘부다웁게 무언지 정상치 않고 세우차보였다. 그것은 아이를 낳고 남편을 섬기고 하는 자기의 그것과는 또 하나 판연히 다른 여인의 삶이었다. 그리고 현재 이 지경에 이른 자기의 방식만이 옳다고는 입이 열이라고 할 수 없었다.(「해결책」, 294쪽)

공주와 매춘부의 합성어인 양공주는 고귀함과 저급함, 경탄과 경멸 등과 같은 극단적으로 상반된 가치와 정서를 끄집어내면서 여전히 가부장제의 구속력에서 벗어나지 못하는 여성들에게 새로운 삶의 형태의 하나로 제시되고 있는 것이다. 강신재 소설에서 그것은 바로 '굴욕적인 정상'이냐 '우월한 비정상'이냐의 문제로 나타난다. 그리고 이때 '양공주'는 여성의 성과 육체의 경제적 효율성에 눈뜨기 시작한 전후사회의 혼란 속에서 사회적 비난조차 감수할 정도로 매력적인 아이콘으로 등장하기 시작한다.

전쟁 혹은 섹슈얼리티의 사회지리학

지금까지 강신재의 전후소설에서 살펴본 것처럼, 여성 섹슈얼리티의 영역은 전후 한국사회가 처한 경제적, 정치적 위기를 도덕적인 차원에서 가장 극적으로 표출하는 동시에 다층적 식민주의라는 역사적 현실 아래 놓인 한국의 모순적 상황을 암시하는 새로운 보조관념이 되기 시작한다. 이때 전쟁은 그동안 여성의 성과 육체에 스며들어 있던 다양한 사회적, 정치적, 경제적 의미를 겉으로 끄집어내어 그 실상을 적나라하게 드러내는 계기가 된다. 1950년대 강신재 소설은 동시대 다른 여성작가들과는 달리, 후방에서 직접 전쟁을 겪고 있는 다양한 여성인물들의 성적 위기와 불안을 통해 당대 사회의 불안감과 위기의식, 나아가 새로운 세계에 대한 설렘 등을 다각도로 보여주고 있다는 점에서 주목할 만하다. 게다가 그 당시의 여성담론이 사회적 안정과 질서를 강조하면서 고정되고 정형화된 여성 이미지를 반복하고 있었던 데 반해, 강신재는 전쟁을 체험하면서 새롭게 발견하게 된 여성 욕망의 서사를 통해 그와는 완전히 다른 낯선 여성인물들을 만들어내고 있어 더욱 흥미롭다.

전쟁은 모든 것을 바꾸어놓는다. 그것은 기존의 견고했던 모든 것, 제도와 관습은 물론 일상생활과 의식까지도 변화시키는데, 전후 강신재 소설의 여성상도 그런 맥락에서 이해할 수 있을 것이다. 특히 그녀의 소설에서는 기존의 성별 질서 내에서 여성에게 부여되었던 자아 이미지가 급격하게 훼손되고 균열되어 나타나기 시작한다. 그 결과 전통적인 여성 이미지와 전쟁을 거치면서 새롭게 등장하기 시작한 실존하는 여성들 사이에는 보이지 않는 간극과 심연이 생기는데, 바로 그 심연으로부터 그동안 억눌렸던 여성의 성적 욕망은 피어오르기 시작한다. 강신재는 이들 여성인물들의 성적 욕망을 전후 한국사회의 일그러지고 붕괴된 현장과 겹쳐놓음으로써 1950년대 섹슈얼리티의 사회지리학을 펼쳐놓고 있다.

물론 강신재 소설에서 이러한 성적 욕망은 양가적이다. 그것은 한편으로는 전쟁만큼이나 파괴적이고 두려운 것이면서도 다른 한편으로는 지금까지는 경험하지 못한 육체의 감각과 정욕의 은밀한 운동을 불러일으키는 에너지이기도 한 것이다. 강신재 소설의 히스테릭한 여성인물들은 바로 이러한 욕망의 모순과 갈등 속에서 탄생한다. 그리하여 1950년대 강신재 소설에 나타난 여성인물들의 섹슈얼리티는 전후의 불안감과 당대의 욕망이 어떻게 서로를 추동하고 결합하면서 모순적인 형태로 드러나는지를 보여주는 해석적 기호[32]라고 할 수 있는 것이다.

---

32 그런 점에서 김은하의 다음과 같은 지적은 전적으로 수긍할 만하다. "50년대는 자유부인, 유한마담, 여대생, 계부인, 알바이트 여성, 아프레 걸, 독신 여성, '미망인' 등 여성에 대한 다양한 명명이 이루어짐으로써 여성이 기호가 된 시대이다." 김은하, 「탈식민화의 신성한 사명과 '양공주'의 섹슈얼리티」, 『여성문학연구』 10호, 2003, 179쪽.

제7장

성적 가면과 정치적 욕망

『자유부인』의 젠더정치

『자유부인』의 시대감각

정비석의 『자유부인』은 1954년 1월 1일부터 8월 6일까지 『서울신문』에 연재되어 그 당시 엄청난 센세이션을 불러일으킨 작품이다. 『자유부인』은 원래 150회로 기획되었으나 215회로 늘려 연재할 정도로 많은 인기를 누렸으며, 연재가 끝나자 신문 가판이 5만 부나 줄어들었을 정도로 대중의 절대적 지지를 얻었다. 게다가 연재가 끝난 직후에 단행본으로 출간되고 곧바로 연극과 영화로 만들어져 더욱 장안에 화제가 되었다. 특히 영화 〈자유부인〉은 '최고급품', '댄스는 민주 혁명의 제 일보', '자유부인' 등의 유행어를 낳기도 했다.[1]

유종호의 지적처럼 1950년대는 모든 일탈과 방종이 자유라는 이름 아래 이루어진 무질서한 시대였다.[2] 외간 남자와 간통하고 본 남편

---

1 김복순, 「반공주의의 젠더 전유양상과 '젠더화된 읽기'」, 『페미니즘 미학과 보편성의 문제』, 소명출판, 2005, 395쪽.

2 유종호, 「자유라는 이름 아래」, 『비순수의 선언』, 민음사, 1995, 288쪽.

과 재산상 문제로 법정에까지 서게 된 '박부미 사건'이나 '쌍벌 간통 제1호 사건' 등과 같은 사건은 세상 사람들을 놀라게 하면서 연일 신문 사회면을 장식하였다. 그중에서도 특히 흥미로운 것은 1955년 6월에 혼인빙자간음죄로 기수된 박인수 사건이다. 박인수는 2년간 댄스홀에서 만난 70여 명의 여성과 관계를 가졌는데, 특히 그 상대 여성들 대부분이 규수집 혹은 장관집 자제들이거나 이화여대 학생들이었다는 사실은 사회적으로 큰 파문을 일으켰다. "순결한 여성의 정조만을 법은 수호한다."라는 유명한 말을 낳은 이 사건은, 자신의 정조를 지키지 못한 여성에 대해 당시 사회가 얼마나 냉혹한 태도를 보여줬는가를 시사한다.

성적 폭력을 저지르는 범죄자보다 정조를 지키지 못한 여성이 사회적으로 가혹한 지탄을 받았음은 당연하다. 이 사건은 일차적으로는 댄스홀에 가는 여성에 대한 부정적인 시선을 더욱 공고히 하는 계기가 되었지만, 좀 더 근본적으로는 여성의 경제권 요구와 새로운 여성의식의 대두와 같은 사회경제적 이슈를 '여성의 방종'이라는 주관적 도덕의 차원으로 끌어내려 폄하하는 근거를 마련해주기도 했다. 그 결과 당시 모든 신문들은 이 사건들을 현대여성의 성의식이 타락하고 있는 징조로 해석하고 여성에 대한 대대적인 규제 강화를 제안하기에 이른다.

정비석의 『자유부인』 또한 여성의 성적 방종을 꾸짖는 당대 남성 도덕론자의 태도를 전제하고 있다. 그러나 『자유부인』은 댄스홀과 레이션 박스로 상징되는 미국문화가 급격하게 유입되고 사치와 향락, 성적·도덕적 타락이 범람하는 전후의 서울을 배경으로 하되, 서로 이질적인 것이 마구 뒤섞인 채 교통하고 화학작용하면서 새로운 가치와 도덕률을 만들어가는 세태를 역동적으로 그려내고 있다는 점에서 흥미로운 세태소설이 되고 있다. 물론 이러한 전후의 사회변화를 바라보는 작가의 시선에는 두려움과 불안감, 거부감이 뒤섞여 있을 수밖에 없다. 그리고 이때 여성, 특히 성적 방종으로 인해 몰락하는 '자유부인'은 급변하는 사회경제적 변화를 극적으로 보여주는 동시에, 그러한 급격한 변화가 야기한 불안감을 해소하기 위한 도덕적 비난의 대상 역할을 하게 된다.

"유한부인들을 비꼬아 주는 뜻을 포함시켜서 아이로니컬한 제목을 부쳐 보았다."는 작가의 말에서도 확인할 수 있듯이, 『자유부인』은 분명 겉으로는 "돈푼깨나 있다는 유한부인"에 대한 비판을 겨냥한 소설이지만, 궁극적으로는 유한여성의 몸을 빌려 당대 사회의 모순과 문제를 비판하는 것을 목적으로 하는 소설이라고 할 수 있다. 그 결과 전후의 사회적 불안과 동요는 이 소설에서도 예외 없이 여성의 성적 타락과 도덕심 붕괴, 사치와 향락, 허영을 비난함으로써 해소된다. 그런 점에서 소설의 제목이기도 한 '자유부인'이라는 형상은 이러한 극적인 사회변화가 야기하는 불안감과 공포심을 해소하기 위해 작가가 선택한 희생양이라고 할 수도 있다.

이렇듯 『자유부인』은 유한마담의 탈선 위에 다양한 사회적, 정치적, 경제적 현실의 모순을 겹쳐놓음으로써 춤바람과 계모임으로 상징되는 자유부인의 문제를 사회적인 차원에서 이해하고 해석할 수 있게 한다. 즉 전후의 혼란 속을 살아가던 당시 독자들은 『자유부인』의 독서를 통해 '오선영'이라는 낯선 인물과 만나 자극적이고 흥미로운 세계를 간접경험 하는 동시에, 자신들이 처한 부조리한 현실을 비판적 시선으로 바라볼 수 있는 일종의 소박한 정치적 감각까지 얻을 수 있었을 것이라고 짐작해볼 수 있다. 이처럼 대중적 흥미를 잃지 않으면서도 현실

비판적 안목까지 제안해주는 센스, 그것이야말로 『자유부인』의 시대감각이며, 독자의 열렬한 호응을 가능케 한 원동력이기도 하다.

따라서 『자유부인』에 대한 총체적인 해석을 위해서는 혼탁한 전후 현실을 재건하기 위해 어떠한 이념과 윤리가 새롭게 제안되었는가를 살펴보는 동시에 소설에서 대중적인 흥미와 호기심을 자아내는 풍속과 인물의 의미를 탐구해야 할 것이다. 그러나 지금까지 『자유부인』에 나타나는 이 두 가지 문제의식은 상호 관련된 것으로 함께 다루어지기보다는 각기 서로 다른 독립적인 문제틀 내에서 다루어져왔다. 그 결과 『자유부인』은 전후의 세태를 잘 보여주는 대중소설로 해석되거나 1950년대 국가 재건 담론을 분석하기 위해 참조하기 좋은 자료집 정도로 활용되거나 한 것이 사실이다.[3] 그러나 문제는 여전히 여성의 성적, 육체적 삶이 사회 현실(특히 비판적 사회 현실)의 한 축도로 재현되는 방식이다. 그것은 달리 말하면 작가의 사회정치적 판단에 작용하는 젠더정치학이라고도 할 수 있을 것이다. 그러나 이러한 젠더화된 현실인식은 그리 낯선 것이 아니다. 지금까지 많은 남성작가들에게 현실은 여

---

3 정비석의 『자유부인』을 계몽적 대중소설의 범주 안에서 분석하고 있는 논의에는 강진호, 「전후세태와 소설의 존재방식」(『현대문학이론연구』, 2000); 김영애, 「『자유부인』에 나타난 인물 형상화에 관한 연구」(『현대소설연구』 28집, 2005); 임선애, 「전후 여성지식인, 자유부인의 결혼과 일탈」(『한국사상과 문화』 31집, 2005); 김일영, 「정비석의 신문소설 『자유부인』에 나타난 풍속의 양상」(『인문과학연구』 4집, 2003); 박유희, 「『자유부인』에 나타난 1950년대 멜로드라마의 변화」(『문학과영상』, 2005년 가을·겨울호 등이 있다. 그리고 전후 담론 분석의 일환으로 텍스트를 분석하고 있는 논의로는 김복순, 「대중소설의 젠더정치학—『자유부인』을 중심으로」(『대중서사연구』 9집, 2003); 권보드래, 「실존, 자유주의, 프래그머티즘—1950년대 두 가지 '자유'의 개념과 문화」(『한국문학연구』 35집, 2008), 임종명, 「제1공화국 초기 대한민국의 가족국가화와 내파」(『한국사연구』 130집, 2005); 이시은, 「전후 국가재건 윤리와 자유의 문제—정비석의 『자유부인』을 중심으로」(『현대문학의 연구』 26집, 2005) 등이 있다. 이 글에서는 이들 기존 논의를 참조하되, 여성에게 사회역사적 짐이 어떻게 지워지고 또 제거되는가 하는 새로운 문제의식을 중심으로 논의하도록 하겠다.

성의 성과 육체를 관통함으로써만 파악될 수 있는 어떤 것이었다. 정비석 또한 예외는 아니다. 그러니 『자유부인』의 시대감각을 파악하기 위해서는 우선 오선영이라는 여성 육체를 우회하지 않으면 안 된다.

자유라는 화장품

『자유부인』은 주인공 오선영의 화장에서 시작된다. 오선영은 대학 동창생 모임인 '화교회' 참석을 위해 "화장을 깨끗이 하고"[4] 나오는데, 그 모습을 본 남편 장태연은 아내가 "열 살짜리와 여덟 살짜리 두 아이의 어머니라기보다도, 이십사오 세의 처녀로밖에 보이지 않"(10쪽)는 것에 놀란다. 평범한 가정주부인 오선영은 화장품을 바른 뒤 겉보기에 25세 전후의 미혼여성으로 변화하게 되는 것이다. 이러한 오선영의 변모는 평소 그녀에게 아무런 관심도 갖지 않던 옆집 청년 신춘호에게 "화장만 하면 이렇게 젊은 미인일 줄은 정말 몰랐는걸요."(13쪽) 하는 감탄을 자아내게 한다. 이러한 변장의 경험은 이후 오선영에게 지금까지 자기 육체가 속한 현실, 즉 두 아이의 어머니이자 가정주부라는 현실을 부정하게 할 뿐만 아니라 성적으로 매력적인 사업가 혹은 '매소부(賣笑婦)'[5]로서의 자아 발견까지도 가능하게 한다.

---

4 정비석, 『자유부인』, 광희문화사, 1974, 9쪽. 이후 『자유부인』을 인용할 때는 각주 대신 쪽수만 괄호 안에 표기한다.

5 오선영의 화교회 참석을 두고 서술자는 "오늘의 가정부인이 내일의 매소부로 전락할 소질도 있는 것"(11쪽)이라고 비난하는데, 여기서 '매소부로의 전락'이라는 말은 이후 오선영이 공적 사회에 진출하면서 남성들에게 섹스어필하게 되는 상황을 암시한다.

아무튼 거리에 나선 오선영 여사는 지극히 자유로운 기분이었다. 여자들이 외출을 위하여 화장을 할 때에는, 얼굴만을 화장하는 것이 아니라, 마음조차도 **자유라는 화장품**으로 화장을 하는 것인지도 모른다.(11쪽, 강조는 인용자)

그런데 소설에서 이 화장술은 가정주부이자 두 아이의 어머니인 오선영의 기존 정체성을 부정하게 할 뿐만 아니라, 마음조차 기만하게 하는 것으로 나타난다. 즉 은폐와 기만의 기술로서 화장술은 허영에 들떠 현실의 자신을 부정하고 그 사실 너머의 허구적 자아를 자기 자신과 동일시하게 한다는 것이다. 이렇듯 소설에서 이 '자유라는 화장품'은 허영과 사치의 상징이자 오선영의 자기기만에 동원되는 소도구로 적절하게 활용된다. 실제로 오선영이 우연한 기회에 한태석 부인이 경영하는 '화장품 상점'의 책임자를 맡게 되면서 이 '자유라는 화장품'은 오선영의 방종과 일탈이라는 사건 전개에 중요한 촉매제 역할을 한다. 화장품의 세계에서 오선영은 이제 스스로를 "육체미로 보나, 사교술로 보나, 사업 수완으로 보나" "누구에게든지 뒤지지 않을 자신이 있"(145쪽)는 "신성불가침의 여왕"(144쪽)으로 자부하게 된다. 화장술을 통해 극적으로 획득한 육체미와 사교술은 오선영으로 하여금 '사업 수완'이 요구되는 공적 세계로 진출할 수 있게 한 것이다. 그것은 새로운 여성성의 발견이라고 할 수 있다.

이렇게 여성으로서의 성적, 육체적 매력을 극대화함으로써 획득되는 낯선 여성적 가치야말로 『자유부인』의 새로움, 즉 플롯, 인물, 사건 등의 새로움을 파생시키는 중요한 소설적 계기로 작용한다. 나아가 화장술로 무장한 오선영의 '자유론'은 단지 유한부인의 허영과 탐욕을 대변하는 데 그치지 않고 괴뢰군 혹은 공산주의와 동일시됨으로써 시대의 타락을 보여주는 상징적 축도로 해석된다. 그 또한 '화장술'로 상징되는 새로운 여성성과 무관하지 않을 것이다. 결국 문제는 '화장품'을 통해 '자유'로 위장되는 여성 혹은 여성성인 것이다.

어떤 점에서 『자유부인』은 가정이라는 사적 공간에 갇혀 있던 여성이 남성의 영역이라고 할 수 있는 공적 공간에 진출했다가 실패하는 과정에 관한 이야기라고 할 수 있다. 실제로 오선영이 취직 활동을 하면서 "이제야말로 남자들의 세계를 알아본 듯한 느낌이었다."(132쪽)고 고백하는 대목은, 오선영의 일탈이 단순히 바람기와 허영에서 비롯된 것만이 아니라 좀 더 심층적인 차원에서 남성적 세계에 대한 동경, 혹은 남성성에 대한 소망에서 비롯된 것으로 볼 수 있음을 시사한다. 오선영이 사회활동을 하면서 만난 백광진과 한태석 모두 뛰어난 사업 수완의 소유자라는 사실은 중요한데, 왜냐하면 오선영은 이들과의 만남을 통해 자기 사업에 대한 욕심을 갖게 되기 때문이다. 오선영이나 최영주와 같은 자유부인들이 백광진과 같은 '협잡꾼'에게 사기를 당한 이유 또한 자기 사업에 대한 욕망에서 찾을 수 있다. 예컨대 오선영은 백광진이 처음 파리양행에서 화장품세트를 구입한 뒤 그녀에게 전화를 걸어 만나기를 청했을 때 그 졸렬한 유혹의 수단에 불쾌감을 느끼지만 곧 "사업문제로 만나고 싶다"(74쪽)는 그의 제안에 흥미를 느껴 기꺼이 만나기로 한다. 이렇듯 오선영이 경박하고 겉치레를 중시하는 백광진의 성품에 혐오감을 느끼면서도 그와의 만남을 지속하고자 하는 이유는 백광진의 사업 제안('일이백만 원을 융자해줄 테니 사업체 하나를 맡아보라는 제안')에 매혹되었기 때문이다. 마찬가지로 한태석과의 만남 또한 그녀에게 "사업가로서의 긍지"(82쪽)를 갖게 했기 때문에 가능했던 것이다. 그렇게 본다면 오선영의 궁극적인 관심사는 댄스나 최고급품이라기보다는 오히려 '사업'으로 상징되는 공적 세계에서의 성공이라고 할 수 있다. 그것은 파리양행의 매니저가 되려는 궁극적인 이유가 사실은 "상점 하나를 통째로 맡는다면, 남의 소시에는 자영업이나 다름없어 보일 것"(34쪽)이라는 말에서 드러나는 사업에 대한 욕망, 즉 사회적 욕망이라는 사실과도 관련된다.

물론 소설에서 오선영을 비롯한 자유부인들의 사업에 대한 욕망은 성적 욕망과 긴밀하게 관련되면서 상호작용하는 것으로 나타난다. 화장술은 오선영의 사업에 대한 욕망, 즉 남성과 동일시하고자 하는 남근적 욕망을 은폐하는 동시에 거꾸로 그러한 사업에의 욕망을 보조하고 촉발하는 성적 욕망을 불러일으킨다. 그렇게 오선영은 남성의 욕망에 참여하기 위해 화장을 통해 자신의 여성성—교태와 애교, 여성다움, 우아함 등등—을 연기하고, 그러한 여성성의 가면을 통해 남성의 공적 세계에 진출할 수 있게 된 것이다. 그런 맥락에서 소설 초반부터 등장하는 '자유라는 화장품'은 오선영이 여성성이라는 가면을 연기할 수 있도록 도와주는 매개체 역할을 한다고 볼 수 있다. 그러나 공적인 영역으로 나아가려는 여성의 욕망은 많은 경우 성애화(性愛化)되면서 폄하되는데, 이처럼 예컨대 여성 산책자를 매춘부(public women)와 동일시하는 남성 젠더화된 시선은 이 소설에서도 여전히 지배적인 것으로 등장한다.

> 사실이지 뭡니까? 복잡다기한 화장품들을 이렇게 눈앞에 늘어놓고 바라보니, 이십세기의 과학은, 마치 여자들의 얼굴을 아름답게 꾸미기 위해 발달된 듯한 감이 없지 않군요. 대체 여자들은 누구를 위하여 이렇

게까지 각양각종의 화장품으로 얼굴을 아름답게 꾸미지 않으면 안 되는가? 그런 점을 생각해보면 비록 남녀동등의 민주시대는 되었다 하더라도, 현대여성일수록 점점 매춘부적 소질이 농후해가는가 본데요! 하하하(77~78쪽)

무수한 화장품이다. 화장품이란 어쩌면 여자들에게 있어서는 일종의 무기인지도 모를 일이었다. 옛날에는 '눈물은 여자의 무기다'라는 말이 있었다. 그러나 오늘날에는 이미 눈물로써는 무기가 될 수 없다. 오직 화장품만이 무기인 것이다. 따라서 여자들이 분을 바르고, 입술을 그리고 눈썹을 긋고, 향수를 뿌리는 것은, 이를테면 사나이라는 적을 함락시키기 위한 무장이라고 보아도 좋으리라.(375쪽)

첫번째 예문은 한태석이 오선영을 유혹하기 위해 그녀에게 화장품 세트를 구매하면서 진술한 내용으로, 그는 '각양각종의 화장품으로 얼굴을 꾸미는' 여성을 '매춘부'와 동일시한다. 두번째 예문은 한태석과 댄스파티에 참여하기 위해 온갖 화장품으로 "완전무장을 한" 오선영에 대한 서술자의 진술로, 화장품을 "사나이라는 적을 함락시키기 위한 무장"에 비유하고 있다. 여기서 화장술은 여성 육체를 성애화하여 남성을 함락하려는 여성적 계략으로 의미화된다. 그것은 달리 말하면 "사모님의 (남성-인용자) 영역 침범"(193쪽)을 위한 위장술, 즉 '협잡', '사기'와 같은 것으로 취급된다. 따라서 "바람기가 끼어 있는 여자들은 대개 사업욕을 가지고 있"(203쪽)다는 작가-서술자의 진술은 여성의 '사업욕'을 '바람기'로 은폐, 대체하려는 욕망이 깔려 있다고 보아야 한다. 그리하여 소설에서 새로운 세계에 눈뜬 여성의 욕망은 성적 욕망에 달뜬, 허영심으로 가득한 여성에 대한 도덕적 비난을 동반하면서 억압된다.

따라서 소설의 결말 부분에서 화장품으로 완전무장을 한 뒤에 환상적인 가설무대인 댄스홀에서 한태석이라는 "적을 함락시키기 위"해 춤을 추는 오선영의 모습은, 표면적으로는 욕망과 쾌락에 빠진 것처럼 보이지만 좀 더 심층적으로는 자신의 과도한 남근적 욕망을 은폐하기 위해 여성성이라는 가장무도회를 극적으로 연출하는 것으로 볼 수 있다. 다시 말해, 표면적으로 댄스파티라는 가장무도회는 오선영과 한태석의 성적 일탈을 위해 마련된 것처럼 보이지만, 실상 그 무대를 통해 오선영이 '진정으로' 원한 것은 한태석과의 공고한 사업 관계와 자신의 사회적 욕망의 충족이라고 볼 수 있는 것이다. 실제로 한태석을 따라 여관을 가면서 그녀는 "한태석이가 이십만 원이라는 돈을 댓바람에 빌려주던 과거지사와, 이제 앞으로의 사회활동을 위해서라도, 한태석이만은 단단히 붙잡아 두어야만 할 것 같"(387쪽)다고 생각한다. 오선영이 성적으로 더 매력적인 젊은 신춘호 대신 한태석과의 육체적 결합을 선택한 이유 또한 이러한 '앞으로의 사회활동' 때문인 것은 분명하다. 그렇다면 오선영의 화장술이란 단순히 성적 유혹을 위한 기술이라기보다는 그러한 방법을 통해 남성적 세계에 입문하고자 하는 남근적 여성의 자기위장술이라고 해석할 수 있다. 따라서 『자유부인』에서 단죄되는 것은 겉으로는 '자유부인'의 바람기이지만, 사실은 여성의 화장술이 은폐하려고 했던 남근적 욕망(사회경제적 욕망)이라고 할 수 있을 것이다.

플롯의 젠더정치

『자유부인』에서 오선영의 탈선과정은 그대로 소설의 플롯이 되는데, 특히 신춘호, 백광진, 한태석과의 만남은 서사 전개의 동력으로 작용한다. 오선영의 사회적 경험은 이 세 남성인물과의 만남을 중심으로 이루어진다고 해도 과언이 아니다. 그런데 문제는 이들 세 남성인물이 각각 그 당시 많은 논란이 되었던 부정적인 시대상, 예컨대 사치와 향락, 도덕적 타락, 정계와 재계의 비리 등을 상징적으로 체현하는 존재들이라는 점이다. 그것은 그들의 별칭, 즉 '바람둥이'(신춘호), '협잡꾼'(백광진), '사바사바 대장'(한태석)에서도 짐작할 수 있는 바다. 그런 점에서 오선영의 탈선과정은 바로 이 향락과 사기, 음모와 아첨이 난무하는 타락한 사회 현실과의 만남이며, 그 현실에 침윤되어 혼란스러운 세계의 타락과 악덕을 몸소 실행하는 과정이기도 하다.

그럼에도 불구하고 타락한 현실의 주범으로 간주되어 징벌의 대상이 되는 존재는 죄의 발원지이자 악덕의 표본이라고 할 수 있는 이들 세 남성이 아니다. 그 대신 오선영이 나름의 죄의 대가를 치르는데[6], 왜냐하면 그녀의 성과 육체야말로 이 모든 사회적 악덕과 도덕적 불쾌가 집결되는 최후의 장소이기 때문이다. 반면에 남성인물들은 아무런 죄의 대가도 치르지 않는다. 바람둥이는 미국유학을 계기로 개과천선하고, 사기꾼은 어떤 피해도 입지 않은 채 도망가고, 오선영을 타락의 종

6 물론 오선영의 동창생인 최윤주가 낙태와 파산, 그리고 죽음이라는 극단적 파탄에 처하기는 하지만, 그러한 결과는 오선영이 '진짜' 바람을 피웠을 때 치를 수도 있었을 대가의 참혹함을 간접적으로 암시한다. 그런 점에서 최윤주는 오선영의 또 다른 판본 혹은 짝패 역할을 하는 인물이라고 할 수 있다.

착지로 이끈 사바사바 대장은 언제나처럼 아첨과 아부로 부인과 화해한다. 소설 초반에 작가-서술자는 이들 남성인물에 대해 그토록 가혹하고 맹렬하게 비판했음에도 불구하고 결말에 이르러서는 마치 아무 일도 없었던 듯 그들의 잘못에 대해 침묵한다. 그리고 혼탁한 사회의 피해자라고 할 수 있는 자유부인들은 그들의 죄를 대신할 뿐만 아니라 심지어 사회적 타락을 주도한 가해자의 역할을 떠맡기에 이른다. 물론 "아내의 탈선행위를 객관적 견지에서 따져보면, 죄악의 근원은 오히려 우리나라의 사회현실에 있다고 보아야 옳을 것 같"(351쪽)다는 장태연의 현실 진단이 있기는 하지만, 그러한 진단은 순서가 뒤바뀐, 뒤늦은 것이라는 점에서 플롯에 아무런 영향을 미치지 못하는 무의미한 것에 불과하다. 『자유부인』에서 문제적 현실은 이러한 방식으로 여성화된다. 즉 이 소설은 당대의 부정적 상황을 그대로 여성의 성과 육체 위에서 반복하고 모방함으로써 현실사회의 여러 문제들을 여성적인 것으로 만드는 것이다. 그러니 모든 잘못은 여성에게 있다.

물론 잘못은 오선영에게만 있는 것은 아니다. 사실 오선영의 탈선 뒤에는 그러한 탈선을 방관하고 사태의 심각성을 깨닫지 못한 장태연의 잘못도 있다. 그러나 장태연에게는 그럴 만한 사정이 있었던바, 오선영이 집 밖을 나돌던 바로 그 시각에 그 또한 박은미라는 미군부대 타이피스트에게 성적으로 매혹되었기 때문이다. 그 매혹의 순간은 짧지만 매우 강렬하다.

> 젖빛으로 뽀얗고도, 포동포동 살이 찐, 무척 아름다운 종아리다. 향기가 모락모락 피어나는 것만 같고, 손으로 어루만져보면 손끝에 분가루가 묻어날 것만 같은 종아리다. 무슨 뛰어난 예술품처럼 황홀감이 느껴

지도록 아름다운 종아리다. 사람의 육체에 이렇게까지 아름다운 부분이 있을 줄은 몰랐다.(49쪽)

박은미의 육체적 매력에 대한 진술은 이렇듯 '종아리'에 집중되는데, 비록 그 묘사가 파편화된 신체 일부에만 한정되고 있음에도 불구하고 오선영의 육체적 매력에 대한 서술과 비교해보았을 때 박은미의 성적 매력에 대한 묘사가 독자들에게 더 강렬하고 매혹적으로 받아들여진다. 분명 소설에서 강한 성적 매력의 소유자로 자주 언급되는 인물은 오선영이지만 실제로 그녀의 육체에 대한 매력이 이만큼 구체적이고도 은밀하게 묘사된 적은 없다.[7] 그러나 이렇게 인상적으로 등장했음에도 박은미는 그 이후의 플롯 전개에 적극적으로 개입하지 않을 뿐만 아니라, 오히려 서사가 진행될수록 초반의 생동감과 매력을 상실하게 된다. 이는 박은미에게 심각한 감정적 동요를 느끼고 있음에도 불구하고 그러한 연애 감정을 구체적으로 발전시키지 않는 장태연이라는 인물의 소심함과도 관련된다. 물론 장태연은 한글강습을 계기로 박은미와의 만남을 지속하면서 그녀에 대한 연정을 키워나가지만, 그러한 감정은 플롯 전개에 중요한 계기가 되거나 인물의 변화를 불러일으킬 만한 사건을 만들어내지는 못한다. 그럼에도 소설에서 박은미를 향한 장태연의 성적 환상은 암묵적으로나마 오선영의 탈선과 대비되는 중요한 서사 라인으로 제시되는데, 왜냐하면 장태연의 일탈 가능성은 소설

---

7 예컨대 오선영의 성적 매력에 대한 진술은 "이십사오 세의 처녀로밖에 보이지 않았다."라거나 "아주머니는 아직도 미인이신데요."와 같이 구체적이지 않고 추상적이고 일반론적이다. 그만큼 오선영의 여성으로서의 매력은 상투적으로 그려지는데, 소설에서 그것은 화장한 여성에 대한 예의상 칭찬에 가까운 것으로 나타난다.

내적으로 오선영의 탈선에 대한 암묵적 동의는 물론 그러한 탈선의 플롯화에 중요한 계기로 작동하기 때문이다. 특히 소설 초반에 오선영이 남편에게 취직 허락을 쉽게 얻어낼 수 있었던 이유는 장태연이 "박은미 관계로 심리적으로 매우 약화되어 있"(56쪽)었기 때문이다. 그리고 그 과정에서 가부장이자 민족주의적 한글학자로서의 장태연의 권위는 추락하게 되고 그것은 아내 오선영이 직업여성으로서의 권위(비록 허황된 것으로 판명 나기는 하지만)를 얻게 되는 상황과 대비된다.

그러나 남편의 하락과 아내의 상승이라는 대조되는 플롯의 진행은 소설 후반에 남편 장태연의 자기반성을 통해 극적인 반전을 이룬다. 어느 날 장태연은 아이들의 팔이 너무 여위고 아이들의 몸에 때가 껴 있는 것을 발견한 뒤 가부장으로서의 자기 역할에 대해 심각하게 반성한다. 그리고 너무도 손쉽게 "일시적인 미몽에서 깨어나 간단히 집으로 돌아"(333쪽)오게 된다.

> 이제는 박은미만 연연해하고 있을 때가 아니었다. 박은미는 어차피 운명적으로 남의 아내가 될 사람! 부질없는 미련에 사로잡혀 있는 동안에, 집안은 쑥밭이 되어버린 감이 없지 않았다. '음!' 무엇보다 시급한 문제가, 아버지의 의무를 다하기 위하여 가정으로 돌아와야 할 것 같았다.(328쪽)

"마누라를 나무랄 만한 자격이 없던 남편"(227쪽) 장태연은 박은미의 결혼소식을 듣고 아이들의 부실한 영양 상태를 보고 난 뒤에야 비로소 자기반성을 통해 가부장의 자리를 회복하는데, 그로써 아내의 탈선에 대한 죄를 묻고 심지어 죄를 사해줄 수도 있는 권위 있는 남성 주체로 거듭날 수 있게 된다. 게다가 이러한 가부장으로서의 남성 주체성 회복은 한글학자로서의 자기 정체성 확인을 통해 사회적으로도 승인을 얻게 된다. 소설의 결말 부분에서 한글 간소화 문제가 사회적 이슈가 되는 과정은 한글학자 장태연의 가치를 새롭게 발견하고 강조하는 과정과 맞물린다. 속물적 가치에 떠밀려 "저락일로의 현실에 직면하게 된"(145쪽) '장 교수의 시세'는 사적인 욕망을 포기한 다음에야 비로소 급부상하게 된다. 그렇게 바깥에서의 인정을 통해 "남편의 참된 가치"(430쪽)는 발견된다.

이처럼 『자유부인』은 아내 오선영의 사회적, 성적 욕망을 통해 플롯화의 계기 내지 동력을 마련하지만, 남편 장태연의 개인적, 성적 욕망을 억압함으로써 소설적 동력은 사라지고 결국 플롯은 종결된다. 즉 소설에서 낯설지만 활기찬 서사적 동력이 여성인물을 통해 획득되었다면, 그러한 플롯화의 욕망이 사라지자마자 소설은 활기와 생기를 잃고 만다. 그리고 플롯화된 욕망이 사라진 그 자리에 들어선 것은 익숙한 남성적 권위와 명분의 세계다. 이렇듯 『자유부인』의 플롯은 여성의 욕망을 따라 전개되다 남성의 명분에 이르러 종결된다.[8]

이러한 플롯의 젠더화 방식은 시간에 대해서도 마찬가지로 적용된다. 『자유부인』의 여성인물들, 특히 주인공 오선영은 타락한 남성들과의 만남을 통해 당대 사회의 악덕과 문제를 재연하는 존재로 그려지면서 혼란스러운 현재를 상징하고 있는 데 반해, 장태연은 권위 있는 (사

---

8 이와 관련해서 김영애는 '장태연이 비록 서술자의 가치관에 부응하는 긍정적 인물로 묘사되고 있음에도 불구하고 살아 움직이는 인물로서의 매력을 찾기 어려운 데 반해, 오선영은 서술자가 일관되게 취하고 있는 부정적인 태도에도 불구하고 서사에 활력을 불어넣는 생동감 있는 인물로 그려지고 있다.'고 본다. 이에 대한 좀 더 구체적인 분석은 김영애, 앞의 글, 220~223쪽 참고.

회적) 가부장의 지위를 회복함으로써 그러한 문제적 현재를 해결할 수 있는 대안적 미래를 상징하게 된다. 그러나 아이러니하게도 장태연으로 상징되는 가부장 남성의 문제해결 방식은 옛것의 고수와 복원에 불과한 것이다. 이는 한글문법으로 상징되는 한민족 고유의 정신적 가치에 대한 옹호와도 관련된다. 그리하여 오선영이 '유랑녀'의 생활을 청산하고 "그리운 옛집으로!", "그리운 옛 품으로"(441쪽) 향하는 소설의 결말은 '옛집'과 '옛 품'으로 상징되는 전통적 가치의 부활과 재발견만이 타락한 현재를 해결할 수 있음을 암시한다.

그렇게 과거와 미래는 타락한 여성화된 현실을 해결하기 위해 남성화된다. 즉 『자유부인』은 역사적 단절이 야기하는 사회적 혼란을 여성적인 것으로 문제화한다면, 그러한 단절을 넘어 연속의 감각을 회복하는 주체를 남성으로 설정함으로써 단절과 연속의 시간의식을 젠더화한다. 이를 플롯의 젠더화 방식과 겹쳐보면, 결국 소설이라는 허구의 세계를 움직이고 나아가게 하는 문제적 존재가 여성이라면, 그 세계를 종결짓는 추상적 대의의 존재는 남성이라고 할 수 있을 것이다. 그러나 당대의 도덕적, 성적 혼란을 종결짓는 남성적 명분의 세계란 과연 얼마나 매력적일까. 자신의 욕망을 억압하지 않은 채 춤바람에 미쳐 날뛰는 '댄스광' 여성들은 과연 비난의 대상이기만 했을까?[9]

---

9 특히 영화 〈자유부인〉은 당시에 영화를 관람했던 여성관객들에게 단지 '바람난 여자' 이야기로 읽히는 대신, 자유롭게 자기 자신을 주장할 수 있는 여성에 관한 이야기로, 즉 여자의 권위를 찾고 사회활동도 권장하는 영화로 받아들여지고 있었다. 이를 통해 알 수 있는 것은 비록 바람난 여성이 부정적으로 입상화되었다고 하더라도, 오히려 그러한 여성인물이 삶의 플롯화에 생기와 활력을 불어넣어주는 존재가 될 수 있다는 것이다.(『자유부인』이 작가의 의도와 다른, 좀 더 다양한 의미를 생산하는 텍스트로 받아들여지는 맥락에 대해서는 김복순, 「반공주의의 젠더 전유 양상과 '젠더화된 읽기'」, 403~417쪽 참조. 그리고 박유희는 『자유부인』의 결말이 표면적인 봉합으로 예상된 것일 뿐이라는 점을 지적하면서 이러한 결말 설정의 작위성이 오히려

장태연은 결국 박은미에게 품었던 은밀한 성적 욕망을 억압한다. 그래야만 권위 있는 가부장으로서의 지위를 회복하고 방종과 타락으로 요동치는 플롯을 종결지을 수 있는 것이다. 그러나 그렇게 해서 획득한 남성적 권위는 과연 아무런 문제 없이 지속될 수 있을까.

> (아아! 은미!……)
>
> 열 손가락으로 머리를 움켜잡으며, 처량하게 울부짖었다. 몸부림을 치고 싶도록 안타까운 심정이었다. …… 분결같이 하얗던 종아리, 향기가 모락모락 솟아올라 보이던 종아리, 손끝으로 어루만져 보기만 해도 뽀얀 분가루가 묻어날 것만 같던 천하일품의 종아리…….(324쪽)

박은미의 결혼소식에 장태연이 보인 이러한 반응은 매우 병리적이다. 특히 그녀의 종아리를 패티시화하는 위의 장면은 박은미에 대한 장태연의 성적 욕망이 은밀하게 진행된 만큼 그리 단순하게 해결되지 않을 것임을 짐작하게 한다. 플롯의 종결을 위해 급격하게 억압된 그의 성적 욕망은 사회적, 가부장제적 권위에 짓눌려 병리화될 가능성이 매우 농후할 수밖에 없는 것이다. 그렇다면 남성 자신의 사적 욕망을 억압함으로써 무리하게 종결되어 서사 밖으로 추방된 여성화된 플롯은, 가부장의 일견 평온하고 정돈된 세계에 균열을 일으키면서 되돌아올는지도 모른다. 그런 맥락에서 1960년대부터 한국문학에 본격적으로

독자들에게 자유부인 오선영에게 동화된 자신에게 도덕적 가책의 면죄부를 마련해주어 자유부인의 행보를 좀 더 자유롭게 감상할 수 있게 해준다고 주장한다. 그리고 이러한 독자의 태도를 한국전쟁 이후 유입된 미국적 소비문화에 대한 불가항력적인 경도와 상통한다는 점도 지적한다. 이에 관해서는 박유희, 앞의 글, 151쪽 참고.

등장한 병리적인 남성인물이 이러한 억압된 무의식의 귀환과 모종의 관련을 맺을지도 모른다는 추측 또한 가능할 것이다.[10]

사회정치적 수사의 젠더정치학

앞서 지적한 것처럼 『자유부인』은 단순히 바람난 여자에 관한 소설이 아니다. 이는 작가 정비석이 『자유부인』에 대해 "내 딴에는 매우 건전하고 확고한 신념을 가지고 쓴 작품"[11]이었다고 고백하는 대목에서도 짐작할 수 있다. 다시 말해 정비석의 소설 『자유부인』은 단순히 '최고급품'과 '댄스', '계' 등으로 상징되는 당대의 풍속을 대중적으로 흥미롭게 전달하는 것을 목적으로 하고 있을 뿐만 아니라, 나아가 당시의 혼란을 극복할 대안적 이데올로기의 제안을 궁극적인 목적으로 하고 있었다고 할 수 있겠다. 그런데 작가에 따르면 그 대안적 이데올로기란 "봉건시대에서 자유민주주의 시대로 넘어오는 과도기의 필연적인 혼란"[12]의 상황에서 만들어질 수밖에 없는바, 소설 속 한글학자 장태연은 바로 그런 혼란을 극복하고 새로운 재건의 이데올로기를 직접 주장할 뿐만 아니라 소설적으로 재현하는 인물이다. 그리고 그 반대편에서 과도기의 혼란을 다양한 방식으로 체현하는 오선영은 그 부정적 입상화(立象化)를 통해 역설적으로 작가의 신념을 공고하게 만들어준다. 『자유부인』에서 오선영에 대한 작가-서술자의 비난이 '공산주의'니 '민주

---

10 이 주제에 관해서는 다음 기회에 구체적으로 다뤄보도록 하겠다.
11 정비석, 「'자유부인'에 대한 시비」, 『나비야 청산가자』, 신원문화사, 1988.
12 위의 책,

주의'니 하는 다소 추상적인 사회정치적 용어에 빗대어져서 비유적으로 이루어지는 방식은, 그런 점에서 작가가 작품을 통해 제시하고자 하는 새로운 대안이 무엇인지를 암시적으로 드러내주는 것이라고 할 수 있다. 그중에서도 특히 자유부인을 공산주의자들과 동일시하는 표현법은 "당대 사회에서 이미 절대적 진리와도 같이 자리를 잡아버린 반공주의의 전제 속에서"[13] 매우 막강한 힘을 발휘할 수 있었다. 이는 『자유부인』 연재 당시에 불거진 논쟁을 통해서도 확인할 수 있다.

처음에 논쟁은 당시 서울대 법대 교수였던 황산덕이 서울대학교 학보인 『대학신문』(1954년 3월 1일)에 소설 등장인물인 대학교수 장태연과 그의 부인 오선영의 행적에 대한 묘사가 현실의 대학교수에 대한 왜곡이자 모욕이라는 취지의 글을 실으면서 시작되었다. 이에 정비석은 「탈선적 시비를—『자유부인』 비판문을 읽고 황산덕 교수에게 드리는 말」(『서울신문』, 1954년 3월 11일)에서 반박하는 글을 쓴다.[14] 그러자 황산덕은 「다시 『자유부인』 작가에게—항의에 대한 답변」(『서울신문』, 1954. 3. 14)이라는 글에서 재반박을 하는데, 이 글에서 중요하게 지적될 부분은 바로 저급한 문학작품을 공산주의에 빗대어 비난하는 표현법이다. 즉 "성욕 자체, 성적 흥분을 돋구는 표현은 문학이 될 수 없으므로", "귀하의 『자유부인』은 단연코 문학작품이 아"니며, 그렇기 때문에 『자유부인』은 "야비한 인기욕에만 사로잡히어 저속 유치한 에로작문을 희롱

---

13 이시은, 앞의 글, 151쪽.

14 이 글에서 작가는 반박의 이유를 크게 세 가지로 제시하고 있다. 첫째는 『자유부인』을 "아직 읽어본 일도 없으면서" 뜬소문에 의하여 "스토리만 안다"는 정도로 비난을 퍼부었다는 점(특히, 황산덕은 미군부대 영문 타이피스트인 박은미를 양공주로 잘못 알고 있다는 점을 지적함), 둘째는 유명해지기 위해 작품을 쓴다는 비난에 대한 반박, 셋째는 감정적 흥분으로 일관된 비난이라는 점이다.

하는 문화의 적이요 문화의 파괴자요, 중공군 50만 명에 해당하는 조국의 적이 아닐 수 없"다는 것이다.[15)]

이 논쟁 과정에서 흥미로운 점은 정비석에 대한 황산덕 교수의 비난이 공산주의에 대한 정치적 비난의 수사를 차용하고 있다는 것이다. 그는 정비석에 대해 "스탈린의 흉내를 내"는 작가라거나 "중공군 50만 명에 해당하는 조국의 적"이라고 비난하는데, 공산주의를 최대의 적으로 상정하고 그에 빗대는 이러한 수사법은 사실 황산덕 교수만의 것은 아니었다. 그러한 수사법은 『자유부인』에도 마찬가지로 나타난다.

> 육·이오의 처참한 전화는 정숙하던 많은 가정부인들로 하여금 윤락(淪落)의 길을 면치 못하게 하였다. 객관현실을 못 이겨 어쩔 수 없이 윤락의 길을 걷게 된 여성들이라면 누가 감히 그들에게 돌을 돈질 수 있으랴. (……) 그러나 오늘날 자유부인들이 놀아나는 것은, 먹고 살기 위해서가 아니라, 순전히 허영 때문인 것이다. (……) 그런 허영의 괴뢰가 어찌 오선영 여사 한 사람뿐이랴! 민주주의란 과연 좋은 사상이기는 하다. 그러나 자유와 방종이 혼동되어, 사회질서가 그로 인하여 파괴될 우려가 있을 경우에는, 민주주의를 잠시 무시해도 좋으니, 여성 각자에게 지각이 생길 때까지는 아낙네들을 엄중히 단속할 필요가 있을지도 모른다.(239~240쪽)

15 이후 논쟁은 변호사 홍순화의 『자유부인』 옹호(「『자유부인』 작가를 변호함—"다시 『자유부인』 작가에게"를 읽고」, 『서울신문』, 1954년 3월 15일)로 잠시 일단락되다가, 백철의 「문학과 사회와의 관계—『자유부인』 논의와 관련하여」(『대학신문』, 1954년 3월 29일)에서 문학성과 통속성이라는 새로운 문학적 주제로 나아가게 된다.

위의 인용문에서 자유부인들에 대한 비난은 '허영의 괴뢰'라는 말에 집약되어 있는데, 이러한 표현법은 『자유부인』 논쟁 당시 황산덕이 작가 정비석을 비난하는 어법과 흡사하다. 정비석은 오선영의 일탈을 곧잘 '공산 침략'과 동일시하곤 한다. 예컨대 그녀가 남편에게 취직승낙을 받아내기 위해 세우는 전략을 "공산당 이상으로 무자비한 일"이라고 서술하거나, "육이오 사변 때에" "급조공산주의자들" 중 "가장 무서운 존재가 여성 동무들"(53쪽)이었다고 진술하는 대목에서 작가는 의도적으로 오선영을 적대시하기 위해 공산주의를 비유적으로 끌어온다. 그런데 다시 인용문을 살펴보면, 작가-서술자는 공산주의만큼이나 민주주의에 대해서도 부정적인 태도를 견지한다는 것을 알 수 있다. 예컨대 "자유와 방종이 혼동되어 사회질서가 파괴될 우려가 있을 경우에는 민주주의를 잠시 무시해도 좋"다는 진술에서처럼 작가는 전통적인 도덕적 가치관과 윤리의식을 내버리는 여성들을 비난하기 위해 공산주의와 마찬가지로 민주주의를 부정적으로 들먹인다. 그리하여 "민주혁명의 시대풍"이라는 표현은 그 자체로는 긍정적인 의미를 함축하고 있는 듯해도, 자유부인의 방종과 결합하면서 부정적인 의미로 전환된다.

이처럼 정비석은 '자유부인'의 방종과 향락에 대한 비난을 통해 전후에 팽배했던 공산주의에 대한 적대감은 물론, 그에 더하여 새롭게 밀려오는 '자유민주주의 시대'에 대한 불편함과 거부감 또한 가감 없이 드러낸다. 여기서 우리는 작가의 탁월한 세태 감각을 확인할 수 있는데, 그것은 단순히 '땐스열풍'이나 계모임 같은 시대풍조를 포착하는 데 있는 것이 아니라, 그러한 시대 풍조를 통해 사회정치적 난맥상을 드러내고 그러한 혼란을 해결하기 위해 '자유부인'을 '허영의 괴뢰'와

'방종의 민주'로 설정하는 방식에 있다.

이처럼 『자유부인』은 자유부인들을 비판하기 위해 상반된 두 가지 정치이념—공산주의와 민주주의—을 수사적으로 동원하고, 그로써 자유부인을 '공공의 적'으로 설정할 수 있게 된다. 『자유부인』을 둘러싼 논쟁에서도 확인할 수 있듯이, 적어도 그때까지는 전쟁의 후유증이 가시지 않은 상태에서 공산주의는 맥락과 상황을 떠나 극단적 비난의 대명사로 활용될 수 있었다. 물론 민주주의 또한 그 당시에 '아메리카니즘'으로 통칭되는 미국문화의 부정적 일면의 하나로 인식되고 있었던 것은 사실이다. 그러나 앞서 소개한 정비석의 고백("그 당시의 혼란은 봉건 시대에서 민주주의 시대로 넘어가는 과도기의 혼란이었다.")에서 추측할 수 있듯이, '민주주의 시대'에 대해서는 거부감이 들기는 하지만 어쩔 수 없이 받아들여야 하는 '시대풍'이라는 인식이 깔려 있다. 소설 후반에 권위 있는 가부장으로서 지위를 회복한 장태연이 '민주가정'의 확립을 주장하는 대목은 그런 점에서 시사적이다.

> 남의 가정은 모른다. 적어도 대학교수인 장태연 자신만은 눈앞의 과도기적 혼란을 극복하고 아내를 민주적으로 올바로 이끌어나가야 할 의무가 있을 것 같았다. 대학교수의 명예를 위해서나, 대학교수의 권위를 위해서나 그래야만 할 것 같았다. 만약 대학교수의 지성으로서도 가정생활의 민주화를 도모할 능력이 없다면, 이 나라의 민주생활을 누가 올바로 인도할 수 있단 말인가. 파괴하기는 누구나 쉬운 일이다. 그러나 건설하는 데는 지성과 인내의 힘이 필요하다. 장태연 교수는 진정한 의미의 민주가정을 건설하기 위하여, 당분간은 아내에게 대한 모든 불만을 억제할 생각이었다.(351쪽)

소설 초반에 자유부인들의 사회 진출과 계모임을 비난하기 위해 동원된 '민주와 자유'의 수사학은 이제 소설 결말에 이르러서는 새로운 가정과 국가 건설에 필요한 신념처럼 받아들여지고 있다. 즉 장태연으로 상징되는 가부장 남성의 '지성과 인내의 힘'을 빌려야만 비로소 "진정한 의미의 민주가정"은 건설될 수 있다는 것이다. 『자유부인』에서 '민주주의'는 이처럼 성별화된 가치의 스펙트럼을 형성하게 된다.[16] 물론 '민주주의'의 참된 가치를 발견하게 한 주체가 가부장 남성인 것은 당연하다. 특히 소설 결말 부분에서 이러한 '민주주의적' 가치는 민족주의적 차원에서 재해석됨으로써 더욱 설득력 있게 받아들여진다. 장태연은 국회 공청회 연설에서 그 당시 실제로 이승만이 주창한 '한글 간소화 운동'에 맞서 기존 한글 문법의 중요성을 강조한다. 특히 "국가에 헌법이 필요한 것과 마찬가지로, 글에는 문법이라는 것이 반드시 있어야만"(435쪽) 한다는 장태연의 주장에는 분명 전후의 혼란을 극복하고 새로운 질서와 윤리의 필요성을 역설하는 작가의 목소리가 겹쳐 있다.

그러나 소설의 마지막 장 제목인 '온고지신'에서 짐작할 수 있듯이, 작가가 주장하는 새로운 국가 재건의 이데올로기는 결국 '문법'으로 상징되는 기존 질서의 회복에 불과한 것이자 익숙한 '민족주의' 담론으로의 귀환으로 드러난다. 장태연이 한글학자로 설정된 것은 그 때문이다. 한글이야말로 '민족문화로서의 가치'를 주장하면서도 '봉건적'이라는 비난을 비껴갈 수 있는 담론인 것이다. 그뿐만이 아니다. "말이나 글은 어느 국가 어느 시대를 막론하고 그 민족 전체의 생활 속에서 만들

16 물론 이러한 민주주의에 대한 상반된 해석은 민주주의 그 자체의 양가적 성격에서 기인하는 것으로 볼 수도 있다.

어지는 민주주의적인 산물"(436쪽)이라는 한글학자 장태연의 주장이 더해지면서, 민족문화의 산물인 한글은 민주주의적 가치도 지닌 것으로 강조된다. "봉건 냄새가 푹푹 풍기는"(429쪽) 것으로만 알았던 한글은, '민주주의적 산물'로 새롭게 재해석됨으로써 과도기의 혼란과 위기를 극복할 수 있는 대안적 의미를 획득하게 된 것이다. 물론 한글에 부여된 그러한 가치는 그대로 한글학자 장태연에게도 적용된다. 고리타분하고 봉건적인 한글학자 장태연이 "영웅적인 모습"(437쪽)으로 변모하게 된 데에는 이런 저간의 사정이 있는 것이다. 그러나 한글로 상징되는 전통적 가치체계에 민주주의라는 새로운 논리를 덧입힌다고 해서 과연 한글이, 아니 한글학자로 상징되는 "1950년대 민족주의 진영의 진보적 엘리트"[17]가 혼란에 빠진 사회와 민족을 구원하는 대안적 가치체계가 될 수 있는지는 불분명하다. 오선영 여사가 '옛집'과 '옛 품'으로 돌아가는 소설의 마지막 구절은, 결국 민족과 가부장으로 상징되는 기존의 가치와 윤리의식의 부활을 암시하기 때문이다.

문제는 젠더의식이다

결국 '화장품'으로 상징되는 새로운 시대사조, 즉 민주와 자유에 기대어 사회 진출을 시도했던 '자유부인'은 '옛집'으로 돌아가고 만다. 그리고 그 과정에서 허영과 방종의 원인으로 오도되었던 민주주의는 '한글'과 만나면서 '민족적'이라는 새로운 수식어를 얻게 될 뿐만 아니라, 새

---

17 이시은, 앞의 글, 156쪽.

로운 국가와 가정을 건설할 수 있는 참된 가치의 산물로 재해석되기도 한다. 물론 그 과정에서 고리타분한 봉건 지식인의 오명을 쓴 채 몰락해가던 '한글학자' 장태연은 '민족주의적 진보론자'로 거듭나게 된다. 그러나 앞서 지적한 것처럼 소설의 결말 부분이 암시하는 것은 결국 구체제와 낡은 가치로의 귀환이자 가부장제적 질서의 복권에 불과하다. 그것은 바로 '민족주의적' 국가와 사회, 가정의 확립을 의미한다.

소설의 결말에 이르러 새삼 강조되는 것은 바로 이 '민족주의'의 가치와 의미이다. 그것은 전후사회의 불안감과 공포를 고조시키는 '공산주의'와 대척점에 서서 그러한 불안과 공포를 잠재우는 동시에, '민주주의'로 대변되는 사회문화적 변화에 대한 거부감과 위기의식을 효과적으로 흡수함으로써 당대 사회의 혼란과 모순을 봉합하고 은폐하는 일종의 완충제 역할을 하게 된다. 다시 말해, 전쟁의 후유증에서 벗어나지 못한 채 낯설고 새로운 가치체계를 받아들여야 하는 전후의 혼란스러운 상황에서, 작가는 문제적 현실은 여성에게, 문제의 해결은 남성에게 분담하는 젠더정치를 통해 이러한 상황이 빚어내는 불안과 공포를 극복하고자 한 것이다.

정비석의 이러한 젠더정치는 공산주의와 '오도된' 민주주의는 여성에 빗대고, '참된' 민주주의와 민족주의는 남성에 빗대는 젠더 수사학을 동반함으로써 더욱 분명해진다. 게다가 이러한 젠더화된 현실인식은 그대로 소설의 플롯에도 적용된다. 즉 자유부인들이 공적 사회에 진출하면서 겪게 되는 다양한 사회, 정치, 경제의 문제는 자유부인의 문제(예컨대 사치와 향락, 허영과 방종 등)와 동일시되면서 현재화되는 반면, 민족주의적 가부장으로서의 권위를 회복한 장태연에 의해 현실의 문제는 해결 가능한 것으로 미래화된다. 플롯 전개에 활력과 생기를 부여해준 자유부인은, 결국 가부장의 귀환을 계기로 그 힘을 잃은 채 오지 않을 미래의 시간 속으로 사라져버린다. 그 과정에서 '미군 부대 영문 타이피스트'로 상징되는 낯선 존재에 대한 장태연의 은밀한 욕망은 억압될 수밖에 없다. 결국 전후의 혼란 속에서 직면하게 된 낯설고 새로운 가치는 그렇게 효과적으로 제거되거나 억압된 채, 익숙하고 낡은 가치체계 속에 담겨 왜곡되고 만다.

그러한 왜곡을 위해 작가가 동원한 방법론이 "여자들의 자유와 행복이란 오로지 결혼이라는 토대 위에서만 성립될 수 있"(416쪽)다고 믿는 낡은 젠더정치학과 수사학이라는 사실은, 작가의 현실인식과 전망의 한계를 그대로 보여준다. 분명 소설 『자유부인』은 '자유부인'이라는 새로운 여성이미지를 창조하고, 또 그로써 다양한 사회현실의 문제를 진단하고 조망할 수 있도록 했다는 점에서 탁월한 시대감각을 보여준 소설이라고 할 수 있다. 그것은 아마도 정비석의 대중적 감각과 정치적 감각의 조화에서 비롯된 것일 터다. 그러나 이러한 시대감각이 새로운 현실인식으로 나아가지 못한 채 관습적 통념에 갇히고 만 것은, 결국 그의 젠더의식의 수준이 사회적 통념의 수준을 뛰어넘지 못하는 낡은 것이었기 때문이다.

제8장

2000년대 여성문학과 여성성의 미학

'나는 여성작가가 아니다'

1990년대 문학, 그중에서도 특히 여성문학을 논할 때 반드시 거론되는 테마의 하나가 바로 '여성성'이다. 여성성은 '모성성', '여성적 글쓰기' 등과 같은 방계(傍系) 주제와 더불어 1990년대 이후 여성문학에 대한 미학적 평가의 기준으로 작용해왔다. 그러나 '여성성'이 함의하는 내용은 요약이나 정리가 불가능할 정도로 다양할 뿐만 아니라, 그 의미 또한 여성 비하적인 것에서부터 여성해방적인 것에 이르기까지 극단적으로 이질적인 논의들 속에서 아무런 고민 없이 무차별적으로 받아들여져왔다. 이러한 개념상의 혼돈은 모성성이나 여성적 글쓰기의 경우에도 마찬가지지만, 특히 여성성은 그 자체의 의미나 여타 개념들과의 관계조차도 명확하게 규명되지 못한 채 사용되었다.

그 결과 여성성은 페미니즘에 적대적인 진영이나 페미니즘 문학에 대한 진지한 연구를 하지 않는 사람들조차 손쉽게 사용할 수 있는 '뻔하고 흔한' 개념이 되었다. 그러나 여성성이라는 개념이 뻔하고 흔한 것으로 당연하게 받아들여지면 질수록 그 의미는 점점 모호해진다. 1990년대 여성문학을 대표하는 여성작가로 평가받았던 은희경의 다음과 같은 자기부정의 진술은 그동안 여성성 혹은 여성문학이 어떻게 오해되고 왜곡되었는가를 짐작할 수 있게 한다.

> 나는 '여성성'에 대해 주장을 펼 만한 문제의식도 없지만 대표성 또한 없다. 여성성의 의미가 '여성적인 정서'이든, 반대로 '페미니즘적인 경향성'이든 간에 마찬가지이다. 그런데도 내가 쓴 소설은 흔히 '여성의 자아 찾기', 내가 의도한 호랑이가 아닌 사자로서 평가를 받았다.
>
> 물론 나는 여성을 주인공으로 한 소설을 써왔다. 여성 화자, 3인칭 화자, 남성 화자를 고루 배치하지만 내용은 화자에 관계없이 대부분 여성이 주체가 되어 있다. 그러나 그때의 여성은 인간의 대표이지 여성 대표가 아니다.
>
> 나는 여성성을 전면에 내세우는 일에는 관심이 없다. 내가 관심을 갖는 것은 인간이다. 인간관계의 본질이 무엇인가, 그것이 삶을 어떻게 규정하는가, 타인 및 사회까지를 포괄하는 타자(他者)와 자아의 긴장은 어떻게 나타나는가. 그런 질문을 통해 인과를 넘어서는 삶의 불합리성이나 제한된 존재로서의 인간, 그 부대낌의 온기와 상처 따위를 그려보려는 것이다.[1]

'나는 여성작가가 아니다.'라는 은희경의 자기부정적 선언을 통해 짐작할 수 있는 것은 여성성과 여성문학이 여성작가들에게조차 거부

---

1 은희경, 「역설의 여성성」, 김기택 외, 『21세기 문학이란 무엇인가』, 민음사, 1999, 349~350쪽.

될 정도로 젠더 편향적으로 사용되어왔다는 것이다. 즉 지금까지 여성성, 여성문학은 '여성'이라는 작가의 생물학적 성에 근거하여 판단되어왔을 뿐, 문학의 미학적 원리로 접근되지 않았다는 것이다. 여성문학에 대한 이러한 오해의 근저에는 여성성, 여성문학이 생물학적 여성들만의 '사소한' 문학일 뿐, '인간관계의 본질'을 탐구하고 해명하기에는 부족하다는 인식이 깔려 있다. 비록 1990년대 여성문학이 '공적/거대/외적/남성' 담론이 붕괴된 이후에 '사적/미시/내적/여성' 담론을 담지하는 새로운 대안적인 문학으로 각광받기는 했지만, 이러한 이분법적 도식은 근본적으로 남성과 여성을 구분하는 기존 생물학적 성 구분의 도식을 반복함으로써 여전히 여성을 남성과의 대타적 관계 속에서만 제한적으로 사유하게 한다는 점에서 태생적으로 한계를 가질 수밖에 없다.

특히 자서전과 자기고백의 문학, 성장소설을 여성적인 것으로 규정하고 거기에 과도한 미학적 의미를 부여하는 일련의 논의들에 의해, 여성문학의 범주는 더욱 협소한 것이 되어왔다. 분명 자서전적인 글쓰기가 여성성을 미학화함으로써 특정한 여성적 글쓰기의 일면을 드러내보여준 것은 사실이다. 그러나 박완서를 비롯하여 공지영, 신경숙, 김형경, 은희경 등과 같은 여성작가들의 자전적 체험에 대한 글쓰기는 작품의 미학적 완성도와는 무관하게 '여성적인 것'으로 젠더화되고 특권화됨으로써 여성문학에 대한 진지한 물음을 사라지게 하고 그에 대한 속류적인 이해만을 반복, 재생산하게 되었다는 사실 또한 부정할 수 없다. 즉 여성문학은 제한된 성격의 여성성을 강조함으로써 아이러니하게도 고립과 소외의 길을 자처하게 된 것이다. 그 결과 여성문학은 '그들만의 문학'으로 게토화되고 말았다고 해도 과언이 아니다.

그런 맥락에서 스스로 여성작가임을 거부하는 은희경의 태도는 '여성'이라는 편향적 수식어에 의해 자신의 문학적 결과물이 협소하고 배타적인 것으로 규정되는 것에 대한 불안에서 기인한 것이라고 볼 수 있다. 그뿐만이 아니다. 1990년대 주류 문단을 이끌던 여성작가의 대부분이 주류 문단의 바깥에서 거둔 상업적 성공[2]은 여성의 성, 사랑, 결혼을 아무런 미학적 여과장치 없이 자극적이고 상업적으로 다루는 대중문학과 '여성문학'을 동일시하는 오래된 문학적 편견을 더욱 강화하는 부정적 결과를 낳게 된다. 그리하여 1990년대 한국문학에 활기를 불어넣고 주류 문학담론을 주도적으로 이끌던 여성문학은 이제 경박한 유행담론으로 비난받다가 슬그머니 사라질 운명에 처하게 된다. 그래서일까. 새로운 밀레니엄 시대에 여성문학은 더 이상 주목받지 못한다. 이제 신진 여성작가들은 아무도 여성주의 문학을 표방하지 않으며, 평론가들 또한 더 이상 여성문학에 대해 다루지 않는다.

그렇다면 여성문학은 정말 폐업 정리된 진부한 저급문학 혹은 철 지난 특수 하위장르가 되어버린 걸까? 그러나 언제 여성문학이 미학적 차원에서건 정치적 차원에서건 진지하게 다뤄진 적이 있었나? 돌이켜보면 잘못은 여성문학 그 자체에 있다기보다는 여성문학에 대한 과도한 옹호와 비난에 있다. 문단의 양대 진영인 창비와 문지 모두에서 예외적으로 열렬한 비평적 호응을 얻었을 뿐만 아니라 상업적 성공까지 거둔 신경숙의 소설들(특히 『외딴방』)을 둘러싼 여성문학 담론은 1990년대 여성문학이 거둔 이러한 한계를 고스란히 보여주는 전형적

---

2 전경린, 공지영, 김형경 등의 장편소설은 2000년대 이후 엄청난 상업적 성공을 거두었음에도 불구하고, 1990년대와는 달리 문예지에서 거의 다루어지지 않았다. 이는 여성작가와 여성문학에 대한 위상이 어떻게 달라졌는가를 단적으로 보여주는 예이다.

인 사례라고 할 수 있다. 따라서 다음 장에서는 1990년대에 '가장 여성다운 작가'로 평가받던 신경숙에 대한 논의들을 구체적으로 살펴봄으로써 1990년대 여성문학이 어떤 과정을 거쳐 진부하고 뻔한 통속의 문법으로 전락했는지, 그리고 그러한 통속적 문법이 여성성, 여성문학에 대한 해묵은 통념과 고정관념을 어떻게 반복, 재생산했는지를 구체적으로 살펴볼 것이다. 바로 이러한 부정의 우회적 과정을 통해서만 비로소 우리는 2000년대 새로운 여성문학의 가능성을 타진해볼 수 있을 것이다.

곤경에 빠진 여성문학

우리 사회에서 모성은 전통적으로 희생적인 어머니, 그리운 고향, 혹은 과거에 대한 향수 등과 같은 상투적인 기호로 재현되어왔다. 그 때문에 모성은 대개 여성의 근원이나 본질로, 혹은 여성 성장의 최종 목적지로 인식되었다. 이처럼 모성은 페미니스트들의 최후의 격전지라고 할 만큼, 여성을 둘러싼 신화·통념·편견의 집결지였다고 할 수 있다. 1990년대 여성작가들의 소설이 갖는 중요한 특징은 이런 전통적인 모성 신화를 침식하고 있다는 점이다. 1990년대 여성작가들의 가족소설에서 어머니와 딸의 갈등구조가 많이 나타나는 이유 또한 이와 무관하지 않다. 이제 모성은 시대를 초월한 신화가 아니라 담론과 이데올로기의 변화와 무관하지 않은 사회적 구성물로 받아들여지게 된 것이다.

그러나 여전히 대다수 평론가들은 모성을 여성성의 궁극적 발현 양태로, 여성적 정체성의 최후 종착지로 보고 있다. 이러한 모성 담론은 대개 표면적으로는 여성문학에 대한 옹호와 찬사를 동반하지만, 여성을 탈성화(脫性化)된 모성의 이미지 속에 가둔다는 점에서 기존의 모성 담론에서 한 치도 벗어나지 못하고 있다. 바로 그러한 모성 담론의 한가운데에 신경숙 소설이 있다. 1990년대 신경숙 문학은 '신경숙 현상'이라는 말이 나올 정도로 많은 비평가들의 시선을 받았다. 특히 신경숙 소설에 등장하는 여성인물들의 모성적 배려와 같은 여성적 자질은 백낙청, 김명환, 염무웅, 윤지관 등과 같은 민족문학 진영의 남성평론가들에 의해 매우 긍정적으로 평가받았다.[3] 다음 구절은 신경숙 문학이 체현하는 여성성 혹은 모성성에 대한 이러한 평가의 관점을 전형적으로 보여준다.

> 신경숙은 견디기 어려운 슬픔이나 고통이 닥치면 묵묵히 책상 앞으로 돌아가, 어머니가 음식을 만들어 밥상을 차리듯 소설을 쓰는 듯하다. 부엌이 어머니들에게 '가슴속에 불어닥친 슬픔을 견디는 유일한 장소'이자 삶의 은밀한 기쁨과 금지가 간직된 성소였듯이 신경숙에게 있어 소설쓰기란 바로 그 부엌과도 같아 보인다. (……) 그의 소설을 지배하는 의식은 다분히 모성적이다. 그의 소설에 대한 근년의 호응은 돌아가 어머니의 무릎을 베고 누워 위로와 안식을 다시 얻고 싶어하는 우리 시대의 내밀한 욕구에 일면 대응한다. (……) 위험을 무릅쓰고 일반화해 보자면, 신경숙을 위시한 여성작가들의 부상은 한편, 우리 시대가 모성

3 백낙청, 「'외딴방'이 묻는 것과 이룬 것」, 『창작과비평』, 1997년 가을호; 김명환, 「'외딴방'의 문을 열기 위하여」, 『실천문학』, 1996년 봄호; 염무웅, 「글쓰기의 정체성을 찾아서」, 『창작과비평』, 1995년 겨울호; 윤지관, 「90년대 리얼리즘의 길 찾기—방현석, 신경숙, 근대성의 문제」, 『동서문학』, 1996년 여름호.

적 자질들을 통한 신생을 희구하고 있는 까닭이라고 나는 해석한다.[4]

리타 펠스키(Rita Felski)에 따르면, 근대성 담론 내에서 근대화 프로젝트의 주체인 남성은 근대성의 모순에 의해 찢긴 존재로 전락하게 되는데, 이때 모성은 "구원적인 총체성의 궁극적 상징"[5]으로 비유된다. 이 오래된 성별화된 수사, 즉 근대/탈근대를 남성/여성으로 대체하는 이러한 낡은 수사학은 신경숙 소설에서 위안을 얻었던 이들에게서 반복된다. 어머니들의 성소가 부엌인 것처럼 신경숙의 성소는 '부엌과도 같'은 소설인 것이다. 이러한 '부엌 소설'은 "돌아가 어머니의 무릎을 베고 누워 위로와 안식을" 얻고자 하는 남성들의 '내밀한 욕구'를 충족시켜주는 동시에, 우리에게 익숙한 통념화된 모성 이미지에 안주함으로써 남성에게 '위안을 주는 천사'와도 같은 역할을 하게 된다.

백낙청의 「풍금이 있던 자리」에 대한 평가 또한 이에서 그리 멀지 않다. 그는 유부남을 사랑하는 여성이 유부남과의 사랑의 도피행을 포기하게 되는 일련의 갈등 상황을 "도덕적인 각성을 수반한 갈등"이라고 지적하는데, 이때 이러한 도덕적 각성을 불러일으킨 존재를 "고향의 어머니들"로 꼽는다.[6] 이러한 논의에 따르면, 결국 주인공 여성의 불륜(不倫), 즉 문자 그대로 윤리에 어긋난 '짓'은 모성적 본성에 의해서만 비로소 제지될 수 있는 것이다.

그런데 신경숙 소설에서 부엌으로 상징되는 모성적 공간은 신경숙 문학을 사인성(私人性) 및 내면성과 관련짓는 또 다른 문학적 논의들

---

4 김사인, 「『외딴방』에 대한 몇 개의 메모」, 『문학동네』, 1996년 봄호, 110~111쪽.
5 리타 펠스키, 김영찬·심진경 옮김, 『근대성과 페미니즘』, 거름, 1998, 94쪽.
6 백낙청, 「지구시대의 민족문학」, 『창작과비평』, 1993년 가을호, 109쪽 참고.

과 겹쳐지면서 현실세계로부터 고립된 신화적 장소로 탈물질화, 탈현실화된다. 특히 신경숙의 『외딴방』에서 '우물'은 이러한 사인화된 여성 신화적 공간의 상징으로 나타나는데, 대다수 평론가들에 의해 『외딴방』에서 '나'가 쇠스랑을 빠뜨렸던 우물은 존재의 상처 입은 내면을 상징하는 것으로 해석되었다. 그리하여 신경숙 소설에서 "내면의 우물을 향"한 '자맥질'은 "사적인 진정성의 추구"[7]라는 점에서 깊이 있는 자기 반성과 성찰의 한 양식으로 평가되었다. 박혜경의 다음 글은 신경숙 소설의 내면성을 사인성의 세계와 연관 짓는 논의의 양상을 대표적으로 잘 보여주고 있다.

> 신경숙은 90년대 문학이 보여주는 사인성의 세계의 한 극단에 서 있는 작가라고 할 수 있다. 그녀의 작품에서 그 사인성의 공간은 바로 타자들의 세계로부터 단절된, 혹은 그 타자들과의 관계로부터 상처받은 개인에게 그의 삶이 거처할 최소한의 실존적 공간으로 남겨진 밀폐된 방의 이미지로 나타난다. 그녀의 소설 속에 등장하는 여성들은 대부분 타자들과의 관계에서 깊은 절망과 상처를 체험하고, 타자로부터 밀폐된 공간 속에 스스로를 가둔 채, 그 속에서 자신의 상처받은 삶의 의미를 반추하고, 그 삶의 존재론적 심연을 들여다보는 고독한 응시자의 모습으로 등장한다.[8]

"신경숙 소설의 모든 주제의 바탕은 개인의 내면에 대한 관심이

---

7 서영채, 「냉소주의, 죽음, 매저키즘: 90년대 소설에 대한 한 성찰」, 『문학의 윤리』, 문학동네, 2005, 118~119쪽.

8 박혜경, 「사인화된 세계 속에서 여성의 자기 정체성 찾기」, 『문학동네』, 1995년 가을호, 31쪽.

다."[9]는 진술에서도 알 수 있듯이, 신경숙 소설에서 내면이라는 항목은 중요하다. 그것은 단지 "외부적 현실에서 독립된 마음의 작용들"[10]이 이루어지는 심리적 공간이 아니라, 타인으로부터 상처받은 개인이 타인을 비난하는 대신 자아를 응시함으로써 일정한 성찰에 이르게 하는, 그 자체로 윤리적 의미를 획득하는 공간이 된다. 즉 사인화(私人化)된 내면이라는 공간은 타인들로부터 자신을 보호할 수 있는 영역이자 동시에 자신의 상처를 통해 더욱 깊은 삶에 대한 통찰에 이를 수 있는 자기만의 '성소(聖所)'가 된 것이다.

특히 1990년대 여성작가들에게서 이러한 사인화된 세계로서의 내면이 문제가 되는 것은, 그러한 상징적 장소가 유독 여성작가들의 작품에 한해서만 '부엌'이나 '우물'과 같은 여성만의 특권화된 장소로 성별화되기 때문이다. 이런 과정을 거쳐 1990년대 여성문학의 지위와 성격은 1980년대 거대담론의 대척점에서 '내면=사적=여성'이라는 도식을 반복하면서 형성된다. 다시 말해서, 1990년대 여성문학에 대한 비평적 옹호는 동구권 몰락과 자본주의의 심화와 같은 사회정치적 배경 속에서 발언권과 영향력을 상실한 1980년대 문학을 비판하면서 '1990년대'로 상징되는 새로운 시대의 문학을 옹호하는 과정에서 전략적으로 이루어진 작업이라는 것이다. 따라서 1990년대 문학담론이 세력을 잃은 2000년대에 더 이상 여성문학이 다루어지지 않게 된 것은 어쩌면 너무나 당연한 일일지도 모른다.

그런 점에서 1990년대 여성문학의 이상한 활기는 "필요이상으로

---

9 황종연, 「내향적 인간의 진실」, 『비루한 것의 카니발』, 문학동네, 2001, 123쪽.
10 황종연, 위의 글, 같은 곳.

과대포장된 거품"[11]에 불과한 것이었으며, 바로 그러한 여성문학의 거품은 여성성의 문제를 '내면성'으로 대표되는 문학 담론의 변화를 설명하기 위한 보조적인 개념으로 활용하고 왜곡하는 1990년대 비평담론에 의해 만들어지고 부풀려진 것이다. 물론 그 과정에서 여성성, 여성문학이 여성에 대한 고정관념을 반복하는 수사학으로만 동원될 뿐, 새로운 미학적 긴장이나 여성적 담론의 동력학이 되지 못한 것은 당연하다.

이렇게 여성문학의 의미를 적극적으로 평가하는 준거가 되었던 모성과 내면의 '우물'은 아이러니하게도 여성과 여성성, 그리고 여성문학에 관한 기존의 관습적이고 전통적인 관념을 무반성적으로 반복하는 가운데 나온 것이었다. 그리고 그것은 결국 여성문학을 "전설의 우물"[12]이라는 황종연의 표현 그대로 역사 뒤편으로 사라질 운명에 처한 '전설'로 만들어버렸다.[13] 비유컨대 여성문학은 내면이라는 우물에 빠져 갇혀버렸던 것이다. 그 결과 1990년대 여성문학에 적극적인 의미를 부여하는 근거가 되었던 '부엌'과 '우물'의 메타포와 관련된 여성문

11 김미현, 「이브, 잔치는 끝났다」, 『문학동네』, 1999년 봄호, 331쪽.

12 황종연, 「여성소설과 전설의 우물」, 『비루한 것의 카니발』, 문학동네, 2001. 이 글에서 황종연은 오정희와 신경숙 소설에 나타나는 '우물'에 대한 상상력을 "여성문화의 전통을 새롭게 천착하고 포용"함으로써 "여성적 창조성의 충만한 비전이 자라나"(83쪽)오는 장소로 설명하고 있다. 여성적 창조성과 상상력의 원천을 '옛 우물', 즉 전통적인 여성문화에서 발견하려는 이러한 비평적 시도는 한편으로는 그동안 은폐되어왔던 여성적 경험에 잠재된 문화적 가능성을 복권하려는 기획이라는 점에서 의미 있지만, 다른 한편으로는 이러한 발상이 여성성과 모성성에 대한 새로운 해석이라기보다는 가부장제하에서 형성된 전통적인 어머니상을 부분적으로 반복하는 것에 불과하다는 점에서 한계가 있다.

13 여성문학에 대한 비평담론의 변화는 1990년대 여성문학에 대한 최근의 논의에서 더욱 분명하게 드러난다. 특히 사인화된 여성성의 세계이자 내면의 진실성이 담보된 여성적 공간으로 추앙받던 신경숙의 '외딴방'은 이제 "가부장적인 삶이 온화한 형태로 왜곡되지 않은 채 지배하는 곳"(김영옥, 「90년대 한국 '여성문학 담론에 대한 비판적 고찰」, 『상허학보』 9집, 2002, 104쪽)으로 재평가받게 된다.

학에 대한 고정관념은 이제 결과적으로 여성문학을 '여성들만의 문학'으로 제한해버림으로써 끝내 문학의 변두리 하위장르로 밀어내 고착시켜버리는 작용을 하게 된다. 이 점에서는 지난 시기 여성문학을 적극 옹호했던 여성(주의)평론가들의 책임도 크다. '모성'과 '내면'을 여성문학을 위한 하나의 전략적 거점으로 적극 옹호하고자 했던 그들의 비평적 시도 역시 역설적이게도 이전의 여성에 대한 통념과 고정관념—전통적인 어머니상의 복제 및 공/사 영역의 젠더 이분화—을 더욱 강화하는 연장선상에 있었던 것이다.

그러나 문제는 여전히 현재진행형이다. 지금도 여전히 여성성과 여성문학에 대한 편견과 오해는 '부엌 문학'과 '우물 문학'에 대한 비평가들의 고정관념에서부터 피어오른다. 나아가 그런 고정관념은 여성성/여성문학에 대한 논의를 남성/여성이라는 생물학적 성 구분의 도식 바깥으로 나아가지 못하게 할 뿐만 아니라 여성문학을 한정적이고 고정적인 범주 속에 가둠으로써 새롭고도 생산적인 문학의 가능성을 차단한다. 어쩌면 현실적으로 "남성성/여성성의 가부장제적 이분법에서 벗어나 여성을 이야기하는 것"은 그렇게 쉽지 않으며 그런 의미에서 정녕 "남성형 담론의 '바깥'"[14]은 없을지도 모른다. 그럼에도 불구하고, 그런 도식적이고 규범적인 이분법을 해체하려는 시도에서부터 새로운 여성문학의 시작은 가능해질 것이다. 그 시도는 구체적으로 남성 혹은 여성이라는 단수적 젠더(gender)를 고집하기보다 복수적 젠더 '들'의 가능성을 타진하는 것이며, 여성에게 사적 공간을 할당한 뒤 그곳에 가두기보다 새로운 여성적 영역'들'을 발견하는 것이기도 하다.

---

14 황종연, 앞의 글, 65쪽.

이어지는 장은 바로 이러한 새로운 여성문학의 가능성을 보여주는 최근의 문학적 성과들을 짚어보고, 특히 천운영, 강영숙, 황병승 등을 중심으로 2000년대 여성문학의 지형도를 부분적이나마 그려보는 일이 될 것이다.

이분법적 젠더 정체성을 '탈(脫)'하기

2000년대에 들어와 여성작가들의 작품은 1990년대 여성문학의 경우처럼 몇 가지 항목으로 묶을 수 없을 정도로 다양한 갈래들을 보여준다. 그중에서도 주목할 만한 것은 많은 여성작가들의 소설에서 관습적인 성차의 흔적이 지워지고 있다는 것이다. 예컨대 1990년대 배수아 소설에 등장하던 성장을 거부하는, 성별화 이전의 미성숙한 존재였던 아이들은 이제 2000년대 들어서면서부터는 속물적인 세계와 동떨어진 채 물질에 속박되지 않는 순수한 정신을 지향하는 동성애자로 변모한다.[15] 이 소설에서 동성애자는 사회에서 소외된 성적 소수자이기보다 남성과 여성이라는 관습적 성차가 삭제된 탈젠더적 존재로 그려진다. 그런데 배수아 소설의 인물들에게서 나타나는 이러한 성적 차이의 삭제 내지 은폐는 기존의 가부장제적 젠더 이데올로기에 대한 직접적 비판이라기보다는 전체적 집단주의로부터 거리를 두는 개별 자아의 고립적이고 독자적인 삶의 방식을 옹호하기 위한 하나의 소설적 장치에 가깝다. 『동물원 킨트』에서 작가 서문을 대신해 자신의 창작방법

15 동성애자가 등장하는 대표적인 소설로는 『에세이스트의 책상』이 있다.

과 원리를 설명하고 있는 다음 구절은 이러한 작가의 생각을 잘 보여주고 있다.

> 드물게도, 이 글은 분명하게 미리 생각되어진 면이 있었다. 그것은 주인공의 성별을 규정하지 않겠다는 것이었다. 소극적인 면으로 본다면, 생각하기에 따라서 그(녀)는 남자도 또한 여자도 될 수 있는 것이다. 그러나 좀 더 개입한다면, 성 정체성의 의도적인 거세이다. 성별이 결정되지 않으면 주인공의 사회적 입장, 정서적인 상태, 개별적인 사건에 대한 반응, 작가나 독자가 소설을 접할 때 느끼는 무의식적인 동일시, 그런 점들이 방해받게 되는 것이 사실이다. 더구나 중요하게 평가받고 있는 자의식이 확고해지기 어렵기 때문에 더욱 매력적인 주인공의 전형에서 멀어질 것이다. 결정적으로 말해서 성별이 없는 인간이란, 지금 현재 그다지 인상적이지 않다. 그럼에도 불구하고 이 글의 그(녀)에게 성별을 규정하지 않은 이유는, 성적 정체성이 자연스럽게 부여하는 모든 정서의 상태를 부정하기를 원했기 때문이다.[16]

관습적으로 이분화된 성별체계는 이미 자연스럽게 받아들여지고 있는 현실적 기준으로 인식되고 있다. 따라서 대다수에게 일종의 이데올로기로 작용하는 통념적이고 천편일률적인 가치를 거부해온 작가인 배수아에게 이러한 젠더 고정관념은 당연히 "가장 무시하고 경멸해야 할 대상이 된다." 그런 관점에서 볼 때 배수아 소설에 등장하는 성차가 지워진 인물들은 우리 사회 전반에 걸쳐 아직도 농후한 남성중심적 가

---

16 배수아, 『동물원 킨트』, 이가서, 2002, 5~6쪽.

치에 대한 비판적 자의식을 가진 존재라기보다는 다수결주의와 몰개성이 지배하는 한국의 사회문화 전반을 조롱하고 비아냥거리는 존재에 더 가깝다. 배수아 소설이 여성주의적으로 해석될 여지가 많은 것은 분명하지만 여성주의 문학이라고 보기 어려운 것은 이 때문이다. 이러한 생각은 2000년대 이후에 등단한 젊은 여성작가들의 작품에 등장하는 성차가 지워진 인물들을 볼 때 더욱 분명해진다. 최근 소설에 자주 등장하는 이러한 인물 유형은 분명 기존의 정형화된 인물에서 벗어난다는 점에서 의미가 있지만 여성주의적 의식과는 무관한, 오히려 반여성주의적으로 해석될 여지가 있다는 점에서 문제적이다.[17]

천운영 소설에서도 이러한 성차의 삭제 혹은 전도가 나타나는데, 특히 「늑대가 왔다」(『명랑』, 문학과지성사, 2004)의 '늑대'는 관습적으로 남성을 상징하는 늑대라는 동물에 모성적 성격을 부여함으로써 새로운 성적 지표의 의미를 획득하게 된다. 또한 천운영 소설에 자주 등장하는 그로테스크한 육체에 동물성의 식욕을 갖춘 여성인물들 역시 한국문학에서 보기 드문 낯선 유형의 캐릭터다. 「월경」의 가분수 여자아이, 「숨」의 육식동물을 닮은 할머니, 「행복고물상」의 쭈글쭈글한 아내, 「포옹」의 곱사등이 등 그녀의 대부분의 소설에서 여성 신체는 뒤틀리고 비정상적인 것으로 그려진다. 게다가 그들은 수시로 남편을 구타하고 손자의 삶을 착취하거나 심지어 남자의 목숨까지도 빼앗아 갈 만큼 폭력적이다. 이러한 추함과 육식성, 폭력성은 적어도 한국문학에서 여

---

17 예컨대 김애란 소설에 자주 등장하는 어린 남자아이는 젠더 중립적이거나 탈젠더적인 존재라고 할 수 있지만, 반복적으로 자신의 생과 글쓰기의 기원을 부재하는 아버지에게서 발견하려고 한다는 점에서 아버지-아들로 이어지는 남성적 가계도에 충실한 인물이라고 볼 수도 있다.

성에게 주어진 적이 없는, 남성적인 것으로 젠더화된 속성이었다. 그런 점에서 천운영 소설의 여성인물들은 "남근적 여성들(phallic women)"[18] 이라고 할 수 있다.

그러나 남성적 욕망의 소유자인 천운영 소설의 여성인물들은 한편으로 관습적 남성성을 재연하는 유사 남성의 성격을 띠긴 하지만 다른 한편으로는 그녀들의 남성적 욕망이 상징질서에 포섭될 수 없는 불구의 형태를 띤다는 점에서 상징질서의 처벌을 두려워하면서도 상징질서의 내적 질서를 교란하는 불투명한 존재성을 드러낸다. 특히 「월경」에서 이러한 사정은 좀 더 분명하게 나타난다. 이 소설의 주인공인 '나'는 열세 살 이후로 성장을 멈춘, 150센티미터도 안 되는 키에 곱추의 등허리처럼 부담스럽게 달린 머리통을 가진 이제 스무 살의 여성이다. 부모가 모두 떠난 집에서 홀로 지내는 '나'는 여종업원으로 고용한 '계집'의 수입 중 절반으로 생활하는데, '나'의 유일한 즐거움은 계집의 몸을 훔쳐보는 것이다.

> 계집이 치마를 모으고 앉아 땅바닥에 손을 짚어가며 머리카락을 찾는 동안 나는 셔츠 사이로 봉긋 솟아오른 가슴을 훔쳐본다. 서른이 훨씬 넘은 나이에도 계집은 제법 탱글탱글한 가슴을 유지하고 있다. 가슴도 가슴이지만 계집의 엉덩이는 정말 탐스럽다. 표주박 두 개를 나란히 놓은 듯 완만한 곡선을 이루다가 툭 불거지는 모습이 여간 아니다. (……) 나는 문틈에 대고 숨을 죽인 채 계집의 엉덩이를 훔쳐보곤 한다. 엉덩이 사이로 손가락을 쑥 넣거나 체벌을 하듯 엉덩이를 찰싹찰싹 때리는 상

---

18 이명호, 「2000년대 한국 여성의 위상과 여성문학의 방향」, 『문학수첩』, 2006년 봄호, 92쪽.

상을 하면서.[19]

'나'가 '계집'의 몸을 훔쳐보고 있는 위 구절은 마치 남성 서술자에 의해 서술된 듯하다. 특히 '탱글탱글한 가슴'과 표주박에 빗대어지는 엉덩이, 그 엉덩이에 가해지는 사디즘적 폭력까지, '나'는 남성의 관음증적 시선으로 계집의 몸을 분편화하고 대상화하면서 은밀한 성적 쾌감을 느낀다. '나'는 여기서 전통적으로 남성적 성도착의 하나로 간주되어온 관음증을 전유함으로써 관능성과 공격성을 공유한 사디즘적 주체가 된다. 그런 점에서 '나'는 남성의 욕망을 모방하는 유사 남성이라고 할 수 있다. 그러나 전적으로 그렇다고 단언하기 어려운 이유는 '나'의 신체의 기형성과 도착적인 욕망이 아버지가 그어놓은 욕망의 금지선으로부터 촉발된 것이기 때문이다. 다시 말해서, '나'의 남근적이고 도착적인 욕망은, 과도한 욕망을 가졌던 어머니를 살해한 아버지에 대한 두려움과 자신의 여성적 욕망을 그 아버지의 질서 속에서 억압하고 통제한 결과 왜곡되어 표출된 것이라고 볼 수 있다. 소설의 결말 부분에서 '나'는 벌거벗은 계집이 사내와 행복해하는 모습을 목격하는데, 그것을 통해 어렴풋하게나마 금기와 위반으로만 규정되는 욕망의 패러다임을 넘어 여성 욕망의 향연을 이해할 수 있게 된다.

분명 천운영 소설의 남근적 여성은 관습적인 남성성을 재연하는 유사 남성의 성격을 지닌다. 게다가 천운영 소설에서 대개의 여성은 자신들의 도착적이고 과잉된 성적 욕망 때문에 처벌받고 있다는 점에서, 관습적으로 젠더화된 욕망의 패러다임에서 자유롭지 못하다고도 볼 수

---

19 천운영, 「월경」, 『바늘』, 창작과비평사, 2001, 70쪽.

있다. 기존 사회의 성적 관습에서 벗어나 쾌락과 욕망의 여성중심적 체제를 새롭게 구축하려는 문학적 시도가 아직까지는 그리 매끄러워 보이지 않는 것은 그 때문이다. 그럼에도 불구하고 그녀들은 기존의 남성과 여성의 성 구분이 모호해지는 특이한 성적 존재로서, 남성중심적 상징질서에 포섭되기 어려운 불구적 형태를 띤다고 할 수 있다. 즉 그녀들은 한편으로는 남성적 상징질서를 내면화하면서 그에 포섭되는 듯하면서도 바로 그런 가운데서 그 상징질서의 내적 질서를 교란하는 모호하고 양가적인 존재성을 드러낸다. 바로 이러한 여성인물의 양가성과 모호성이야말로 고정된 성적 관념에 문제를 제기하고 우리로 하여금 관습적인 여성성의 관념으로부터 벗어날 수 있게 해 줄 수 있는 것이다.

복수적 젠더'들'의 출현

천운영이 남성적 욕망을 모방하는 유사 남성의 정체성을 가진 그로테스크한 여성인물을 통해 기존의 이분화된 젠더 정체성을 교란하고 있다면, 남성 시인인 황병승은 여성의 자궁을 욕망하는 시적 화자를 등장시킴으로써 여성성의 문제를 생물학적 성의 범주를 넘어서서 사유하게 한다. 그뿐만 아니라 이러한 여성성의 시적 상상력은 가부장적 상징질서의 고정된 이분법의 경계에서 남성도 여성도 아니고 인간도 짐승도 아닌 복수적 존재들을 만들어내어 여성성을 이분법적 성 정체성의 경계 바깥에서 사유할 수 있게 한다. 특히 황병승 시에서 '자궁'은 여성의 생물학적 기관이라는 의미를 넘어서 시적 상상력의 모태라는 새로운 상징적 의미를 획득하게 된다.

나는 나의 질긴 자궁을 어디에 두었나
광장의 시체들을 깨우며
새엄마를 낳던 시끄러운 밤이여.
꼭 맞는 호주머니를 잃어서
오늘 밤은 모두 슬프다

—「검은 바지의 밤」 부분[20]

이 시에서 시적 화자가 잃어버린 호주머니-자궁은 탈/부착이 가능한 가변적인 것이다. 게다가 그러한 호주머니-자궁은 '검은 바지'로 은유화된다. 이 순간 "남성의 의복으로 간주되어온 바지는 내적으로 비어 있는 공간인 호주머니-자궁과 구조적으로 상동함으로써 남성의 것이기도 하고 여성의 것이기도 한 모호하고 중간적인 것이 된다."[21] 황병승 시에서는 이렇게 자궁을 연상시키는 속이 텅 빈 사물들이 자주 등장한다. '서랍'(「서랍」)과 '자루'(「너무 작은 처녀들」), '입의 나라'(「주치의 h」) 등이 그것인데, 그것은 시적 화자인 '나'가 선천적으로 가지고 태어난 것이 아니라 후천적으로 획득한, 그리고 탈부착이 가능한, 하나가 아닌 여러 개라는 특징이 있다. 그뿐만 아니라 그곳은 '나'가 평생 "들락날락"(「주치의 h」)하면서 끊임없이 새로운 '나'를 태어나게 함으로써 자신의 "옛 이름을 우스꽝스러운"(「여장남자 시코쿠」) 것으로 만들어버리는 곳이기도 하다.

---

20 황병승, 『여장남자 시코쿠』, 랜덤하우스중앙, 2005, 22쪽.
21 허윤진, 「나의 분홍 종이 연인들, 언어로 가득 찬 자궁이 있는 남성들」, 『문예중앙』, 2005년 여름호,

황병승 시에서 자궁을 단순히 생물학적 여성의 기관으로만 한정할 수 없는 것은 이 때문이다. 그곳은 단순히 생산하기만 하는 곳이 아니라 생산된 것을 소멸시키는 곳이기도 하다. 그렇게 호주머니-자궁에서 생산된 것들은 하나의 고정된 사회적 정체성을 거부한 채 환유적으로 대체되거나 삭제된다. 황병승의 시에 자주 등장하는 트랜스젠더나 드래그퀸, 크로스드레서와 같은 존재들을 새로운 성적 주체성으로 규정할 수 없는 것은 이 때문이다. 그들은 오히려 "모든 것을 선언한 뒤 알 수 없는 사람"이 될 뿐이다. 심지어 그들은 "죽을 때까지 어떠한 이름으로도 불려지지 않"(「여장남자 시코쿠」)고 싶어한다.

이렇듯 자궁의 가변성에서 촉발된 가변적 주체에 대한 시적 상상력은 이 세계의 명명법으로는 이름 붙일 수 없는 낯선 복수적 존재들을 만들어낸다.

부끄러워요 저처럼 부끄러운 동물을
호주머니 속에 서랍 깊숙이
당신도 잔뜩 가지고 있지요

부끄러운 게 싫어서 부끄러울 때마다
당신은 엽서를 썼다 지웠다
손목을 끊었다 붙였다
백 년 전에 죽은 할아버지도 됐다가 고모할머니도 됐다가……

—「커밍아웃」 부분

자신의 진짜 정체성을 "뒤통수"와 "항문"이라고 선언했던 시적 화자는 곧바로, 그러한 단언적 진술을 '썼다 지운다.' 이처럼 황병승 시에서는 사회비판적인 자기 선언조차 거부되거나 삭제된다. 그리하여 '나'는 "백 년 전에 죽은 할아버지도 됐다가 고모할머니도" 된다. 자신이 뒤통수와 항문이라고 커밍아웃한 직후, '나는 누구인가'라는 질문이 또다시 제기되는 것이다. 이렇게 황병승의 시에서 자기 확인의 질문은 대답을 유예한 채 끝없이 지속된다. 그런 과정을 거치면서 '나'는 "마리오 속의 미란다가 미란다 속의 마리오가 마리오 속의 쟝이 쟝 속의 치타씨"(「소년미란다좌절공작기」)가 된다. 이들은 "하나이면서 모든 것들이, 한 순간이면서 모든 순간인 세계", 즉 자기 동일적이고 순환론적인 단일성의 세계로부터 추방된 존재들이다. 그런 점에서 황병승의 시는 "너무 많은 인물들이 등장하는 한 미치광이의 이야기"라고 할 수 있다. 사회가 부여해준 단일한 젠더 정체성을 거부한 이들은 결국 정신병동에 갇히지만, 정신병자라는 정체성 역시 그들을 온전히 해석해주지 못한다. 그것 또한 하나의 연기에 불과하기 때문이다. 그리하여 정신병동에 갇힌 '리타'는 이렇게 속삭인다. "걱정 마세요 수간호사님, 이건 그저 연기일 뿐이니까요."(「리타의 습관」)

이들이 연기하는 주체는 자기 정체성 확인에 실패한 존재들이다. 황병승 시에 등장하는 수많은 등장인물들은 모두 시적 자아의 분신이거나 변이형이라고 할 수 있다. 자궁의 무한한 확장과 수축을 통해 생성된 황병승 시의 등장인물들은 "정육점에서 뿌리째 잘라준, 쬐끄만 녀석을 허리춤에 차"(「대야미의 소녀—황야의 트랜스젠더」)거나, "순돈육 자지를 달고 불 속을 걸"(「에로틱파괴어린빌리지」)어가기도 한 '여장남자 시코쿠'다. 이렇게 황병승 시에서 페니스는 자궁과 마찬가지로 탈부착이 가능할 뿐만 아니라 인공적이기까지 하다. 그리하여 완고한 이분법적 젠더 체계 속에서 남성과 여성을 구분해주었던 페니스와 자궁이라는 생물학적 기관은 이제 합체와 분리가 가능한 기계가 된다.

그렇게 생물학적 기원 서사를 가지지 않는 사이보그인 '여장남자 시코쿠'는 남성에도 여성에도 속하지 않은 채, 남성과 여성의 경계 '사이'를 파고들어가 모든 명확한 존재를 모호하게 한다. 모든 경계지대에 존재하는 것들과 마찬가지로, 이들은 어떤 단일한 잣대나 기준으로 규정하려는 순간 "웃음소리"(「Cheshire Cat's Psycho Boots—7th sauce—여왕의 오럴섹스 취미」)만 남긴 채 사라진다. 완고한 성 정체성의 경계를 넘나들며 경계 자체를 질문하는 이 여장남자들은 한편으로는 여전히 강고한 가부장제적 질서를 뒤흔들면서도 다른 한편으로는 규범화된 페미니즘에 의해 신화화된 여성성 또한 심문한다. 그리하여 이제 황병승 시에 출몰하는 복수적 젠더들은 남성과의 대타적 관계 속에서만 제한적이고 순환론적으로 논의되던 여성성을 이분법의 범주를 넘어서는 곳에서 새로운 방식으로 이야기할 수 있는 가능성을 제시하고 있다.

경계 넘기, 경계 되기

분명 황병승의 시는 표면적으로 여성성의 미학을 표방하지 않음에도 불구하고 기존의 여성성에 대한 고정관념이나 문학적 관습과는 다른 자리에서 생겨나고 있는 여성성에 대한 탐구의 일면을 보여준다. 그러나 이때의 여성성은 그 자체로 탐구되는 것이라기보다는 하위문화적 상상력의 장치를 빌려서 표출되는 징후와 같은 것이다. 황병승의 시가 여성적 육체 속에 거주하는 수많은 타자들을 불러내어 여성의 서사를 만들어내는 여성주의 시인인 김혜순의 시(「내가 모든 등장인물인 그런 소설 1, 2, 3」)와 닮아 있으면서도 여성성의 원리를 궁극적인 글쓰기의 지향점으로 삼지 않는 것은 이 때문이다. 오히려 황병승에게 여성성의 문제는 대타자의 심급이 무력해지고 자아가 사라져가는 후기자본주의 사회에서 '나'를 다르게 말하는 하나의 시적 방법론으로 차용되고 있는 듯하다. 따라서 그에게 여성성은 부차적 효과일 뿐 궁극적인 문학적 원리로까지 원용되지는 않는다고 볼 수 있다.

이와 달리 강영숙의 소설은 새로운 여성성과 여성문학의 가능성을 적극적으로 탐구하면서 그것을 소설의 미학적 차원으로까지 끌어올리고 있어 주목된다. 특히 장편소설 『리나』는 경계지대에 거주하는 복수적 존재들의 삶을 통해서 남성성/여성성이라는 기존의 이분법적인 단수 젠더체계에 문제를 제기하는 동시에, 여성 육체와 섹슈얼리티의 관점에서 경계에 대해 사유함으로써 여성적 존재방식을 세계에 대한 새로운 인식적 방법론으로 만들고 있다.

강영숙의 『리나』는 더럽고 냄새나는 공간들의 순례를 기록한 '악취'와 '땟국'의 서사다.[22] 예컨대 리나가 화공약품 공장에서 강간당할 때 리나의 배 위로 쏟아진 것은 "내장이 뒤집힐 것처럼 독한 냄새가 나는 흰 화공약품"[23]인데, 소설이 끝날 무렵 이 지독한 악취는 매춘과 중노동에 시달린 리나의 몸으로 옮겨 간다. "나는 화학 가스에 오염된 몸

---

22 『리나』에 대한 분석은 졸고 「새로운 거짓말과 진부한 거짓말」(『실천문학』, 2006년 겨울호)의 내용을 수정 보완한 것이다.

23 강영숙, 『리나』, 랜덤하우스, 2006년, 58쪽. 아래에서 『리나』를 인용할 때는 인용문 뒤에 쪽수만 부기한다.

이랍니다. 내가 낳는 아이들은 대대손손 병신이고 불임이라는데요."(313쪽)라는 리나의 고백은, "세계의 국경이 몸살을 앓고 있"(311쪽)는 현실이 어떻게 리나의 몸을 통해 체현되는가를 잘 보여준다. 결국 리나의 세계여행은 바로 이런 세계의 악취를 자기 몸에 옮겨놓는 과정에 불과한 것이 된다. 리나뿐만이 아니다. 할머니와 봉제공장 언니를 비롯한 소설 속 대부분의 국외자들은 쓰레기 천지의 세계를 여행하면서 점점 말 그대로 쓰레기가 된다. 그들의 몸은 "그야말로 오물 천지"(288쪽)가 되는 것이다.

세계가 앓는 고통의 이러한 전이와 그에 대한 동화가 가능한 것은 리나가 국경으로 상징되는 중첩적인 지역 안에 존재함으로써 그녀의 정체성을 다중적인 범주들에 걸쳐놓고 있기 때문이다. 리나는 본래적인 기원을 고집하는 대신 그 위에 다른 존재 이미지를 겹쳐놓음으로써 끊임없이 스스로를 낯설고 불안한 타자적 존재로 만든다. 가령 소설에서 리나는 자주 거울을 들여다보는데, 거울 속에서 매번 확인하는 것은 원래의 자기 모습이 아니라 자기 얼굴에 드리워진 '검은 그림자'와 '깊은 긴 주름'이다. 서사가 전개될수록 리나는 점점 "낯모르는 여자의 얼굴"(128쪽)이 되어간다. 그렇게 리나는 국경 넘기를 거듭하면서 다른 존재들을 자기 안에 쌓아간다. 그리하여 리나는 어떤 단일한 범주에도 귀속되지 않는 재현하기 어려운 복수성을 지닌 존재가 된다. 리나는 죽어가는 할머니를 끝까지 돌볼 정도로 착한 여자인가 하면 다른 한편으로는 "성격파탄자, 알코올중독자"(250쪽)이기도 하다. 봉제공장 언니와 육체적 관계를 맺지만 그렇다고 동성애자라고 보기도 어렵다. 그처럼 소설에서 리나는 "깨진 거울을 통하지 않고서는 자신이 누구인지 절대 알 수 없"(89쪽)는, 스스로에게도 낯설고 이질적인 존재로 그려진다. 게다가 리나는 가족들이 있는 P국으로 갈 수 있는 기회조차 자발적으로 포기함으로써 자신의 기원을 삭제한다. 이제 그녀에게는 더 이상 돌아갈(가고 싶은) 고향이 없다. 그렇게 리나는 끝없는 탈국의 상황 속에서 자발적으로 스스로를 텅 빈 주체로 만들어버림으로써 진정 세계의 불안과 공포를 구성하는 동시에 그런 불안과 공포를 배출하는 탈근대적·탈주체적 존재가 된다.

그러나 사실 리나의 탈출 여정과 국경 넘기는 이미 진부해질 대로 진부해진 현실에 불과한, 전혀 새롭지 않은 이야기이다. 우리는 이미 불법체류 노동자들에 관한 구구절절한 사연은 물론 자본의 유통경로를 따라 남하하는 매춘여성들이 그려낸 새로운 지도에 관해서도 익히 알고 있다. "『리나』를 읽어가는 과정은 클리셰와의 힘겨운 투쟁과정이었다"[24]는 진술도 그런 측면에서 충분히 이해할 수 있다. 그럼에도 불구하고 『리나』가 익숙한 탈출자 이야기와 차별되는 것은, 리나의 모순적이고 중층적인 성격에 근거하여 '경계 넘기'라는 현실을 리나의 육체 위에 허구적으로 구축하고, 그러한 허구적 구축을 통해 뻔한 탈출 이야기를 '경계 되기'라는 문학적 현실로 재구성하고 있기 때문이다.

리나는 사랑하는 삐와 첫 관계를 맺으면서 그의 국경 탈출담을 자신의 몸으로 듣고 이해하게 되는데, 그 순간 리나는 "머릿속이 환해지면서 비좁은 방 안의 벽들이 다 무너지고 저 먼 하늘로부터 둑처럼 펼쳐진 푸른 국경선이 다가"(140쪽)오는 낯선 경험을 하게 된다. 삐의 탈출담은 그대로 리나의 몸에 '국경선'으로 담겨지게 된 것이다. 그리고 삐의 국경 이야기가 리나의 몸에 받아들여지는 순간, 리나는 생명을 잉

---

24 이혜령, 「국경과 내면성」, 『문예중앙』, 2006년 가을호, 235쪽.

태하듯이 몸이 부푸는 환상을 경험한다. 국경을 넘으면서 리나가 보고 들은 국경 이야기는 그렇게 부풀려진 배의 텅 빈 공간만큼 차곡차곡 쌓인다.[25] 그리하여 리나의 몸은 차라리 국경 자체가 된다. 리나는 어떤 공간에서도 "자발적으로 사라지기로, 배경으로도 남지 않기로 결심"하는데, 왜냐하면 리나는 끊임없이 떠돌면서 스스로 공간을 만들어가는 존재이기 때문이다. 그 공간은 아침에 세워졌다 저녁에 붕괴되고 계속 움직이는 곳이며, 다른 공간들이 포개져 그 실체조차 불분명한 신기루 같은 곳이다. 그곳은 분명 주어진 현실 속에 위치해 있으면서도 어디에도 없는 '이상한 나라'인 것이다.

바로 그 순간 비로소 '경계'는 추방된 존재가 자신을 진부한 존재로 만드는 세계적 조건과 투쟁할 수 있는 새로운 문학적 공간으로 변모하게 된다. 이렇게 슬픔과 기쁨, 공포와 유머, 폭력과 애무가 공존하는 기이한 허구의 공간은 극악무도한 현실을 '극성맞음'으로 맞서는 존재가 구축한 새로운 담론과 존재방식을 가능케 하는 곳이다. 그렇게 "리나는 또다시 저만치 앞 허공에 푸른 둑처럼 펼쳐져 있는 국경을 향해"(348쪽) 끊임없이 달려간다. 이러한 리나의 여정은 언뜻 끊임없이 세계의 경계를 넘음으로써 경계의 무화를 주장하는 것처럼 보인다. 그러나 모한티가 지적하듯이, '경계 없음(without border)'은 "경계를 상정하지

---

25 『리나』 이전에 발표된 강영숙 소설들에서도 여성 육체는 단순히 소재에만 국한되지 않고 비극적 세계의 기미를 알아채는 수단인 동시에 그러한 세계의 비극성이 빚어낸 하나의 '사건'이 되기도 한다. 그런 맥락에서 「봄밤」의 "임신이었다"라는 마지막 문장은 오정희의 「중국인 거리」에서 여성의 첫번째 성장통을 암시하는 "초조였다"는 진술과 공명하면서 여성이 겪는 제2의 성장통을 암시한다. 그러나 그것은 단순히 여성 육체의 변화만을 가리키는 것이 아니라, 세계의 고통에 민감하게 반응하고 조응함으로써 세계에 대한 새로운 감각법을 터득하는 것을 의미하기도 한다. 특히 「날마다 축제」에서 임신과 출산을 경험한 여성 육체는 비극적 현실과 교통하는 새로운 감각기관으로 재탄생하고 있다.

않는(border-less)" 것이 아니라 "그 경계가 재현하는 단층선, 갈등, 차이, 두려움, 봉쇄를 인식하"고 "단 하나의 의미를 띠는 경계는 없다는 것을 인식하는" 것이며 "국가, 인종, 계급, 섹슈얼리티, 종교, 장애를 통과하며 그 사이를 가로지르는 경계선들이 실재함을 인식하는" 것이다.[26] 그런 의미에서 『리나』의 경계 넘기는 단순히 현존하는 이 세계의 차별과 차이를 삭제하는 것이 아니라, 오히려 경계 자체에 대해 질문하고 나아가 자발적으로 그러한 경계가 됨으로써 이 세계의 변화에 대한 문학적 상상을 제공하는 것이라고 할 수 있을 것이다.

정체성의 정치학에서 여성성의 미학화로

지금까지 천운영, 황병승, 강영숙의 작품들을 통해 개괄적으로 살펴본 2000년대 여성문학의 특징을 요약해본다면, 그것은 이들 작가들이 관습적인 성차로부터 벗어난 곳에서 여성과 여성성의 문제를 사유한다는 것이다. 천운영 소설에 등장하는 '남근적 여성들', 황병승 시의 '여장남자 시코쿠', 강영숙 소설의 국경을 넘는 리나는 바로 그러한 남성/여성의 이분법적 환원체계라는 환상의 스크린을 찢고 튀어나와 여전히 우리 사회를 지탱하는 견고한 젠더 이데올로기를 심문하는 존재들인 것이다. 이들의 텍스트는 바로 그러한 방식을 통해 한국문학에서 끈질기게 반복되어온 해묵은 성차(性差)의 이분법으로부터 벗어나고 있

26 모한티·찬드라 탈파드, 「서론: 탈식민주의, 반자본주의적 비평, 페미니즘적 개입」, 『경계 없는 페미니즘』, 문현아 옮김, 2005, 여이연, 14쪽.

을 뿐만 아니라, '여성성'의 범주를 좀 더 탄력적으로 재구성하고 재사유할 수 있는 가능성을 열어놓는다. 여성성/남성성은 물론, 주변/중심, 사적/공적, 미시/거시 등과 같은 이분법적 경계의 규정성을 흐려버리는 다양한 복수적 존재들의 등장은 기존 여성문학의 경계를 넘어서는 새로운 여성문학의 가능성을 보여준다는 점에서 의미 있다.

지금까지의 한국페미니즘 문학은 여성을 주체로 재현하고 그러한 여성 주체를 통해 페미니즘 정치학의 어젠다를 구성해왔다. 분명 이러한 페미니즘의 정체성의 정치학은 한국의 여성 현실을 고발하고 제도권에서 소외된 여성들에게 일정한 권력을 분배해줌으로써 억압받았던 여성을 일정 정도 해방시킨 것은 사실이다. 그러나 그 과정에서 '여성'의 범주를 아무런 고민 없이 끌어옴으로써 재현의 정치학으로서 여성문학의 가능성을 제한해온 것 또한 사실이다. 특히 1990년대 여성문학은 여성성을 생물학적 모성성과의 관련 속에서만 제한적으로 사유하고 나아가 이를 남성 중심적인 문명적 폐해를 치유할 원리로 신비화하고 특권화함으로써 남성성과 여성성에 대한 기존의 남성 중심적인 시각을 다른 차원에서 재생산해왔다. 1990년대 여성문학이 일정한 성과에도 불구하고 더 이상 발전적으로 논의되거나 생산되지 못한 이유도 바로 여기에 있다. 반면에 비록 징후적이고 산발적으로 나타나기는 하지만 2000년대 여성문학은 여성 존재와 여성성에 대한 관습과 통념에 얽매인 단선적인 이해와 감각을 넘어선 곳에서, 그것을 부정하는 다양한 복수적 존재들의 교통과 교감 속에서 새로운 여성문학의 가능성을 제시해주고 있다. 특히 그것이 단순히 이분법적 젠더 시스템을 교란하는 데서 그치는 것이 아니라 새로운 문학적 방법론의 차원에서 적극적으로 사유되고 있다는 점에 주목할 필요가 있다. 이제 여성성은 단지

'여성'이라는 단일한 정체성의 정치의 주체가 아니라 새로운 미학의 가능성을 모색할 수 있는 방법론적 거점으로 전유될 수 있는 단계에 이른 것이다. 그리고 어쩌면 새로운 '문학'의 가능성 또한 이 가운데서 자라 나올는지도 모른다.

제9장

여성 폭력의 젠더정치학

고양이를 부탁해?

고양이가 학대받고 있다. 영화 〈고양이를 부탁해〉(2001)에서부터 김은희의 만화 『나비가 없는 세상』(2008)에 이르기까지, 흔히 고양이는 애완동물이면서도 인간의 애완에만 의존하지 않는 독특한 자립적 습성을 가진 탓에 도도하고 이기적이지만 여리고 내성적인 존재를 상징하는 대표적 캐릭터로 다뤄져왔다. 그래서 고양이는 변두리 청춘의 불안한 현실과 그로부터의 탈주에 대한 욕망을 대변하거나, 혹은 현실과 타협하지 않는 독신 남녀의 자유로운 일상을 다루는 시크하고 쿨한 소설의 주인공을 비유하기에 적합한 존재가 되었다. 그만큼 고양이는 일상적으로나 문학적으로 친숙하고 가까운 존재가 된 것이다. 그 때문일까. 가학적 폭력 심리가 지배적인 김사과의 『미나』와 안보윤의 『오즈의 닥터』에 등장하는 고양이 학대 장면은 우리에게 불편함을 넘어 불쾌감마저 불러일으킨다. 어쩌다 고양이들에게 이런 일이 일어난 것일까. 일단 문제의 장면을 살펴보자.

그것이 발톱을 세우고 덤벼든다. 수정이 그것의 꼬리를 잡는다. 잿빛 꼬리에 수정의 피가 물든다. 그것의 눈동자가 새까맣게 가늘어진다. 수정은 그것을 있는 힘껏 벽을 향해 집어 던진다. (……) 급기야 고양이의 목을 조르고 말다 통곡한다. 다시 한 번 고양이를 높이 들었다가 손을 놓는다. 그것은 코트의 단추가 떨어지듯이 힘없이 바닥에 부딪힌다.[1]

나는 얼음집 아저씨가 새끼 고양이를 얼음 창고에 가둬 죽이는 걸 본 적이 있다. (……) 조금 열린 문으로 울부짖는 소리가 들려왔다. 마침내 혀가 얼어 목구멍을 틀어막은 것 같은 기괴한 신음이 울리자 아저씨는 냉동실 문을 열었다. 철벽을 긁다 빠진 송곳니 모양의 고양이 발톱이 여기저기 흩어져 있었다. 아저씨가 빳빳하게 언 고양이를 냉동실에서 꺼냈다. 그러고는 번쩍 위로 쳐들었다. 바닥에 내리쳐진 고양이가 딱 소리를 내며 깨졌다.[2]

동급생을 칼로 찔러 살해한 여고생의 일상적 삶과 심리를 좇아가고 있는 김사과의 소설 『미나』에서 주인공 '수정'은 자신에게 호의적이지 않은 새끼 고양이를 때리고 목을 조르고 벽에 던지다가 검은 비닐봉지에 담아 아파트 창문 밖으로 던져버린다. 그런가 하면 환각과 망각, 분열과 중독을 겪는 병리적 개인의 비극을 통해 폭력의 악무한을 유감없이 보여주는 안보윤의 『오즈의 닥터』에서 '나'는 어린 시절 옆집 아저씨(나중에 밝혀진 바에 따르면 생물학적 아버지)가 새끼 고양이를 급

---

1 김사과, 『미나』, 창비, 2008, 116~117쪽.
2 안보윤, 『오즈의 닥터』, 이룸, 2009, 199~201쪽.

속냉동실에서 얼린 뒤 바닥에 떨어뜨려 죽인 일을 기억해낸다. 자기애가 강하고 신경질적이지만 결코 미워할 수 없는 사랑스러운 고양이를 향한 이 무차별적 폭력이 섬뜩한 이유는 그것이 단지 너무 폭력적이라는 데 있지 않다. 오히려 문제는 이러한 학대와 살해가 단지 고양이에게만 한정된 것이 아니라는 점이다. 최초의 고양이 살해는 이후 또 다른 폭력을 낳으며 폭력을 증폭한다. 길거리에 버려진 새끼 고양이를 상대로 학대와 살인을 학습한 수정은 소설 결말에 이르러서는 친구인 미나를 잔인하게 살해하기에 이르고, 아저씨(혹은 아버지)의 고양이 살해를 목격한 '나'는 그렇게 간접 체험한 폭력을 또 다른 고양이와 두 명의 아버지, 그리고 제자를 통해 반복함으로써 폭력을 세습한다. 그렇게 폭력은 폭력을 낳으면서 폭력에 대한 감각 또한 점점 무디어져간다.

바야흐로 소설 속에 폭력이 만연하는 시절이다. 그러니 이제 그들에게 고양이를 부탁하기란 불가능하다. 한국소설에 도대체 무슨 일이 일어나고 있는 것인가?

흔히 폭력은 도덕적, 제도적으로 규제되지 않는 부정적 에너지로 간주된다. 왜냐하면 폭력은 우리의 신체가 언제든지 훼손될 가능성이 있다는 공포스러운 사실을 가감 없이, 직설적으로 보여주기 때문이다. 분명 "폭력은 최악의 수준에서 일어나는 접촉, 다른 인간에 대한 인간의 일차적인 취약성이 가장 끔찍하게 노출되는 방식, 우리가 다른 사람의 의지에 속수무책인 채로 양도되는 방식, 삶 자체가 다른 사람의 의지적 행위에 의해 말살될 수 있는 방식"[3]임이 분명하다. 따라서 아무리

---

3 주디스 버틀러, 『불확실한 삶: 애도와 폭력의 권력들』, 양효실 옮김, 경성대학교 출판부, 2008, 57쪽.

폭력이 미화되고 가상현실화된다고 하더라도, 무법적이고 무질서한 폭력이 야기하는 공포로부터 벗어나기는 어렵다. 이는 문학 속에서 폭력이 쉽게 긍정되기 어려운 이유이기도 하다.

간혹 강도 높은 폭력이 노출되는 소설에서조차 주인공은 그러한 폭력의 주체라기보다는 객체, 즉 피해자로 등장하곤 한다. 왜냐하면 폭력의 희생자야말로 자신의 육체적, 정신적 피해를 통해 이 세계의 폭력성을 고발하기에 적합한 캐릭터이기 때문이다. 설령 폭력적인 주인공이라고 하더라도 그의 폭력은 타인을 향하기보다는 자기 자신에게 행사된다. 그것은 예컨대 자학, 자해, 자살 등과 같은 형태로 드러난다. 그러니 폭력을 당함으로써 폭력을 무력화하는 자학적 비폭력주의자들이야말로 그동안 우리에게 친숙한 주인공이었다고 할 수 있을 것이다. 스스로를 똥과 개로 불렀던 장정일 소설의 주인공에서부터 루저 의식 충만한 고시원 거주자에 이르기까지, 1990년대 이후 한국소설의 주인공들은 줄곧 자발적으로 비폭력 평화주의자의 길을 걸어왔다고 해도 과언이 아니다.

그러나 김사과, 안보윤의 소설에서 이러한 자학적 비폭력주의자들은 더 이상 등장하지 않는다. 이들 소설의 주인공은 오히려 가학적 폭력주의자라고 할 수 있는바, 하물며 고양이는 이들에게 연민을 불러일으키는 보호의 대상조차 될 수 없다. 그들에게 고양이는 그저 아무 이유 없이, 단지 지루하고 심심하다는 이유만으로도 죽일 수 있는 사물에 불과한 존재일 뿐이다. 사람이라고 다를 게 없다. 『미나』의 주인공 수정은 종종 낯선 존재에게조차 맹렬한 살해 욕구를 느끼며, 『오즈의 닥터』의 '나' 또한 자신에게 닥친 억울한 상황을 참지 않고 제자를 납치, 감금, 폭행한다. 2000년대 문학의 주인공이었던 옥탑방 고양이와 지하

생활자들이 현실에 대한 불안감과 그로부터 빚어진 공포, 공포심이 촉발한 분노 등을 배타적으로 자기 스스로에게 돌리는 내투사의 방식을 통해 해소(일종의 승화라고 불러도 좋으리라)했다면, 이들 소설의 주인공은 그와는 정반대로 모든 문제의 원인을 타인에게 덮어씌운다. 그들은 진지한 자기반성과 회고(기억)가 불필요한 존재들이다. 왜냐하면 그들에게 문제의 원인은 언제나 바깥에 있기 때문이다.

흥미로운 점은 이러한 가학적 폭력주의자들이 안보윤, 김사과와 같은 젊은 여성작가들의 작품에 새로운 인물 유형으로 등장하고 있다는 것이다. 그러나 이들 소설에서 발견할 수 있는 폭력의 서사를 단순히 폭력에 대한 예찬이나 파괴욕구의 충동적 발산 정도로 단순하게 이해해서는 안 된다. 왜냐하면 이 폭력의 방법론이야말로 자신들에게 닥친 심각한 좌절과 무능력, 수동적 권태의 상황을 비틀린 방식으로 표출함으로써 거꾸로 이 세계의 폭력성을 반성할 수 있게 하는 것이기 때문이다. 그것은 비폭력이라는 명분 아래 폭력적 현실을 수동적으로 수락하고 반복적으로 재생산함으로써 불안하지만 평화로운 일상을 다뤄온 소위 2000년대 작가들의 '평화의 역설'에 정면으로 대응하는 '폭력의 역설'이라고 할 수 있을 것이다. 그리고 그러한 폭력의 역설(逆說)을 폭력적 여성의 성과 육체를 통해 더욱 급진적인 방식으로 역설(力說)하는 김이설의 소설이 있다.

매 맞는 여자, 때리는 여자

2007년 등단 이후 지속적으로 여성의 성과 육체의 운명에 관심을 갖고 소설 작업을 해온 김이설에게 여성과 폭력의 결합은 어쩌면 너무 자연스러운 일이었는지 모른다. 길거리 생활을 하던 열세 살 어린 여자아이의 반(半)자발적 매춘과 출산을 무표정한 시선으로 다룬 등단작 「열세 살」에서부터 장편소설 『나쁜 피』(2009)와 『환영』(2011), 그리고 단편집 『아무도 말하지 않는 것들』(2010)에 이르기까지, 김이설 소설의 주인공은 차라리 대개 지독한 노동에 시달리다가 급기야 구타와 강간으로 처참하게 깨지고 망가지는 여성 육체 그 자체라고 할 수 있다. 아니, 어쩌면 그것은 '육체'라기보다 '몸뚱이'라는 표현이 더 적합한 것일지도 모른다. '정신/육체'라는 저 유명한 대쌍(對雙)이 암시하는 것처럼, 육체란 정신의 대타항으로 놓일 수 있을 만큼의 지위를 갖는 어떤 것이다. 그러나 몸뚱이는 다르다. 그것은 오히려 '육체' 축에도 끼지 못하는, 버려지고 배제된 발가벗은 어떤 것이라는 이미지를 강하게 풍긴다. 즉 '정신'을 짝패로 갖지도 못하는, 차라리 그와 전혀 무관한, 그냥 몸뚱이인 것이다. 그런 점에서 김이설 소설의 여성인물들은 일차적으로는 '매 맞는 여성'의 전형이라고 할 수 있다.

그러나 그녀들은 그냥 맞기만 하지 않는다. 성적, 육체적 폭력의 상황에 적나라하게 노출된 여성인물들은 어떤 방식으로든 당한 만큼, 아니 그 이상으로 되돌려준다. 단편 「오늘처럼 고요히」에서 남편의 사고사(事故死) 이후 그의 형에게 성적으로 학대당하던 '나'는 급기야 그가 친구의 어린 딸을 수시로 강간하기에 이르자 그를 죽인 뒤 정육점 냉장고에 가둬버린다. 청계천 고물상을 배경으로 쓰레기로 전락한 여성들이 바로 그 쓰레기의 힘으로 자기들만의 아마조네스 왕국을 세운다는 이야기를 그리는 장편 『나쁜 피』 또한 예외는 아니다. 정신지체에 간질을 앓는 병신 엄마는 '나'가 아홉 살 때 간질 발작을 일으키다가 외삼촌

(고물상의 주인이자 폭군)에게 맞아 죽는다. 그녀는 그렇게 맞아 죽기 전까지는 동네 모든 남자들—'이웃 고물상 김씨, 박씨 아저씨', '먼 친척뻘인 종수 아저씨, 윤씨 할아비', '근우, 용재 같은 동네 청년들', 기타 '얼굴도 모르는 남자들'—에게 강간당한다. 그렇게 병신 엄마가 외삼촌이나 동네 남자들에게 물리적, 성적으로 폭력을 당할 때마다 '나'는 주체할 수 없는 분노에 사로잡혀 외삼촌의 딸 수연에게 화풀이를 한다. 대체로 다음과 같은 식이다.

> 외삼촌은 꼭 엄마를 때리는 것으로 여자들의 일손을 재촉했다. (……) 엄마가 외삼촌에게 맞은 날이면, 나는 수연에게 달려갔다. 다짜고짜 있는 힘껏 빰을 올려쳤다. 주먹으로 머리통을 때리고 가슴이나 배를 후려쳤다. 팔뚝을 깨물고 발길질을 해댔다. 외삼촌이 엄마에게 한 그대로 따라 했다. "네 아버지 때문에 네가 맞는 거야. 알겠어?[4]

폭력적인 아버지에게 주눅 들고 복수에 불타는 외사촌 '나'에게 매 맞던 수연은 결국 '나'의 폭력과 거짓말, 저주의 말("죽어. 차라리 죽어. 너 하나만 죽으면 되겠다. 살아 뭐하니, 벌레 같은 년아.")을 견디지 못하고 자살한다. 분명 '나'가 분노를 느끼는 대상은 외삼촌이지만, '나'는 그 분노를 외삼촌에게 되돌려주지 못한다. 그 대신 '나'는 '나'가 처한 폭력적 상황과는 무관할뿐더러 무고하기까지 한 수연에게 자신의 분노를 폭력적으로 투사한다. 즉 폭력의 주체인 '나'는 자신에게 폭력을 행사하는 외삼촌과 직접 대면하는 대신 자기보다 더 열등하고 비천한 타자인 수연

---

4 김이설, 『나쁜 피』, 민음사, 2009, 46쪽.

을 매개로 간접적으로 그에 대한 자신의 증오와 원한을 표출하는 것이다. 그리고 그 과정에서 한때 폭력의 대상이었던 '나'는 새로운 마조히스트 수연을 만들어냄으로써 이제 때리는 사람이 된다.[5)]

『나쁜 피』의 불편한 점은 바로 이 부분이다. 자신의 모든 악행을 폭력적인 세계에서 살아남기 위한 최소한의 저항이라고 정당화하면서도 자기 불행은 무조건 확대하고 남의 불행은 모르는 체하는 주인공 '나'의 표독스러움과 그악스러움, 못됨을 어디까지 받아들여야 할지 판단이 잘 서지 않기 때문이다. 특히 '쓰레기와 고물의 세계'의 비합리적 폭력성과 혐오스러움을 습득하고 체화한 '나'가 결국에는 바로 그 힘으로 외삼촌의 권력을 승계하게 되는 소설의 결말 부분에 이르러서는, 소설 내내 불편하게 전시되던 여성의 폭력성과 비도덕성을 어떻게 이해해야 할지 한층 난감해진다. 그것은 혹 때리는 여성, 그 자체에 대한 불편함은 아닐까?

생각해보면 한국문학작품에서 여성은 대개 폭력의 피해자로 입상화되어왔다. 현실이 그랬고 또 그런 현실이 익숙하기도 했다. 한국 근대소설의 시초인 이광수의 『무정』(1917)에서부터 여성은 맞고 강간당한다. 채만식의 『탁류』(1939)에서 식민지시대의 폭력적 현실을 온몸으

---

5 『나쁜 피』에서 행사되는 거의 모든 폭력은 이렇듯 증오의 대상에게 직접적으로 행해지지 않고 다른 매개항을 통해 간접적으로 이루어진다. 예컨대 이런 식이다. 외삼촌은 자신의 병신 여동생을 때림으로써 고물상 여자들의 게으름을 질책하고, '나'는 수연을 때림으로써 외삼촌에게 저항한다. 수연의 남편 재현은 수연을 때림으로써 자신의 아버지를 죽인 수연의 아버지, 즉 '나'의 외삼촌에게 복수한다. 비유컨대, 이를 르네 지라르(Rene Girard)의 '욕망의 삼각형'을 빌려 '폭력의 삼각형' 구조라고도 할 수 있을 것이다. 잘 알려져 있다시피 르네 지라르의 '욕망의 삼각형'에 대한 통찰은 욕망이 곧바로 대상을 향하지 않고 중개자를 경유해 그 중개자의 욕망을 욕망하는 좀 더 복잡하고 다층적인 구조를 갖고 있음을 보여주었다.(『낭만적 거짓과 소설적 진실』) 같은 방식으로 김이설의 『나쁜 피』에서 행사되는 폭력 또한 매개항을 설정함으로써 간접화된다.

로 증거하는 '초봉이', 혹은 김주영의 『천둥소리』(1986)에서 해방 이후부터 전쟁까지 이어지는 격동의 세월을 말 그대로 온몸으로 격렬하게 경험하는 '길녀'는 어떠한가? 그녀들은 모두 남자들에게 강간당하고 매 맞으면서 시대의 고통과 모순을 우회적으로 표현하는 상징적 존재가 되어왔다. 그렇게 매 맞는 여성의 육체를 통해서만 한국소설은 현실사회를 비판하고 고발할 수 있었던 것이다. 그렇지 않은 경우에도 여성은 대개 굴종적이고 수치심을 느끼는 매 맞는 존재로 그려지는 경우가 많다. 이때 도출되는 도식이 바로 '가해자=남성, 피해자=여성'이다. 그것은 한편으로는 두 성이 오랫동안 구축해온 지배와 종속의 관계를 도식적으로 반복하는 것이지만 다른 한편으로는 여성이 처한 어떤 현실을 반영하는 것이기도 하다. 이렇듯 폭력성은 적어도 얼마 전까지는 한국문학에서 여성에게 주어진 적이 없는, 남성적인 것으로 젠더화된 속성이었다.

천운영의 단편집 『바늘』(2000)에 등장하는 난폭하고 무서운 동물성의 여성들에 대해 많은 독자와 비평가가 예외적이고 희귀한 사례라고 평가한 것은 그 때문이다. 분명 천운영 소설의 '남근적 여성들'은 성차(性差)의 전도를 통해 기존의 고착된 젠더 질서를 전복하는 새로운 존재라고 할 만하다. 그러나 진실을 말하자면, 겉보기에 기괴한 것처럼 보이는 이들 폭력적 여성은 어떤 점에서는 때리는 남성의 습성과 특성을 그대로 모방함으로써 관습적 남성성을 재연하는 유사 남성에 불과한 존재일는지도 모른다. 예컨대 천운영의 단편 「월경」에서 '계집'의 몸을 훔쳐보는 '나'의 시선은 어떤가. '계집'의 몸을 파편화하고 대상화하면서 은밀한 성적 쾌감을 느끼는 장면은 마치 남성의 관음증적 시선을 연상케 하지 않는가. 게다가 '가해자=여성, 피해자=남성'이라는 전도된 도식은 앞서 소개한 익숙한 젠더 도식을 단순히 뒤집은 채 반복한 것으로, 이때 '때리는 여성'은 언제나 '때리는 남성'을 전제하는 대타적 자의식의 소산일 수밖에 없다.

김이설 소설의 폭력적 여성 또한 어떤 측면에서는 이분법적으로 구축된 젠더 질서를 반복하는 측면이 없지 않다. 그럼에도 불구하고 김이설 소설에서 여성과 폭력이 결합되는 양상이 흥미로운 이유는, 그녀의 소설이 그간 한국소설에서 폭력의 형상화와 통상적으로 결합되곤 했던 익숙한 젠더 규범의 도식이나 그것의 전도된 모방에 갇히지 않고 여성과 폭력이라는 주제에 대한 새로운 형상화의 가능성을 보여주고 있기 때문이다. 여성이 맞느냐, 때리느냐의 문제는 어쩌면 중요하지 않을 수도 있다. 중요한 것은 오히려 여성이 어떻게 폭력과 만나며, 그러한 폭력이 어떻게 여성적 삶의 서사를 만들어내는가의 문제다. 우리가 특별히 김이설 소설에 주목해야 하는 것은 바로 그 때문이다. 특히 김이설의 소설은 폭력적 상황에 노출된 여성이 그 폭력에 대응하는 방식을 통해 폭력의 논리가 어떻게 재생산되는지를, 그 폭력의 순환 메커니즘을 극단적으로 보여준다. 어떻게?

순환하는 폭력

김이설의 두번째 장편소설 『환영』은 매춘 여성과 그녀를 둘러싼 삶의 조건에 관한 통찰을 통해 매춘이 일상화, 정상화되는 폭력적 현실의 논리를 여성이 어떻게 의식적·무의식적으로 몸으로 습득하고 폭력적으로 재현하는지를, 나아가 결코 끝나지 않을 것처럼 계속 반복되는 그

끔찍한 폭력적 현실 자체를, 적나라하게 보여준다. 도대체 어떻기에?
우선 대강의 줄거리를 살펴보자. 소설의 주인공 '나'는 시험준비생을 가장한 백수 남편을 대신해서 생계를 책임지기 위해 시 외곽에 있는 닭백숙집에 취직한다. 그러나 그곳은 단순히 닭백숙만 파는 곳이 아닌, 매매춘이 은밀하게 이루어지는 곳이기도 했다. 처음에는 홀 서빙과 설거지만을 하던 '나'는 계속해서 사고를 치는 가족의 뒤치다꺼리와 늘어나는 생활비를 감당하지 못해 급기야 몸 파는 일까지 병행하게 된다. 그렇게 '나'는 60대 노인부터 10대 고등학생까지 대상을 가리지 않고 허벅지에 멍자국이 날 정도로 다리를 벌린다. 그러다가 '나'는 결국 아버지가 누군지도 알 수 없는 아이를 임신하고 닭백숙집을 그만두지만, 이런저런 이유로 모두 다리 불구가 된 가족들을 위해 다시 매춘을 시작한다.

소설에서 '나'의 이 가혹한 육체적 전락은 끝을 모른 채 계속된다. 어쩌면 이야기가 멈춘 뒤에도 멈추지 않을는지 모른다. 멈춘다면, 그때는 호구지책을 위한 성적 동력으로서의 육체가 완전히 망가져서 쓸모없게 된 다음일 것이다. 김이설의 『환영』은 이 무서운 육체의 전락사(顚落史)를 통해 마치 건전지처럼 오직 소모되기 위해서만 존재하는 하층계급 여성의 몸뚱이만의 삶, 그 벌거벗은 몸뚱이의 지옥도(地獄道)를 집요하게 파헤친다. 그리고 작가는 그 지옥도의 배후에 존재하는 최종심급을 잊지 않는다. 그 최종심급이란 바로 폭력이다. 김이설의 『환영』은 여성의 몸뚱이를 둘러싸고 벌어지는 폭력의 순환에 대한 참혹하고도 리얼한 보고서다. 특히 '나'와 같이 몸뚱이에 의존하려는 경향이 강한 하층계급의 여성들에게 신체에 가해지는 물리적 폭력은, 어찌 보면 이 세계를 경험하고 감각하는 가장 직접적인 방법이라고 할 수 있다.

『환영』에 난무하는 폭력이 즉물적이고 원초적인 것은 그 때문이다.

소설에서 폭력이 표출되는 상황은 두 가지로 요약된다. '나'의 폭력과 '나'에 대한 폭력이 그것인데, 이때 '나'는 폭력의 주체(가해자)인 동시에 폭력의 객체(피해자)다. 지금까지 한국문학이 제안해온 폭력에 관한 서사는 주로 폭력의 객체들을 중심으로 폭력이 개인에게 미치는 정신적, 육체적 파장을 통해 세계의 폭력성을 고발하는 데 집중되어왔다. 그러나 세계가 이미 일정한 폭력적 질서에 의해 구조화되어 있다면, 폭력을 행사하는 주체란 이미 그러한 세계의 폭력성에 물든 존재, 즉 폭력의 희생자라고도 할 수 있지 않을까? 그렇다면 폭력 주체의 폭력성은 거꾸로 보면 위험에 빠진 폭력 객체의 대항력이라고도 볼 수 있지 않을까? 폭력 주체와 폭력 객체를 분리하기 어려운 것은 그 때문이다. 특히 『환영』에서 '나'가 그러하다.

> 화가 치솟으면 나도 모르게 밥상을 뒤엎고, 물건을 던졌다. 한번 상을 엎으니, 다음은 어렵지 않았다. 내 화를 어떻게 다스려야 하는지 알 수가 없었다. 나에게 이런 기질이 있다는 것이 놀라웠다. 그렇게 불같이 화를 내면 남편은 어쩌지 못하고 아이만 끌어안고 오도카니 서 있었다. 먹여 살려야 하는 저 둘 때문에 울고 싶었다.[6]

왜 '나'는 "나도 모르게" 폭력을 행사하는가? 여기서 중요한 점은 폭력이 '나'의 의지와는 무관하게 분출된다는 것이다. 보통 인간은 안과

---

6 김이설, 『환영』, 자음과모음, 2011, 22쪽. 아래에서 환영을 인용할 때는 인용문 뒤에 쪽수만 표기한다.

밖의 긴장, 자아와 타자 사이의 상호작용 속에서 자기 정체성을 구성한다. 그러나 그러한 자아와 그 외부 사이의 긴장이 무장 해제되어 자아가 바깥 세계에 일방적으로 압도될 때 자아의 내적 전체성은 무너지게 되고, 그것이 바로 폭력의 숙주가 된다. 폭력은 그렇게 자아의 내적 자율권을 보장받지 못하는 순간 심리적, 감정적, 성적, 신체적으로 자아에 침윤되고 체화된다. 몸이 닳아질수록 마음 또한 무감각해진다. 그렇게 '나'는 세계의 폭력과 그로부터 벗어날 수 없다는 좌절감에 동시에 길들여지면서 더 이상 다른 누군가와 교감하지 못한 채 몸뚱이로 사물화된다. '나'의 폭력이 분출되는 것은 바로 그 순간이다. 그때 '나'는 '나'도 모르게 '나'에게 스며들어 '나'의 일부가 된 세계의 폭력을 기계적으로 반복하게 되는 것이다.

그리하여 폭력은 이제 왜곡된 형태이기는 하지만 일종의 자기표현 수단이 된다. '나'가 분출하는 폭력이 자학이나 자폭의 형태에 가까운 것은 그 때문이다. 그것은 세계와의 갈등이나 대결이 아닌, 수동적인 체념이나 좌절에 가까운 태도다. 폭력에 감염되어 자아를 상실한 좀비는 그렇게 탄생한다. '나'는 더 이상 '나'가 아니다. 『환영』에서 오랜만에 만난 '나'와 엄마가 서로의 얼굴이 '이상하게' 변해 낯설어졌음을, "무언가를 잃어버린 사람의 얼굴"이 되어버렸음을 확인하는 모습은, 폭력을 통한 자아상실의 상황을 단적으로 보여준다. 폭력은 그렇게 자아를 마비시키고 상실하게 만들지만, 다른 한편으로는 자아를 재구성하기도 한다. 폭력은 자아를 구성하는 누빔점이 되는 것이다. 그럴 때 폭력 객체는 폭력 주체가 되기도 하고, 폭력과 무관한 삶의 경험들은 폭력적인 것으로 재해석되기도 한다. 소설에서 '나'의 중요한 삶의 국면이 현재의 폭력적 상황 속에서 재구성되어 폭력적인 것으로 기억되고 있다는 데서 그 점은 확인된다.

> 삭, 사악, 삭, 삭. 아이를 낳으러 간 병원에서도 저런 소리를 내며 털이 깎였다. 배가 아파 온몸이 뒤틀리는데도, 잠깐만요, 그러더니 저들 할 일을 다 하는 것이었다. 내 몸뚱이 하나 내 마음대로 할 수 없는 상황, 그 무력감은 공포감과 비슷했다. 얼마간은 비참하기도 했다.(『환영』, 20쪽)

왕백숙집 단골손님인 박 선생의 강요로 모텔에서 '나'의 가랑이털이 깎이는 이 장면은, '나'가 산부인과에서 출산 직전에 가랑이털을 깎았던 기억과 겹쳐져서 제시된다. 비록 하나는 매춘의 상황이고 다른 하나는 출산의 상황이지만, '나'는 두 상황에서 공통적으로 자기 육체에 대한 자율권을 상실한 존재가 느낄 법한 '무력감'과 '공포감', 그리고 '비참함'을 느낀다. 남편과의 첫 섹스와 임신을 확인한 순간에 대한 기억 또한 이와 크게 다르지 않다. 남편에게 임신 사실을 알리고 시험 합격을 재차 확인받은 뒤 '나'와 남편이 나누는 섹스 장면이 마치 강간의 상황처럼 폭력적으로 그려지는 것은 그 때문이다. '나'의 허리는 꺾이고 고개는 벽에 눌리는 비좁은 고시원 방에서 남편은 "내 입을 틀어막고 사정을 했다." 이렇듯 『환영』에서 '나'는 여성의 삶에서 가장 생명력이 넘치는 순간이라고 볼 수 있는 임신과 출산의 상황을 폭력적인 것으로 기억한다. 왜 그런가?

왜냐하면 현재의 경험이 폭력과 결합되면서 폭력과 무관한 것처럼 보이는 과거의 삶의 국면조차 전혀 다른 방식으로 나타나기 때문이다. 그리하여 『환영』에서 임신과 출산처럼 보편적으로 여성적 삶의 정체성을 구성하는 경험(이라고 간주되는 것)들은, 폭력에 감염된 '나'의 기억에 침식되어 짐작과는 다르게 폭력적으로 재구성되어 해석되고 마는 것이다. 폭력에 압도된 삶은 폭력과 비폭력을 구분하기 어렵게 만든다. 폭력이 만연된 세계에서 폭력의 대상은 폭력의 주체로, 그러다가 종국에는 다시 폭력의 피해자로 변전(變轉)된다. 마찬가지로 폭력의 순간은 폭력 이전과 이후의 삶을 폭력으로 물들임으로써 현실을 폭력적으로 재구성하게 만든다. 그렇게 폭력은 순환한다.

매춘화되는 여성, 매춘화하는 세계

앞에서 살펴본 것처럼, 김이설의 소설에서 여성의 성과 육체에 가해지는 극단적인 폭력적 상황, 즉 매춘은 교묘하게 출산에 대한 기억을 끄집어냄으로써 두 가지 상황을 겹쳐놓는다. 우리는 흔히 매매춘으로 상징되는 여성 육체의 상품화가 시장경제 내에서 산업적인 형태로만 이루어진다고 생각한다. 그러나 그것은 그렇게 일면적으로만 작동되지 않는다. 오히려 매매춘은 그러한 상품자본주의와 더불어 가부장제적 권력구조가 여성의 몸에 가해짐으로써 복합적이고 중층적으로 작용된다. 가부장제적 결혼제도는 여성을 사유화하고, 자본주의적 질서는 남성에게 성적 서비스를 제공함으로써 여성을 상품화한다. 바로 이 지점에서, 가부장제와 자본주의적 질서는 하나로 포개지고 맞물리면서 함께 작동된다. 그 결과 여성 육체를 매개로 한 자본의 교환회로는 여성을 사유화하는 가부장제적 질서를 기반으로 함으로써만 성립된다. 물론 그 역도 가능하다. 그런 점에서 자본주의적 교환경제 시스템과 가부장제적 지배질서는 여성을 섹스로 환원하는 가장 체계적인 제도로서의 매매춘을 지속적으로 뒷받침해온 두 가지 주요원리라고 할 수 있을 것이다. 여성 육체의 매춘화(賣春化)는 그런 방식으로 일상화되고 정상화된다.[7]

『환영』은 여성의 섹스를 노동의 한 형태로 수용하는 시장자본의 왜곡된 순환 구조가 봉건적 형태의 가족주의적, 가부장제적 질서와 결코 무관하지 않음을, 아니 오히려 그와 매우 밀접하게 관련되어 있음을 은연중에 폭로하고 있다. 그것은 '나'가 매춘을 하게 된 동기에서도 확인할 수 있는바, 철들고 나서부터 고된 노동에서 벗어나본 적이 없는 '나'의 유일한 희망은 바로 남자는 바깥일을 하고 여자는 집안일을 하면서 아이를 낳아 기르는 전형적인 가부장제적 가정을 꾸리는 것이다. 그러나 이러한 정상 가족에 대한 '나'의 동경은 아이러니하게도 비정상적이고 비가족적인 형태의 삶을 선택하게 한다. 그리고 그러한 과정을 거쳐 왕백숙집의 여자가 된 '나'는 폭력적인 육체의 경험을 반복하면서 이 세계가 매매춘의 방식으로 작동되고 있음을 은연중에 보여준다. 그것은 바로 여자들의 값싼 노동력과 성적 육체를 건전지 삼아 이 세계가 돌아가고 있다는 진실, 이 세계의 수상한 활기가 기실 여성의 몸-구멍으로 흘러들어왔다 흘러나가는 돈과 체액으로 이루어지고 있다는 진실에 다름 아니다.[8] 소설 속에서 '물가'로 상징되는 이 세계의 수상한 활력 혹은 생명력은 바로 '나'와 같은 여성들이 자기 몸의 구멍을 열어

---

7 이에 대해서는 캐슬린 배리, 『여성 섹슈얼리티의 매춘화』(정금나·김은정 옮김, 삼인, 2002)의 1장과 2장 참조.

8 오정희 또한 이미 「중국인 거리」에서 매춘 여성의 육체적, 성적 작동이 침체된 도시를 활기있게 만드는 유일한 동력일 수 있음을 이렇게 암시한 바 있다. "시의 정상에서 조망하는 중국인 거리는, 검게 그을린 목조 적산 가옥 베란다에 널린 얼룩덜룩한 담요와 레이스와 속옷들은, 이 시의 풍물(風物)이었고 그림자였으며 불가사의한 미소였으며 천칭의 한쪽 손에 얹혀 한없이 기우는 수은이었다. 또한 기우뚱 침몰하기 시작한 배의, 이미 물에 잠긴 고물(船尾)이었다." 오정희, 「중국인거리」, 『유년의 뜰』, 문학과지성사, 2003, 90쪽.

물을 흘려보내고 흘러들어오게 함으로써만 가능한 것이다. 그런 점에서 이 소설의 주요 사건이 '물가'를 중심으로 펼쳐지고 있다는 사실은 주목할 만하다.

『환영』에서 '물가'는 소설의 배경이자 중심공간이다. '나'가 왕사장의 승합차를 타고 시의 경계를 넘어 '물가' 세계로 들어가면서 시작된 소설은, 잠시 그 세계를 벗어난 '나'가 다시 '물가'에 들어서면서 끝나기 때문이다. 그러나 이 두 '물가'의 의미는 사뭇 다르다. 소설 초반에 '물가'는 단순히 "억새와 철새가 어울려 (이룬) 운치 있"는 풍경에 불과한 것으로 그려지지만, '나'가 소설을 횡단한 뒤 다시 돌아간 '물가'는 왕백숙집으로 출근하던 첫날 아침의 풍경과 바뀌지 않았음에도 불구하고 '나'에게는 완전히 "다른 세계"로 인식된다. 그사이에 '물가'에서는 무슨 일이 벌어진 걸까? 여기까지 읽은 독자라면 이 자리에서 굳이 다시 말하지 않아도 알 것이다. 그렇다면 질문을 다시 던져보자. 그사이에 '물가'는 어떻게 달라졌는가?

> 별채의 천장을 보며 누워 있으면 남자의 거친 숨소리 사이사이 찰박거리는 물소리가 들렸다. 처음에는 들리지 않던 그 소리가 점점 커지고 선명하게 들리다가 나중에는 콸콸콸 쏟아지는 소리로 들렸다. 내가 물속에 있는 것처럼 세상이 온통 물소리로만 채워진 것 같았다. 일을 끝내고 별채에서 나오면, 꼭 물가에 들러 한동안 서 있곤 했다. 물은 느리고 또한 무심하게 흘렀다. 시간도 그렇게 흐르기 마련이라고 알려주는 것 같았다. 쪼그려 앉아 손을 씻었다. 차가운 물에 손을 담그면 정신이 번쩍 들었고, 나는 다시 왕백숙집 여자가 될 수 있었다.(『환영』, 28쪽)

『환영』에서 '물가' 세계는 처음부터 합법적이거나 현실적인 경험세계와는 동떨어진 이상한 나라로 그려진다. 낮의 '물가'가 "거주하는 사람이 없어 버스정류장 하나 없는"데도 사람들이 밥 먹고 차 마시고 섹스하기 위해 일부러 찾아와 돈을 쓰는 곳, 식사 한 끼 값이 '나'의 하루치 일당보다 많은 곳, 그래서 '나'는 차마 꿈도 꿔볼 수 없는 환상적인 "별세계"(5쪽)라면, 밤의 '물가'는 물비린내가 진동하고 물안개가 피어올라 우리에게는 익숙하지 않은 불투명하고 기이한 세계가 된다. 어찌됐건 소설 초반에서부터 '물가'는 시의 경계를 벗어난 비주거지역이라는 점, 그리고 축축하고 눅눅한 불쾌감을 불러일으킨다는 점에서 일상적이고 현실적인 세계와는 다른 공간으로 의미화된다. 『환영』에서 '물가'가 마치 물에 비친 환영(幻影)처럼 비현실적이면서 허구적으로 인식되는 것은 그 때문이다. 게다가 '나' 바깥의, '나'와 분리된 객관적 풍경에 불과했던 '물가'는, '나'가 "왕백숙집 여자"가 되어 폭력적인 육체의 경험을 반복하면서 '나' 안으로 들어와 '나'의 일부가 되어 '나'와 함께 흐르게 된다. 이제 '나'와 '물가'는 거리 두기가 불가능한, 즉 관조적 응시가 불가능한 물아일체적 상황에 놓이게 된다. 위의 인용문에서 물소리가 '나'의 바깥이 아니라 안에서 들리게 된 데는 바로 이런 사정이 가로놓여 있다.

그렇게 물은 바깥에서 안으로, 다시 안에서 바깥으로 끊임없이 흐르면서 인물과 공간, 시간의 안팎을 가로지르며 모든 경계를 흐릿하고 모호하게 만든다. '나'의 육체 안으로 들어온 물도 마찬가지다. 그것은 잠시 고여 있다가 몸의 구멍이 열리는 순간 흘러나갔다가 다시 육체 안으로 스며든다. 그리하여 소설에서 육체는, 특히 여성의 육체는 물과 같은 것이 된다. "몸은 물과 같아 고이면 흐르고, 마르면 채웠다."(98쪽)

소설 초반에 '나'의 육체성은 사적, 공적 매춘을 통해서만 경험되고 재현되지만 서사가 전행될수록 출산에 대한 경험과 기억이 더해지면서 '나'의 육체의 재현 양상은 다소 복잡해진다. 왜 '나'는 몸을 파는 순간 물소리를 듣고, 그 물소리에서 '나'의 출산 때 경험을 연상하는 것일까. 매춘은 어떻게 출산의 기억을 끄집어내는가.

> 어느 인간이 뿌린지도 모르는 것이 뱃속에 있다. 그런데도 나는 두 눈을 똑바로 뜬 채 낯선 남자에게 또 그 구멍을 열었다. 멀리 물소리가 들렸다. 미적지근한 물이 느리게 흐르고 있을 터였다. (……) 아, 아. 온몸을 집어삼킬 것 같은 통증이 뱃속에서 회오리바람처럼 솟구쳤다가 멀어졌다. 주르르, 미지근한 물이 다리를 타고 내렸다. 여, 여보. 남편은 덜덜 떨었다. 내복은 금세 양수와 피로 흥건하게 젖어버렸다. 다리를 적시는 그 미지근한 물의 느낌이, 소름 끼치도록 기분이 나빴다.(『환영』, 77쪽)

'낯선 남자에게 구멍을 여'는 순간 물은 두 가지 양태로 흐른다. '물가'의 '미적지근한 물'이 그 하나라면, 나머지 하나는 출산 때 쏟아내는 양수, 생리혈, 체액이 그것이다. 이때 구멍 뚫린 여성 육체는 물이 흘러 들어가고 흘러나가는 허구적 통로가 된다. 처음에는 관조적 응시의 대상이었던 물가의 물비린내와 물의 감촉, 소리는 서서히 '나'의 육체 안으로 스며들어와 '나'의 육체를 개방하고 확장하면서 '나'의 일부가 되어 '나'와 함께 흐른다. 그런 점에서 물가는 일종의 확장된 여성 육체다. 그러니 소설 속 '물가'의 세계는 맑고 투명한 눈물이 아니라 불투명하고 물컹거리는 체액으로 이루어졌으리라.

그 세계에서 모든 흐르는 것은 끈적거린다. 그러니 그곳에서 눈물이 차지할 수 있는 공간은 없다. 이렇듯 자기 몸의 구멍을 연다는 것은, 그것이 매춘의 상황이건 출산의 상황이건 원초적 불쾌감을 불러일으킨다. 그러나 몸의 구멍을 열지 않고서 물은 흐르지 않으며, 고인 물은 썩는다. 따라서 물가 세계의 활력 혹은 생명력이란 '나'와 같은 여성들이 자기 몸의 구멍을 열어 물을 흘러나가고 흘러들어오게 함으로써만 가능한 것이다. 그리고 그곳에서부터 '진짜' 현실은 시작된다.

언뜻 '물가' 세계는 물비린내과 물안개, 물에 비친 환영 때문에 마치 현실에 존재하지 않는 듯한 허구적 공간이라는 인상을 준다. 그 세계는 다른 한편 하층계급 여성이 가혹한 세태에 떠밀려 어쩔 수 없이 도달하게 된 매춘의 현실을 비유적으로 표현하는 공간이기도 하다. 그러나 시의 경계를 넘어, 일상의 경계를 넘어 도착한 그 세계야말로 현실세계라는 매트릭스를 가능케 하는 진짜 현실이 아닐까. 여자들의 값싼 노동력과 성적 육체를 건전지 삼아 돌아가는 세계. 끈적이며 흐르는 모든 것—돈이건 물이건 간에—이 흘러들어왔다 흘러나가는 세계. 활기에 차 있지만 불쾌한 세계. 여성의 몸 그 자체인 세계. 몸 바깥으로 걸어나갈 수 없는, 몸에 갇힌 존재들의 세계. 그래서 진짜로 공포스러운 세계. 소설은 '나'가 다시 그 세계로 걸어 들어가는 장면에서 멈춘다.

> 바람이 거세게 불었다. 경계 표지판이 심하게 흔들렸다. 금세 물가가 나왔다. 시에서 도로 들어섰을 때, 안녕히 가시라는 말 때문에 다른 세계로 들어간 것 같았다. 금세 물가가 나왔다. 곧 얼음이 얼 것이었다. 왕백숙집으로 출근하던 첫날 아침의 풍경은 바뀌지 않았다. 나는 누구보다 참는 건 잘했다. 누구보다도 질길 수 있었다. 다시 시작이었다.(『환영』, 193쪽)

그리하여, 모든 것은 다시 시작된다. 그러나 이 시작에 담겨 있는 것은 흔히 상상하는 것처럼 기대나 희망이 아니다. 그것은 오히려 '나'가 '물가'로 상징되는 '진짜' 현실 바깥으로는 결코 빠져나갈 수 없는 악무한의 궤도에 들어섰음을 의미한다. 소설이 끝난 뒤에도 이전과 마찬가지로, 아니 이전보다 더 고통스럽게 왕백숙집의 여자로 살아야 하는 '나'의 현실은 계속될 것이다. 김이설의 『환영』의 결말은 그렇게 소설 세계에서뿐만 아니라 소설 바깥에서도 지속될 진짜 현실의 공포를 환기한다. 그것은 『환영』의 폭력적인 세계가 단순히 그럴듯한 소설적 허구에 머무는 것이 아닌 이 세계의 한 단면임을, 아니 차라리 그것이 우리가 발붙이고 있는 실제 현실에 다름 아님을 지시하는 제스처다.

폭력의 젠더정치학의 (불)가능성

지금까지 살펴본 것처럼 『환영』에서 발견되는 '나'의 폭력성과 부도덕성은 여성 육체를 매춘화함으로써 작동되는 이 세계의 폭력성과 부도덕성을 습득하고 반복하며 되돌려주는 것으로 해석할 수 있다. 특히 김이설의 경우, 또래의 젊은 작가들과는 달리 여성의 성과 육체가 여전히 폭력적으로 착취되는 현실을 사실적으로 그려 보임으로써, 여성의 삶에 침윤된 폭력의 메커니즘과 그 역사를 암묵적으로 보여준다. 앞서 살펴보았듯이 그러한 여성 폭력은 바로 가부장제적 가족중심주의와 자본주의가 결합된 형태로 작동되는데, 이는 『환영』의 '나'가 닭백숙집으로 상징되는, 이 악무한의 세계로 다시 돌아가야 하는 결말 부분에서도 알 수 있다. 돌을 갓 지난 딸과 늙은 엄마, 무능력한 남편, 사기꾼 남동생, 대박을 꿈꾸다 비참하게 살해된 여동생에 이르기까지, 그들은 모두 가족 내의 유일한 에너지원인 '나'의 육체에 기댄다. '나'가 고된 노동을 하건 매춘을 하건 간에 어쨌든 자신의 몸이 망가질 때까지는 최소한이나마 이들을 부양할 수 있기 때문이다. 사회적 피라미드의 최하층들(백수, 불구자, 도박꾼, 사기꾼 등)이 만들어놓은 구멍을 자신의 성적 육체를 담보로 메워야만 하는 '나'의 현재를 암시하는 『환영』의 결말이야말로 그런 점에서 여성의 육체를 담보로 작동되는 이 세계의 폭력적 질서를 상징적으로 보여주는 것이다.

이렇듯 김이설의 『환영』은 단순히 여성을 폭력의 피해자나 가해자로 설정함으로써 폭력적 현실을 고발하는 데 그치지 않고, 폭력의 숙주이자 주체인 여성인물을 통해 이 세계의 폭력적 질서가 구성되는 메커니즘을 드러내고 있다. 그것은 또한 여성의 성과 육체를 매춘화하는 두 가지 시스템, 즉 가부장제와 자본주의가 여성의 육체를 동력 삼아 작동되는 방식을 보여주는 것이기도 하다. 그런 점에서 김이설 소설의 폭력적인 여성인물은 이 세계의 폭력이 순환하는 방식 그 자체를 비유적으로 보여주는 존재이면서, 동시에 폭력적 현실 세계 그 자체라고도 해석할 수 있다.

1990년대 한국 여성문학이 형식적이고 미학적인 층위에서 여성문학을 논했다면, 이제 10년을 훌쩍 넘어 나타난 김이설의 소설은 좀 더 근원적이면서 현실적인 차원에서 여성문학의 가능성을 타진하고 있다. 아울러 첫머리에서 언급한 안보윤, 김사과, 최진영 등과 같은 젊은 여성작가들의 작품에 등장하는 분노하는 사춘기 여자아이들(이들을 앵그리 영 제너레이션이라고 불러도 좋으리라)에 관한 이야기까지 더한다면, 지난 십수 년간 공백으로 남아 있던 한국 여성문학이 이제 새로운 전기를 맞이할 수 있을지도 모른다는 기대를 가져봐도 좋을 것 같다.

이들 여성인물들의 폭력성이 의미 있는 이유는 그것이 단순히 여성에게 폭력을 가하는 우리 사회의 현실을 고발하는 것이 아니라, 거기에서 더 나아가 우리 사회가 구성되는 방식을 좀 더 근본적으로 사유함으로써 이 세계의 폭력적 질서를, 그 구성 원리를 폭로하고 있기 때문이다. 이는 폭력적인 마초남성이 등장하는 박민규나 주원규의 최근 소설과 비교해보면 더욱 분명해진다. 예컨대 박민규의 『핑퐁』(2006)을 보면, 작가는 학교폭력의 피해자인 못과 모아이에게 폭력으로 얼룩진 비인간적인 인류를 언인스톨(uninstall)할 수 있는 극단적인 폭력적 권력을 부여함으로써 이 세계에 복수한다. 이러한 복수극은 한편으로는 통쾌하지만, 결국 게임처럼 언제든지 리셋될 수 있다는 점에서 폭력적 현실을 재구성하거나 변화시킬 수 있는 가능성 자체를 불가능한 것으로 만든다. 게다가 작가는 두 남자아이에게는 이 세계를 삭제할 수 있는 권한을 부여한 반면에 똑같은 폭력의 피해자인 여자아이들은 소설 속에서 삭제하거나 '걸레'로 비유함으로써 여성차별적인 태도를 보이기도 한다. 이러한 여성인물의 형상화가 문제인 것은 단지 그것이 여성비하적이기 때문만은 아니다. 그것은 오히려 성적으로 난잡한 여성을 '걸레'에 비유하는 그 뻔한 관습적 인용구를 반복하기 때문이다.

결국 이들 남성작가의 폭력적 남성인물들은 비록 한편으로는 폭력적 현실을 고발한다는 점에서 정치적으로 올바르지만, 다른 한편으로는 여전히 여성에 관한 이 세계의 폭력적 언어와 행태를 반복한다는 점에서 정치적으로 올바르지 않다. 김이설을 비롯한 젊은 여성작가들의 소설에 눈길이 가는 것은 비록 표면적으로는 동급생을 죽이고 가족에게 폭력을 휘두르는 부도덕한 여성인물들을 옹호하는 듯하지만 좀 더 심층적인 차원에서 이 세계의 폭력적 질서를 고발하고 해체하려고 한다는 점에서 훨씬 더 근본주의적이며 정치적이기 때문이다. 폭력의 정치적 올바름이란 결국 젠더의 정치적 올바름에서 비롯된다.

제10장

여성의 성장, 계급의 성장

강경애 『인간문제』의 리얼리티

강경애와 『인간문제』

강경애(1906~1943)는 1931년 단편소설 「파금」과 장편소설 『어머니와 딸』(『혜성』, 1931. 8~1932. 12. 연재)을 쓰면서 본격적인 작품 활동을 시작한다. 이 시기 문단은 무산계급의 해방을 주장하는 프로문학이 한창 맹위를 떨치고 있었다. 특히 1931년의 프로문단은 '예술운동의 볼셰비키화'라는 슬로건하에 작가에게 작품의 내용과 제재, 형식 등에 대한 구체적인 지침을 내리고 그 틀에 맞는 작품을 요구했다. 그런 상황 속에서 문학작품은 선전과 선동을 위한 무기가 되어야 했다. 강경애 또한 이러한 문단의 경향성과 전혀 무관할 수 없었다. 그러나 강경애는 '근우회' 장연지부에 가입하는 등 정치적 활동을 하기는 했어도 카프의 회원이 아니었으며 중앙 문단과 동떨어진 장연과 간도에서 주로 작품 활동을 했기 때문에 프로문학의 도식성과는 일정한 거리를 둘 수 있었다. 그럼에도 불구하고 당시 강경애가 있던 간도는 항일 무장투쟁의 중심지였기 때문에 오히려 중앙 문단보다 더 치열한 정치적 긴장 속에 있었다. 그런 까닭에 작가 강경애는 자신의 정치적·예술적 긴장을 늦추지 않고 당대 어느 작가보다 더 첨예한 현실비판 의식을 예술적으로 형상화할 수 있었던 것이다.

이러한 맥락에서 김기진(金基鎭)은 강경애를 '동반자 작가'로 분류했으며, 백철(白鐵)은 강경애의 작품을 '자연주의적 리얼리즘'으로 평가한다. 그리고 북한문학사에서는 강경애를 카프작가는 아니지만 그의 작품들이 프롤레타리아적 경향을 띠고 있다고 지적하면서, 특히 『인간문제』를 작가의 정치적 경향성을 뚜렷하게 드러낸 위대한 작품으로 평가한다. 한국문학사에서는 1980년대 이전까지 정치적 제약으로 인해 강경애 소설에 대한 본격적인 언급이 거의 없었다. 그러던 중 1990년대에 프로문학에 대한 연구가 활발해지던 무렵부터 강경애의 소설은 주목을 받기 시작하고 본격적인 연구의 대상으로 부각한다. 특히 강경애의 장편 『인간문제』는 이기영의 『고향』과 함께 1930년대 프로문학의 시대를 대표하는 장편소설 중 가장 탁월한 성과로 꼽히면서 한국문학사의 중요한 업적으로 기록된다.

강경애의 『인간문제』가 1930년대 장편소설의 중요한 성과로 손꼽히는 이유는 무엇보다도 그 안에 그려진 복합적·중층적인 문제의식 때문이다. 그 제목이 암시하는 것처럼 『인간문제』에는 1930년대 조선의 농촌문제에서부터 여성문제, 계급문제, 노동문제 등 당시 식민지 조선의 민중이 마주했던 다양한 사회문제들이 유기적인 관계 속에서 그려지고 있다. 그러면서 소설에는 농촌/도시, 농민/지주, 여성/남성, 노동자/인텔리 등의 다양한 대립관계가 제시되고 있으며 그것들이 야기하는 갈등과 투쟁이 당시 식민지 조선이 처한 심각한 정치경제적 문제들과의 관련 속에서 형상화되면서 1930년대 식민지 조선이 처한 사회적 모순이 총체적으로 조망된다. 특히 『인간문제』는 당시 커다란 사회문제였던 농촌 인구의 격감과 도시 유입 현상, 그리고 그 결과로서 농민의 도시노동자화와 그로 인해 발생하는 노동문제 등을 서로가 서로에게 원인과 결과로 작용하는 상호 연관된 사회현상으로 다룬다. 강경애는 그것을 통해 농촌문제와 노동문제, 계급문제, 여성문제 등이 서로 분리된 별개의 문제가 아니라 하나의 '인간문제'로 요약할 수 있는 사회적 모순의 총체적 결과라는 점을 잘 보여준다. 이러한 시각의 총체성은 『인간문제』 연재 직전에 쓴 「작가의 말」에서도 잘 드러난다.

> 인간 사회에는 늘 새로운 문제가 생기며 인간은 이 문제를 해결하기 위하여 투쟁함으로써 발전할 것입니다. 대개 인간문제라면 근본 문제와 지엽적 문제로 나누어 볼 수가 있으니, 나는 이 작품에서 이 시대에 있어서의 근본 문제를 포착하여 이 문제를 해결할 요소와 힘을 구비한 인간이 누구이며 또 그 인간으로서 나아갈 길을 지적하려고 하였습니다.[1]

『인간문제』에서 이처럼 다양한 사회문제에 대한 근본적이고 총체적인 접근이 가능했던 것은 작가가 '용연'(농촌)과 '인천'(도시)이라는 특정 공간을 중심으로 서로 다른 성격과 계급의 인물들이 모였다 흩어졌다 하는 양상을 그리면서 그것을 통해 각각의 사회문제들을 유기적으로 결합하고 있기 때문이다. 그리고 그러한 서사적 여정을 통해 작가는 이 근본적인 문제를 해결할 주체가 누구여야 하는가를 진지하게 묻

1 강경애, 「신 연재소설 예고 — 작가의 말」, 『동아일보』, 1934. 7. 31.

는다. 작가가 그 물음에 답하기 위해 선택한 것은 주인공 '선비'와 '첫째'를 중심으로 하는 성장소설의 형식이다.

두 개의 성장 이야기

『인간문제』는 남녀 주인공인 '첫째'와 '선비'의 계급적 각성을 그린 성장소설이다. 성장소설은 무지나 미숙의 상태에 있던 주인공이 여러 시련을 겪고 난 뒤 앎과 성숙에 이르는 일련의 변화를 그리는 소설인데, 『인간문제』에서 그 앎과 성숙은 계급의식의 획득으로 나타난다. 유년기에 순진하고 미숙하던 첫째와 선비는 각각 식민지 사회의 경제적 모순과 봉건적 가부장제의 모순에 회의와 의문을 품고 고향을 떠나 계급적 각성의 길을 밟아가는데, 『인간문제』는 그 둘의 각기 다른 성장담이 결합된 구조로 되어 있다. 중요한 것은 첫째가 주인공인 남성 성장담과 선비가 주인공인 여성 성장담의 서사적 여정과 결론이 그 성격에서 뚜렷하게 구별되고 있다는 사실이다. 예컨대 첫째가 온갖 신고(辛苦)를 겪은 뒤 교화자인 신철을 만나 계급의식의 획득이라는 성장 목표를 달성하여 성숙한 노동자계급의 일원이 되는 반면, 선비 역시 간난이라는 교화자를 만나 공장 노동자로서 경험을 쌓고 계급의식을 교육받지만 반대로 성장 목표를 달성하기 전에 죽는 것이다.

1930년대 농민과 노동자를 대표하는 선비와 첫째는 이처럼 유사한 성장 체험을 공유하면서도 서로 다른 성장 궤도를 밟다가 완전히 다른 결말에 도달한다. 그리고 거기에는 성차(sexual difference)의 문제가 가로놓여 있다. 그것은 우선 그들이 겪는 시련의 성격에서도 분명하게 나타나는데, 선비의 시련이 주로 강간과 같은 성적이고 육체적인, 그래서 개인적인 시련이라면 첫째의 시련은 그보다 '밥'과 '법'의 문제와 같이 좀 더 사회적이고 제도적인 성격을 갖는 것이다. 다음을 보자.

> 덕호는 시뻘건 눈을 부릅뜨고 방금 죽일 듯이 위협을 한다. 전날에 믿고 또 의지했던 덕호! 그리고 돌아가신 그의 아버지와 어머니같이 그의 장래를 돌보아주리라고 생각했던 이 덕호가…… 불과 한 시간이 지나지 못해서 이렇게 무서운 덕호로 변할 줄이야 꿈밖에나 상상했으랴! 선비는 그 무서운 덕호를 보지 않으려고 머리를 돌리며 눈을 감아버렸다.[2]

이렇게 선비는 아버지처럼 믿고 의지하던 지주인 정덕호에게 유린당한다. 이때 선비와 덕호의 관계는 소작인-지주의 관계일 뿐만 아니라 여성-남성의 관계이기도 하다. 특히 가부장적인 사회구조가 공동체적 인간관계의 일부를 형성하는 농촌에서 소작인 여성은 계급적 착취와 성적 착취가 한데 결합된 이중의 착취에 노출되어 있었다. 소설에서 지주 정덕호가 아들 낳기를 핑계로 신천댁과 간난이, 선비를 차례로 유린할 수 있었던 것도 지주라는 계급적 지위와 성차별적인 가부장적 권위에 힘입은 것이다. 그렇게 성적 억압과 착취는 처음부터 제도적·계급적 함의를 지닌다. 『인간문제』에서 선비가 겪는 일련의 성적 고난이 계급적 성격을 갖고 있는 것이라 할 수 있는 것은 그 때문이다. 그럼에도 불구하고, 작가는 소설에서 그것을 뚜렷하게 의미화하고 있지는 않

---

2 강경애, 『인간문제』, 창비, 2006, 177쪽. 아래에서 『인간문제』를 인용할 때는 인용문 뒤에 쪽수만 표시한다.

은 듯하다. 그것은 소설의 표면적인 서사 속에서 그녀의 성적이고 육체적인 시련이 그 자체로 다른 것을 압도하고 있기 때문이다. 그렇다면 첫째의 경우는 어떤가.

선비가 탈향(脫鄕)하는 계기가 계급적·남성 중심적인 가부장제에 기인한 성적 폭행에 있었다면, 첫째가 탈향하는 것은 소작쟁의를 일으켜 소작을 떼인 후 생계를 위해 하게 된 도둑질 때문이다. 용연 마을 사람들은 대개 지주 덕호의 땅을 소작하며 살고 있어 경제적으로 덕호에게 종속되어 있을 뿐 아니라 불리한 소작 조건 때문에 아무리 열심히 일을 해도 늘 빚과 굶주림에 허덕인다. 그러던 중 첫째는 타작마당에서 덕호의 부당한 처우에 분노한 농민들과 합심하여 조그만 분쟁을 일으키게 되고 이로 인해 소작을 떼이게 된다. 그리고 이 사건으로 인해 첫째는 '법'에 대해 의문을 갖게 된다.

> 그의 가슴에는 또다시 그 실뭉치가 욱 쓸어 올라온다. 그리고 어머니가 하던 말이 얼핏 생각킨다. "배가 고파서 할 수 헐 수 없이 그랬다!" 역시 자기도 배가 고프니 할 수 헐 수 없이 그랬다. 그러나 법에는 걸려들 일이다. 그때는 배고픈 차라 아무것도 생각나는 것 없이 그저 답답히 먹을 것만 찾기에 몰랐으나 이렇게 떡이며 밥을 먹고 나니 자신은 법에 걸릴 노릇을 또 한 가지 하였던 것이다. (……) 이서방은 이 법이란 것이 어떤 사람이 만든 것이 아니라 사람이 나기 전부터 이 세상에는 벌써 있었던 것같이 생각되었던 것이다. 이 말을 들은 첫째는 한층 더 말로 형용할 수 없는 비애를 느꼈다. 동시에 벗어나지 못할 철칙인 이 법! 어째서 자기만이, 아니 그의 앞에서 신음하고 있는 이서방, 그의 어머니만이 여기에 걸려들지 않고는 못견딜까?……(162~163쪽)

여기서 첫째가 직면하는 것은 밥의 문제를 해결하기 위해 법을 어길 수밖에 없는 상황이다. 첫째는 처음에는 "법이란 막연하게나마 전통적으로 신성불가침의 것"(144쪽)이라고 생각했다. 그리고 그처럼 법으로 상징되는 절대적인 권력에 대한 하층민들의 막연한 두려움과 패배감은 법을 "사람이 나기 전부터 이 세상에" 존재하는 것으로 보는 이서방의 말에서도 잘 드러난다. 그러나 이때의 법은 사회질서를 올바르게 유지하기 위한 정의로운 것이 아니다. 오히려 그것은 지주나 자본가와 같은 권력계층을 비호하는, 즉 헤게모니를 장악한 집단의 이익을 옹호하는 비도덕적 제도에 불과한 것이다. 그런 측면에서 '밥'과 '법'의 공존 불가능성은 첫째와 같은 프롤레타리아가 직면하는 최초의 딜레마이며, 이 밥과 법의 문제야말로 당시 식민지 조선이 처한 모순을 집약적으로 상징하는 "의문의 실뭉치"라고 할 수 있다. 이 '의문'은 첫째의 탈향 원인이 되는 것이기도 하지만 동시에 성장의 단서로 작용하기도 한다. 우연히 만난 신철이를 통해 자유노동자의 조직 등에 관해 토론하면서 첫째가 의문을 품었던 '수수께끼'는 "신작로같이 그렇게 뚫"(301쪽)리기 때문이다.

이렇듯 인물에게 가해지는 현실논리의 억압은 성별에 따라 서로 다른 내용을 갖는 것으로 제시되고 발현된다. 특히 첫째가 겪는 현실의 중압은 선비와 같이 성적이거나 육체적인 것이 아니라 사회적·제도적 차원에 대한 인식으로 확장될 수 있는 좀 더 근본적이고 현실적인 것으로 그려진다. 성차에 따른 성장 과정과 성장 내용의 이런 차이는 탈향 이후 각각 간난이와 신철이라는 '교사(helper)'를 만나 의식 각성을 이루는 과정에서도 그대로 반복된다. 간난이의 도움으로 인천의 대동방적 공장의 노동자로 도시생활을 시작한 선비는 혹독한 노동조건과 공장

감독의 성적 유혹이라는 두 가지 시련에 부딪힌다. 물론 첫째도 인천의 부두노동자로서 거칠고 힘든 삶을 꾸려나가지만, 소설에서 선비에게 가해진 시련은 첫째의 그것보다 훨씬 더 가혹한 것으로 그려진다. 식민지시대 대다수 하층민들은 식민지적 조건에서 비롯된 민족적 억압과 지주와 자본가에 의한 경제적 착취가 결합된 이중고에 시달렸던바, 여성인 선비는 여기에 더하여 성적인 억압과 착취까지 경험한다. 소설에서 첫째보다 선비의 고통이 더욱 강조되는 것은 이 때문이다. 그래서인지 선비는 첫째와 함께 노동자들의 계급적 각성을 대표하는 성장소설의 주인공이면서도 상대적으로 피해자 내지는 수난자로서의 이미지가 강하다.

> 선비는 이마의 땀을 씻으며, 그의 손가락을 다시 보았다. 빨갛게 익은 손등! 물에 부풀어서 허옇게 된 다섯 손가락! 산 손등에 죽은 손가락이 달린 것 같았다. 그는 전신에 소름이 오싹 끼치며, 이 공장 안에 죽은 손가락이 얼마든지 쌓인 것을 그는 깨달았다.(357~358쪽)

노동이란 삶을 풍요롭게 하기 위한 것이어야 하는데도, 여기에서 노동은 죽음을 재촉하는 지독한 고통으로 그려진다. 특히 공장에서의 과도한 노동은 나약한 선비의 육체를 좀먹어가는데, 처음에 공장에 들어와서 애착을 느꼈던 '와꾸'는 이제 병든 선비에게는 "그의 생명을 좀먹어 들어가는 어떤 커다란 벌레같이 생각"(357)될 뿐이다. 특히 여기서 선비의 "죽은 손가락"은 힘든 노동으로 훼손된 여성 육체의 이미지를 부각시키는데, 이 망가지고 미운 손은 용연에서 신철이가 목격한 "마디가 굵고 손톱이 밉게 갈리어서" "미운 그 손"(115쪽)과 같은 것이다. 소설에서 선비는 분명 간난이의 도움으로 자신이 처한 계급적 현실을 자각하는 인물로 그려지긴 하지만, 투쟁하는 여성노동자로서의 모습이 상대적으로 잘 부각되지 않는 것은 그처럼 '미운 손'의 이미지가 너무 강렬하기 때문이다. 결국 선비는 체험적 자각 이후에도 현실의 억압에 짓눌려 구체적인 활동을 보여주지 못한 채 "입에 댄 다섯 손가락 새로 붉은 피"(360쪽)를 흘리며 죽어간다.

소설에서 선비는 그렇게 여성이라는 한계를 극복하지 못한 채 죽어가지만, 그런 선비의 역할은 그 죽음을 통해 첫째의 각성을 매개하는 것으로 나타난다. 이렇게 죽은 "선비의 시체는 차츰 시커먼 뭉치가 되어"(364쪽) 첫째에게 싸워나가야 할 새로운 "인간문제"로 던져지는 까닭이다.

> 이 시커먼 뭉치! 이 뭉치는 점점 크게 확대되어 가지고 그의 앞을 캄캄하게 하였다. 아니, 인간이 걸어가는 앞길에 가로질리는 이 뭉치…… 시커먼 뭉치, 이 뭉치야말로 인간문제가 아니고 무엇일까? 이 인간문제! 무엇보다도 이 문제를 해결하지 않으면 안 될 것이다. 인간은 이 문제를 위하여 몇천만년을 두고 싸워왔다. 그러나 아직 이 문제는 풀리지 않고 있지 않은가! 그러면 앞으로 이 당면한 큰 문제를 풀어나갈 인간이 누굴까?(364쪽)

용연에서부터 '밥'과 '법'의 문제로 고민하던 첫째는 신철이를 만나 "인간이란 자신이 속해 있는 계급을 명확히 알아야 하고 동시에 인간사회의 역사적 발전을 위하여 투쟁하는 인간이야말로 참다운 인간"(364쪽)이라는 계급적 각성에 이르게 된다. 첫째는 더 나아가 선비의 죽음과 신철의 전향을 목도하면서도 좌절하지 않고 식민지적 모순의 원인과 그 해결방안을 좀 더 근원적인 것에서 찾으려는 강한 의지를 품게 된다. 따라서 "앞으로 이 당면한 큰 문제를 풀어나갈 인간이 누굴까?"라는 질문에 대한 해답은 이미 첫째 자신이 마련해놓고 있다고 보아야 한다. 그런 점에서 첫째는 리얼리즘 소설에 고유한 낙관적 전망을 역사적 필연성으로 구현하는 긍정적 인물이라고 할 수 있다.

계급혁명의 주체는 누구인가?: 지식인 vs 노동자

바흐친(M. Bakhtin)은 여타 소설의 하위장르 중에서도 성장소설을 실제 역사적 현실과의 관련성이 가장 높은 것으로 본다. 성장소설에서 개인적 사건이 필연적으로 역사적 사건과 긴밀하게 관련되며 개인의 삶의 여정 또한 그 자체로 세계사적 흐름을 반영하는 역사적 사건의 의미를 갖는다고 보는 것도 그런 맥락이다. 주인공은 세계와 더불어 나타나고 세계 자체의 역사적 출현을 반영하는 것이다. 그렇게 볼 때 『인간문제』에 등장하는 선비와 첫째, 신철과 같은 인물들은 단순히 허구적인 존재에 그치는 것이 아니라 당시의 사회·역사적 현실의 구체성을 온몸으로 실현하는 필연적인 형상이라고 할 수 있다. 특히 소설 후반부의 중심무대인 인천은 식민지 자본주의의 중심지이자 각종 노동쟁의가 빈번히 벌어졌던 역사적 현장이었다는 점에서 매우 의미 있는 공간이다. 거기에다가 1933년에는 인천에 일본 동양방적의 공장까지 세워졌는데, 이 방적공장이 소설에서 선비와 간난이가 일하던 '대동방적공장'의 모델이었음은 물론이다.

조선의 심장 지대인 인천의 이 축항은 전 조선에서 첫손가락에 꼽힐 만큼 그 규모가 크고 또 볼 만한 것이었다. 축항에는 몇천 톤이나 되어 보이는 큰 기선이 뱃전을 부두에 가로 대고 열을 지어 들어서 있었다. 그리고 검은 연기는 뭉실뭉실 굵은 연돌 위로 피어 올라온다. 월미도 저편에 컴컴하게 솟은 섬에는 등대가 허옇게 바라보이고 그 뒤로 수평선이 멀리 그어 있었다.

노동자들이 무리를 지어 쏠어나온다. 잠깐 동안에 수천 명이나 되어 보이는 노동자들이 축항을 둘러싸고 벌떼같이 와와 하며 떠들었다. 그들은 지게꾼이 절반이나 넘고 그 외에 손구루마를 끄는 사람, 창고로 쌀가마니를 메고 뛰어가는 사람, 몇 명씩 짝을 지어 목도로 짐을 나르는 사람, 늙은이, 젊은이, 어린애 할 것 없이 한 뭉치가 되어 서로 비비며 돌아가고 있다.(263~264쪽)

인천은 여러 공장들의 집결지이자 부두의 하역노동자를 비롯해서 다양한 종류의 일일 잡역부들이 모여들었던, 말 그대로 노동자의 공간이었다고 할 수 있다. 소설의 중심인물들이 전근대적인 삶의 방식이 지배하는 용연을 떠나 부두이자 공업도시인 인천으로 모여든 것으로 그려지고 있는 것도 바로 이런 실제 정황을 반영하고 있는 것이다. 실제로 그 당시 인천에는 수많은 노동쟁의가 있었으며, 소설에서 그려지고 있는 대동방적공장의 실상 또한 당시 동방인천공장의 그것과 크게 다르지 않았다. 당시 신문에 실린 「12시간 노동에 임금은 20전—직공들은 보교 졸업생으로, 동방인천공장의 여공」(『동아일보』, 1934. 7. 15)이라는 기사나 「임금을 착취한다고 동방직공 소동—결석도 안한 것을 했다고, 공장측은 절대 부인」(『동아일보』, 1934. 8. 31)과 같은 기사를 보면,

『인간문제』에서 그려지는 노동자의 현실과 노동운동의 모습이 실제 역사적 현실의 정황과 크게 다르지 않다는 것을 알 수 있다.

이렇듯 『인간문제』는 첫째와 선비를 가장 전형적인 피지배계급의 인물로 설정하고 이들이 속한 노동자계급의 삶을 사실적으로 보여줌으로써 왜곡되고 부조리한 현실을 폭로한다. 특히 성적 착취와 계급적 억압의 한가운데서 이중으로 고통받는 여성노동자에 대한 생생한 묘사는 『인간문제』가 보여주는 득의의 영역이다. 작가는 그런 인물들의 성장과 변화의 시간 속에서 역사의 경향적인 발전의 흐름을 보여준다.

그런 가운데 선비는 죽음으로써 '인간문제'에 대한 자각의 필요성을 제기하고, 첫째는 '인간문제를 해결할 수 있는' 계급혁명의 주체로 부각된다. 반면 인텔리 출신인 신철의 운명은 그와는 사뭇 대조적이다. 신철은 자신의 신념을 따라 인천의 부두노동 현장에서 활동하면서 첫째의 계급의식을 일깨우고 조직 활동에 끌어들이는 데 매개적 역할을 하지만, 결국 자신의 계급적 한계로 인해 전향하게 된다. 그런 점에서 『인간문제』에서 신철은 계급혁명의 실질적 주체를 민중에게서 찾고자 한 작가의 의식적 전망을 부정적인 방식으로 드러내는 인물이다. 신철은 누구보다도 현실의 모순과 계급혁명의 필요성을 잘 아는 존재이지만, 자신의 몸을 내던져 그런 현실인식을 실천하기에는 다른 선택의 가능성이 너무 많은 존재이기도 하다. 작가는 이런 인텔리계급의 한계에 대한 비판을 통해 거꾸로 아무것도 가진 것 없고 다른 선택의 여지도 있을 수 없는 프롤레타리아인 첫째를 계급혁명의 진정한 주체로 부각시킨다.

"돈 많은 계집을 얻구, 취직을 하구……" 그렇다! 신철이는 그만한 여유가 있었다! 그 여유가 그로 하여금 전향을 하게 한 게다. 그러나 자신은 어떤가? 과거와 같이, 그리고 눈앞에 나타나는 현재와 같이 아무런 여유도 없지 않은가! 그러나 신철이는 길이 많다. 신철이와 나와 다른 것이란 여기 있었구나!(364쪽)

소설에서 신철은 끊임없이 갈등하는 소부르주아계급의 전형적인 인물로 그려진다. 그는 소설 초반부터 옥점이와 선비 사이에서 갈등하는 우유부단한 모습을 보이는데, 그런 우유부단한 성격은 이후 가출을 하고 본격적인 노동운동을 시작한 뒤에도 계속된다. 그는 "하다못해 지게꾼 노릇이라도"(242쪽) 해서 먹고살 생각을 하기보다 방 안에서 굶고 있으면서도 조선 문화를 논하며 침을 튀기는 인텔리들을 "전락된 인텔리의 전형"(240쪽)이라고 비판하면서도 정작 자신이 그런 힘든 노동을 해야 하는 현실에 대해서는 두려움을 느낀다. 그는 분명 그런 자신을 비겁하다고 생각할 정도의 반성적 자의식은 갖고 있지만, 결국 현실의 무게에 압도당해 '악취' 나는 현실의 모순에 눈을 감고 '윤택'한 삶을 선택하게 된다. 이처럼 신철은 소설 초반부터 이상과 현실 사이의 간극을 극복하지 못한 채 끊임없이 갈등하는 인물로 그려진다. 그는 어떤 때는 "나는 이젠 노동자다! 입으로만 떠드는 그러한 인텔리는 아니다"(254쪽)라고 부르짖으면서도, 어느새 "그만 이 짐을 벗어던지고 달아나고 싶었다"(258쪽)라고 고백할 정도로 나약하고 우유부단한 인물이다.

그러나 신철은 그처럼 끊임없이 반복되는 내적 갈등과 자기 분열적 독백을 보여주는 까닭에 다른 부정적 인물들에 비해 훨씬 더 인간적인 인물로 그려진다. 특히 소설에서 그가 차지하는 비중이 만만치 않게 많다는 사실은 그를 첫째를 계급혁명의 진정한 주체로 부각하기 위한 배경효과 정도로만 간단히 치부할 수 없게 한다. 게다가 주목할 것은 신철이 그 스스로 "자칭 민중의 지도자들"이 "잉여노동의 착취"(260쪽)라는 말을 지식인 행세를 하기 위한 수단 정도로밖에 생각하지 않는 현실을 비판하고 있다는 점이다. 신철은 분명 우유부단하고 나약한 소시민적 지식인의 전형이지만, 그렇기 때문에 더욱 자기 계급의 한계를 간파하고 솔직하게 드러내는 면모를 보여주는 것이다. 그에 힘입어 신철은 전형적인 악인으로 그려지는 덕호나 공장 감독들처럼 프롤레타리아에게 일방적인 증오가 아닌 애증의 양가감정을 불러일으키는 복잡한 성격의 인물로 형상화된다.

중요한 것은 소설에서 이런 신철의 면모와 그에 대한 비판적 인식이 작가 자신에 대한 비판적 자의식을 반영하고 있는 것이라는 점이다. 실제로 강경애는 다른 작품에서 종종 자기비판적 자의식을 숨기지 않고 드러내기도 했다. 특히 인텔리 여성의 허위의식을 신랄하게 비판하는 「원고료 이백원」이나 「그 여자」와 같은 자전소설이 그 사례라고 할 수 있다. 물론 신철이 작가의 분신이라고 직접적으로 말하기는 어렵겠지만, 소부르주아계급에 속한 작가 자신의 내적 갈등과 자기 계급에 대한 비판적 자의식이 신철의 형상에 투영되어 있는 것이라 볼 수 있는 근거는 충분하다.

사실 당시 다른 프로문학 작품에서도 사상과 생활 사이에서 번민하는 소시민적 지식인의 모습은 자주 발견된다. 그러나 대개의 경우 그런 인물들은 신념의 재확인과 실천을 통해 진정한 투사로 거듭나거나, 그렇지 않으면 이해타산적인 기회주의자로 매도되었다. 그에 반해 『인간문제』의 신철의 형상이 흥미로운 것은, 영웅 아니면 배신자로 정형화되어 그려지는 기존의 지식인 형상과는 달리 프롤레타리아혁명을 주장하면서도 부르주아계급의 삶을 동경하는 복잡하고 모순적인 그의 내면의 굴곡이 실감 나게 그려지고 있기 때문이다.

그러나 소설에서 신철이 속한 중간계급의 모순적 지위에 대한 탐구는 더 이상 나아가지 않는다. 작가는 중간계급에 속한 신철을 서둘러 전향시키고 첫째를 역사의 수레바퀴를 돌릴 혁명적 주체로 확정한다. 사실 이러한 결말은 이미 예정된 것이다. 작가는 "이 시대에 있어서의 근본 문제를 포착하여 이 문제를 해결할 요소와 힘을 구비한 인간이 누구"인지를 밝혀보려고 한다는 연재 시작 당시의 의도대로 소설의 결말을 "앞으로 이 당면한 큰 문제를 풀어나갈 인간이 누굴까?"라는 첫째의 '자문(自問)'으로 끝맺는다. 물음에 대한 대답은 분명하다. 그 주체는 바로 선비의 죽음과 신철의 전향을 통해 자연스럽게 '근본적으로 인간문제를 해결할 인간'으로 선택된 첫째 자신이며, 그가 대표하는 프롤레타리아계급인 것이다.

리얼리티의 힘

강경애의 『인간문제』는 지주-소작인, 자본가-노동자, 지식인-노동자 사이의 갈등과 투쟁을 통해 식민지시대 모순의 한가운데를 통과하는 계급갈등의 양상을 다양한 방식으로 보여준다. 그리고 작가는 이러한 계급갈등을 중심으로 소설의 등장인물과 사건을 배치함으로써 계급문제를 소설의 구심점으로 부각시킨다. 물론 그 중심에 있는 인물은 첫째다. 소설에서 역사적 전망을 구현하는 것은 폐쇄된 농촌사회에서 개방된 도시 공업지대로 이동하면서 수동적이고 순응적인 의식에서 능동적이고 주도적인 의식으로, 억압받는 대상에서 혁명의 주체로 극적으로 변화하는 첫째의 성장담이다. 그런 첫째의 계급적 각성과 실천의 과정은 노동자, 농민 대중의 목적의식적·조직적 계급투쟁을 통해서만 당면한 현실사회의 문제를 근본적으로 해결할 수 있다는 작가의식을 가장 적극적으로 구현한다. 그렇게 첫째를 통해 구현되는 계급의식의 전망이 매우 설득력 있게 그려지는 것은 인물들이 겪는 시련과 성장의 과정이 구체적인 사회현실을 배경으로 생생한 리얼리티를 얻고 있기 때문이다.

그러나 문제는 첫째를 계급혁명을 성취할 노동자계급의 전형으로 만드는 과정에 개입되는 작가의 목적의식이 계급문제 이외의 다른 문제들, 예컨대 여성에 대한 성적 착취라든가 인텔리들의 현실적 문제 등에 대한 더 이상의 탐구를 가로막고 있다는 데 있다. 첫째의 성장 과정은 분명 역사적 필연성을 획득함으로써 타당성을 얻게 되지만, 이러한 첫째의 성장을 위해 선비는 너무 일찍 희생양이 되고 신철은 서둘러 전향한다. 소설 중후반까지 첫째와 선비, 신철을 중심으로 역동적으로 전개되던 서사가 첫째의 계급적 각성을 계기로 급작스럽게 종결될 수밖에 없는 것도, 소설에서 제시된 다양한 인간문제가 계급문제로 수렴되는 과정에서 사회·역사적 문제에 대한 복합적이고 총체적인 접근의 가능성이 차단되고 있기 때문이다. 그러나 이러한 소설 내적 한계에도 불구하고, 강경애의 『인간문제』는 1930년대 리얼리즘 문학의 중요한 성과임에는 틀림없다. 『인간문제』에는 1930년대 식민지 조선의 구체적인 현실을 생생하게 묘파하면서도 그것을 토대로 당면한 사회적 문제들을 근본적으로 해결할 수 있는 역사적 전망을 제시하려는 작가의 고투가 있고, 그런 가운데 프로문학이 흔히 빠질 수 있는 관념적 도식성의 위험을 성공적으로 피해가는 리얼리티의 힘이 있기 때문이다.

서울문화재단
'2014년 예술연구서적발간지원사업' 선정
서울문화재단의 지원을 받아 발간하는 Color Book 시리즈 - 예술연구 / Silver Book

여성과 문학의 탄생

초판 1쇄 인쇄일 2015년 3월 10일
초판 1쇄 발행일 2015년 3월 17일

지은이 심진경
펴낸이 강병철
후원 서울특별시, 서울문화재단

주간 정은영
편집 유석천, 이수경
마케팅 이대호, 최형연, 한승훈, 전연교

펴낸곳 자음과모음
출판등록 1997년 10월 30일 제313-1997-129호
주소 121-840 서울시 마포구 서교동 396-33번지
전화 편집부 02) 324-2347 경영지원부 02) 325-6047
팩스 편집부 02) 324-2348 경영지원부 02) 2648-1311
이메일 munhak@jamobook.com
커뮤니티 cafe.naver.com/cafejamo

ISBN 978-89-5707-843-3 (03800)

이 도서의 국립중앙도서관 출판예정도서목록(CIP)은 서지정보유통지원시스템 홈페이지(http://seoji.nl.go.kr)와 국가자료공동목록시스템(http://www.nl.go.kr/kolisnet)에서 이용하실 수 있습니다.(CIP제어번호: CIP2015004241)